BIBLIOTHÈQUE ANGLO-SAXONNE

PREMIÈRES PLUMES

Charlie GILMOUR

PREMIÈRES PLUMES

Traduit de l'anglais
par Anatole Pons-Reumaux

Éditions Métailié
20, rue des Grands Augustins, 75006 Paris
www.editions-metailie.com
2024

Titre original : *Featherhood*

ISBN : 979-10-226-1332-3
ISSN : 1248-6485

Pour Olga

L'œil qui se moque d'un père
Et qui dédaigne l'obéissance envers une mère,
Les corbeaux du torrent le perceront
Et les petits de l'aigle le mangeront.

Proverbes 30, 17

PROLOGUE

Quelque part dans le sud-est de Londres, une jeune pie tombe par terre.

Vu d'en bas, il est difficile de savoir d'où elle est tombée exactement. Son nid pourrait être tout en haut des platanes qui bordent cette route érodée par les camions, couffin végétal dissimulé par un voile de feuilles vertes. À moins qu'il ne soit quelque part dans la jungle de hangars plus ou moins désaffectés qui pullulent dans le quartier, monticule complexe de brindilles et de boue sur de la tôle ondulée et de l'amiante. Les pies construisent leurs maisons tout près des nôtres, visibles mais juste hors de portée. Une cité de pies superposée à la nôtre.

C'est dans un environnement hostile et très humain que cet oiseau qui ne sait pas encore voler a fait une entrée prématurée. Des voitures au capot en accordéon et au pare-brise en morceaux attendent d'être démantelées à la casse du coin. Des réfrigérateurs abandonnés et des sacs de gravats aussi inamovibles que des rochers bloquent les trottoirs. Des flaques de pluie printanière scintillent de reflets violets à cause des substances pétrochimiques et, au-dessus, des nuages de fumée et de vapeur s'élèvent de la cheminée d'une gigantesque usine de traitement des déchets qui incinère à tour de bras. Les poids lourds grondent comme un ciel d'orage et les supporters du Millwall FC font entendre leur clameur. Les seuls animaux que j'ai remarqués dans le coin étaient des pitbulls et des rats – même si un peu plus loin, du côté de la décharge, on trouve des nuées de mouettes et de pigeons, ainsi qu'une flotte de rapaces profilés comme des avions de chasse, employés par l'usine de traitement des déchets pour effaroucher les autres oiseaux.

L'atelier de Yana, ma compagne, est à deux pas d'ici, dans un entrepôt qui prend l'eau de toutes parts, à côté de la casse. C'est une partie de la ville qui est pleine de surprises et de secrets, mais ils sont rarement mignons et duveteux. Une descente de police dans un hangar voisin dévoile une ferme de cannabis, puis sur des motos volées la semaine d'après ; un ami ouvre un vieux conteneur oublié et découvre qu'il est plein de jet-skis ; quelqu'un avec qui j'ai un jour partagé une cellule de prison se vantait d'avoir dispersé les membres sciés de sa victime dans les parages. C'est le dernier endroit au monde où je me serais attendu à voir surgir quelque chose d'aussi tendre qu'un jaune d'œuf, d'aussi frêle qu'un os d'oiseau, tout juste sorti de sa coquille.

La créature se carapate dans le caniveau, tanguant vers le trottoir comme un ivrogne qui titube dans une ruelle. Les pies quittent le foyer beaucoup trop tôt – bien avant de pouvoir voler pour de bon ou assurer leur subsistance. Pendant plusieurs semaines après avoir quitté le nid et s'être remplumées, elles dépendent de leurs parents pour la nourriture, la protection et l'éducation. Mais les parents de cet oiseau ne sont nulle part en vue. Ils ne le nourrissent pas, ne le surveillent pas, ne le protègent pas ; aucun cri d'alarme n'est poussé quand un grand prédateur alpha approche d'un pas alourdi par des chaussures à coques. Cela ne signifie pas que ses parents ne sont pas dans les parages. Ce n'est peut-être pas un hasard si cet oiseau est tombé du nid. Si les vivres manquaient, un calcul sauvage a pu être effectué, établissant que le seul moyen de maintenir la famille en vol était de sacrifier l'avorton.

L'oiseau a cessé de bouger à présent. Il se recroqueville dans le caniveau, tremblant de déshydratation et peut-être aussi de peur. Si la nature est autorisée à suivre son cours, il sera probablement mort avant la fin du jour. L'humain en approche le toise, large comme un tronc d'arbre, hésite, et puis, dans un petit froufrou, le monde de l'oiseau s'éteint.

À trois cents kilomètres à l'ouest, et à trois décennies de distance, un jeune choucas des tours est tombé du nid dans le clocher d'une église de village. Plumes gris acier, bec jaune, aile blessée traînant par terre. Les choucas et les pies partagent des liens de famille. La famille des corvidés. Des frères de charogne. Quelqu'un, peut-être le pasteur, est tombé sur ce jeune oiseau blessé, l'a mis dans une boîte et l'a emmené chez une femme du village, guérisseuse d'animaux à ses heures perdues. De là, le choucas a trouvé le chemin des mains de l'homme qui allait devenir mon père. La pie trouve son chemin jusqu'à moi.

Premières plumes

1

Yana pose la boîte en carton et son précieux contenu sur le sol de notre chambre avec les plus grandes précautions. Sa sœur l'a trouvé ce matin, m'explique-t-elle, elle l'a ramassé et l'a apporté à leur atelier. Entre le marteau et la perceuse, elles ont nourri l'oiseau avec des asticots achetés à la boutique de pêche. Comme les asticots mordent, poursuit Yana impassible, il faut légèrement leur écraser la tête avec une pince ou un ongle avant de les déposer dans le gosier de l'oiseau. Elle soulève les rabats de la boîte.

Une boule de plumes noire et blanche de la taille d'un poing d'enfant est blottie dans un coin. À première vue, elle a l'air morte. À l'odeur aussi. Je lui adresse un claquement de langue et une de ses paupières s'ouvre en papillonnant. Son œil est d'un bleu minéral.

Je tâche de convoquer toutes mes connaissances sur les pies. Au début, tout ce qui me vient est la comptine "une pie tant pis" et l'image de ma mère saluant religieusement toutes celles qu'elle voyait dans la ferme où j'ai grandi, pour conjurer le mauvais sort qu'elles sont censées attirer. On n'est jamais trop prudent, me dis-je en portant la main à hauteur de ma tempe tandis que j'inspecte la boîte. Yana dit que les pies sont des oiseaux intelligents – très intelligents, comme tous les corvidés –, mais je me souviens aussi qu'elles sont souvent mal aimées, pour des raisons que je n'ai jamais très bien comprises. On raconte qu'elles mangent les oisillons et qu'elles pactisent avec le diable. Ce genre de choses. Et il paraît qu'elles ont un œil de pirate pour les trésors volés – c'est dans le nid de pie le plus proche qu'il faut chercher une alliance perdue. À part la saluer, je n'ai aucune idée de la marche à suivre avec elles. Je me suis déjà vaguement occupé d'animaux blessés, ou du moins j'ai essayé enfant : des animaux ramenés par le chat, des écureuils éclopés, des oiseaux à la cervelle en bouillie après avoir percuté un carreau de fenêtre. Peu importe les efforts déployés, ils finissent apparemment toujours au même endroit : une boîte à chaussures au fond d'une tombe de fortune. Même les animaux bien portants n'ont pas eu beaucoup de chance entre mes mains. Je repense avec culpabilité aux magnifiques colombes blanches que nous avions il y a des années, que ma grand-mère, ma mère et moi avions teintes en rose pastel avant de les relâcher dans la ferme – résultat, le renard les avait englouties comme de la barbe à papa. Si c'était moi qui avais trouvé cet oiseau, j'aurais probablement été tenté de le laisser se débrouiller dans le caniveau. Je ne vois pas très bien ce que nous pouvons faire pour lui, à part peut-être prolonger ses souffrances.

Mon regard passe de l'oiseau à Yana. Elle porte, comme toujours pour une journée de travail, un bleu de chauffe et de solides chaussures de chantier. Ses cheveux châtain clair sont fermement maintenus par des épingles, dans un style précis et sévère qui relève de quelques degrés le tranchant de ses pommettes hautes et saillantes. Elle s'affaire déjà avec la pince. Je la regarde s'attaquer à un asticot frétillant avec son bec métallique et lui écraser la tête. Une substance pâle et visqueuse suinte des deux extrémités du malheureux invertébré qu'elle agite au-dessus du bébé pie pour l'amadouer. C'est un comportement typique, Yana est incapable de rencontrer un objet cassé sans vouloir le ramasser et le réparer. Il faut croire qu'elle a une part de pie en elle ; ce n'est pas exactement une voleuse, mais une vraie amatrice de trésors trouvés. Elle a toujours un tournevis sous la main et semble rarement y réfléchir à deux fois avant de rapporter chez nous des luminaires abandonnés dans la rue, des morceaux de marbre ou d'énormes sacs de déchets ramassés sur l'estran de la Tamise.

Notre maison est remplie de choses qu'elle a créées ou retapées : étagères, mugs, couteaux, jusqu'aux chaises que nous utilisons et aux pantalons que je porte. Elle prend un plaisir particulier à suspendre des objets au plafond. Dans le salon, un lustre qu'elle a fabriqué à partir de stalactites de verre tranchants tintinnabule chaque fois qu'un camion passe dans les parages ; au-dessus de notre lit, un entrelacs de bambous, de cordes et de plantes grimpantes a transformé notre chambre en jungle. Elle attribue ses talents de bricoleuse au fait d'avoir grandi avec six frères et sœurs dans une famille d'immigrés tumultueuse. Ses parents ont rallié la Suède depuis l'Ukraine soviétique avec leurs enfants et tout ce qu'ils pouvaient emporter, laissant l'URSS s'effondrer derrière eux. C'était un environnement chaotique, et savoir se créer ses propres vêtements et ses propres loisirs était un vrai luxe.

Je l'ai rencontrée il y a deux ans à une fête dans une station de lavage désaffectée à Lewisham. Elle est apparue derrière une colonne de béton avec des cheveux blonds peroxydés et un maquillage rouge démoniaque autour des yeux et elle m'a harponné au premier regard. Ensuite, elle m'a ramené dans son appartement et m'a montré son serpent albinos, sa mante orchidée et sa collection de couteaux maison. Peu après, nous avons emménagé ensemble et nous nous sommes fiancés dans la foulée. Tout a été très soudain, si bien que je ne sais pas très bien comment j'en suis arrivé là. Parfois je me sens un peu comme un de ses objets trouvés. Je ne me suis clairement jamais imaginé me caser à moins de trente ans. Aux dernières nouvelles, j'avais le crâne rasé, les poings contusionnés, et je fonçais droit dans le mur.

Et là, on dirait bien que je vais me marier, que je fais mon nid.

Parfois je suis convaincu que j'ai tout rêvé, et que ça pourrait disparaître du jour au lendemain. D'autres fois, au contraire, j'ai l'impression d'émerger lentement d'un long cauchemar éprouvant. Je ne sais pas si c'était l'empressement de Yana à s'occuper de ce qui est détraqué qui l'a attirée vers moi – j'ai quelques doutes là-dessus. Mais sa force, sa solidité, son invulnérabilité figuraient clairement parmi les qualités qui m'ont séduit chez elle.

Et voilà que cet oiseau de mauvais augure est arrivé. Une chimère qui considère l'asticot agonisant de Yana avec méfiance depuis son coin de la boîte en carton. Ses deux yeux sont ouverts à présent. Bleus. J'ignorais que les yeux d'une jeune pie étaient bleus. Toutes les pies que j'ai vues jusque-là, jacassant dans les arbres ou dépeçant une carcasse au bord d'une route, devaient être adultes, avec des yeux étincelants couleur d'obsidienne. Si les yeux de cet oiseau sont pleinement ouverts, son bec noir acéré demeure obstinément fermé, malgré tous les efforts de Yana pour l'amadouer. Elle marmonne quelque chose qui ressemble à "idiote de pie" et repose sa pince. Réparer ce petit corvidé cassé risque, je le crains, d'être une tâche impossible, même pour elle.

– Il n'y a pas quelqu'un d'autre qui peut s'en occuper ? je demande. Je ne sais pas, un véto, par exemple ?

Yana lève les yeux au ciel comme si je venais de suggérer de faire venir un électricien pour changer une ampoule. Ce qui est, pour être honnête, exactement le genre de choses que je serais capable de faire – pour le bien de l'ampoule. Si Yana représente l'ordre, alors je suis le chaos. Les choses semblent se désintégrer entre mes mains, et cet oiseau est bien trop vulnérable.

Yana m'écarte d'un geste de la main et reprend sa pince. Elle écrase un autre asticot et fait une nouvelle tentative auprès de la pie, cette fois en produisant des piaillements stridents et en faisant claquer son bec métallique – tout comme, affirme-t-elle, le ferait une mère pie dans la nature. Avec un soudain regain d'énergie, le bec de l'oiseau s'ouvre et il se met à siffler comme une bouilloire. Yana lâche l'asticot dans son gosier rose vif et il est englouti d'un trait. Clairement il y a encore de la vie dans cette créature.

Yana me passe un asticot de la boîte en plastique dans son sac à outils.

– À ton tour, dit-elle tandis que l'asticot palpite sur la surface de ma paume, jaune et vaguement poilu, comme un orteil découpé qui se convulse.

J'utilise la pince pour lui écraser la tête, puis je joue à la maman. Réglé comme une pendule à coucou, l'oiseau s'ouvre en grand. Sa fragilité me terrifie. De la porcelaine dans un boa en plumes. Je dépose d'une main hésitante l'asticot encore frétillant dans son bec et attends qu'il commence à se goinfrer, mais l'oiseau continue de piailler et l'asticot tombe sur le côté.

– Il faut vraiment lui fourrer dans le gosier, me dit Yana en mimant le geste avec son index.

J'abandonne la pince. Je ne supporte pas d'employer un outil métallique aussi dur sur quelque chose d'aussi doux et délicat. Au lieu de quoi, je pousse l'asticot vers le bord de la gorge noire de l'oiseau du bout du doigt. Le piaillement s'intensifie, puis se mue en une sorte de miam-miam de diablotin quand le péristaltisme se déclenche et que l'asticot est emporté. L'oiseau ne s'arrête pas là. Je sens les puissants muscles circulaires de son œsophage se convulser autour du bout de mon doigt quand il essaie de m'avaler moi aussi. Je retire vivement ma main. L'oiseau piaille, cache sa tête derrière son aile et se rendort.

– Et maintenant ? je demande.

– Va chercher d'autres asticots, dit Yana. Je crois qu'il faut le nourrir toutes les vingt minutes et nous sommes déjà à court.

2

Les deux jours suivants, je fais tout mon possible pour ignorer la pie dans la boîte. Plus que jamais, je suis convaincu qu'elle est destinée à une fin prématurée. Yana a repéré une espèce de parasite qui vit dans sa gorge, et la pie fait des crises régulières ; des épisodes horribles, déchirants, où elle se jette sur le flanc et se convulse comme une grenouille branchée au secteur. Je décide que c'est le problème de Yana. À chaque nouvelle crise, elle sanglote et verse des gouttes d'eau du bout de son doigt dans le bec de l'oiseau, ce qui le revigore quelque peu, mais la crise suivante n'est jamais loin. Je me dis que c'est à cause de ça que la pie a été boutée hors du nid. Les oiseaux savent quand un de leurs petits ne vaut pas la peine qu'on s'occupe de lui. Je lui tourne le dos, moi aussi. Inutile de s'attacher à une créature qui ne va pas faire de vieux os.

En outre, mon petit doigt me dit que Yana essaie en douce de me transformer en père pie. C'est tout naturel, j'imagine. Son travail de scénographe l'amène souvent à s'absenter plusieurs jours de suite. De mon côté, je suis un écrivain en sous-emploi et, ces jours-ci, je quitte très rarement la maison. Je m'efforce de mener une vie de reclus, mais le monde extérieur a manifestement réussi à passer le bout de son aile par ma porte. Si la créature survit, il semble assez inévitable que le rôle d'écraseur d'asticot en chef finisse par m'incomber. Si la pie sort indemne de ces turbulences, il est évident qu'il va lui falloir beaucoup de soins avant de pouvoir être renvoyée dans la nature. Elle est incapable de se nourrir seule ;

quant à voler, c'est encore un rêve lointain. Qui sait combien de temps elle mettra pour apprendre ?

Je tâche de feindre le désintérêt quand Yana s'occupe de la créature, bien qu'il soit difficile de ne pas se laisser entraîner. Le simple fait de veiller à ce qu'elle ait toujours le ventre rempli est un travail à plein temps. Yana tue des asticots à la pelle, forme des mini boulettes calibrées pour la pie avec de l'agneau haché, ramollit des biscuits pour chien dans de l'eau chaude et les lui fourre dans le gosier à l'entonnoir. Je ne sais pas comment elle sait faire tout ça, mais ça a l'air de fonctionner. La survie de la pie semble loin d'être garantie – elle est à peine assez forte pour supporter le poids minuscule de sa tête et elle continue de trembler et de se convulser horriblement – mais, sous l'aile protectrice de Yana, la fréquence de ses crises diminue. Ses yeux bleus restent ouverts pendant de plus longues périodes, et ils nous suivent voracement, Yana et moi, partout dans la pièce.

Quelques jours plus tard, l'inévitable se produit. L'agent de Yana l'appelle pour lui proposer une mission lucrative au pied levé, à Paris. Yana essuie le jus de viande de ses mains, remonte la fermeture éclair de son bleu de chauffe et franchit la porte avec son sac à outils en bandoulière en un clin d'œil de pie. À dans une semaine, lance-t-elle en partant.

Je fixe l'oiseau. L'oiseau me fixe sans ciller en retour, la tête inclinée de côté pour m'avoir en plein dans le canon de sa pupille noire en pointe d'épingle. Je n'arrive pas à me défaire de l'impression qu'il y a une intelligence tapie derrière ces yeux de gemme pâle, une intelligence qui m'examine avec la même intensité que je l'examine. Je ne me suis jamais senti aussi exposé devant un animal. Je crains que les choses se passent mal. Je suis maladroit, tête en l'air, et notoirement connu pour me défiler devant les responsabilités. La pie devient rapidement aussi exigeante et déraisonnable qu'un enfant dans un magasin de bonbons – mais elle est toujours aussi fragile que du caramel filé.

Seul avec l'oiseau, je m'en remets à mon ordinateur pour essayer de savoir ce qu'on est censé faire d'une créature pareille. Mes recherches ne donnent pas grand-chose. Je trouve beaucoup d'informations pratiques, mais, à première vue, il s'agit principalement de tuer les pies plutôt que de les maintenir en vie. Il y a des pages et des pages de discussions sur des blogs consacrés à la lutte contre les nuisibles et des forums d'amateurs de carabines à air comprimé sur la manière d'appâter, abattre ou piéger ces oiseaux. Les chasseurs du dimanche les attirent au fond de leur jardin avec des morceaux de viande puis ils leur brûlent la cervelle avec des billes de plomb. Ils postent des photos pour exhiber leurs trophées : des pies adultes jetées par terre comme des chiffons graisseux, leurs plumes iridescentes imbibées de sang. La haine que je découvre en ligne me range immédiatement du côté des pies.

Quant aux raisons de cette haine, elles sont difficiles à cerner. À en croire les gens qui les accusent de massacrer des oiseaux chanteurs, elles seraient responsables de la dégradation de l'écosystème. Il semble en effet que les pies sont des prédatrices opportunistes qui mangent parfois les œufs et les petits d'autres oiseaux, mais alors pourquoi les crécerelles, les buses, les éperviers, les chouettes, les chats et, surtout, les humains, ne sont-ils pas haïs et chassés avec une même ferveur ? Plus j'enquête sur les crimes supposés des pies, moins cette histoire me paraît tenir debout. On raconte qu'elles arrachent les yeux, la langue et l'anus des agneaux. Qu'elles gardent une trace de sang du diable sous leur langue. Qu'elles seules parmi les oiseaux ont refusé de pleurer le Christ. Qu'elles jacassaient comme des folles au gréement de l'arche de Noé tandis que les civilisations s'effondraient. Le mot anglais *magpie* lui-même semble chargé d'un mépris ancestral, dérivant du vieil anglais *mag*, un terme péjoratif pour désigner une colporteuse de ragots, en référence au caquètement âpre de l'oiseau. Pourtant, il semble plutôt que ce sont les pies qui ont toujours eu les oreilles qui sifflent. Peut-être la haine que les humains éprouvent manifestement envers elles a-t-elle quelque chose à voir avec leurs pouvoirs surnaturels supposés. Apparemment, les pies peuvent porter chance, ou malchance ; elles peuvent prédire l'avenir ; elles peuvent annoncer la mort et la naissance. Tout le monde connaît la comptine, ou une de ses variantes : une pie tant pis, deux pies tant mieux, trois pies mariage, quatre naissance, cinq argent, six or et sept le diable en personne.

Tout ceci est bien intéressant, mais ce n'est pas particulièrement utile, alors je prends mon téléphone et appelle ma grand-mère pour lui demander conseil. Dans sa vie haute en couleur, elle a été tour à tour soldat dans l'Armée rouge du président Mao, speakerine pour Radio Pékin, traductrice pour le service chinois de la propagande d'État, et, le plus improbable pour tous ceux qui la connaissent, directrice d'une école de village dans le Devon. Elle a eu trop de maris pour que je puisse tous les nommer, mais la seule constante de son existence semble être les animaux. Elle a eu des oies domestiquées, des chèvres ; elle a eu un élevage de staffies ; elle a eu un singe apprivoisé qui urinait en secret dans le café des invités. Et puis il y a eu le moineau qu'elle a sauvé, probablement au péril de sa vie, pendant la campagne de Mao contre les oiseaux, telle une sorte de Docteur Dolittle communiste. La campagne "Tuez les moineaux" était un projet fomenté par une tête de piaf, visant à empêcher que les récoltes soient emportées par des becs chapardeurs en exterminant l'espèce entière. On effarouchait les moineaux pour les faire s'envoler et on les maintenait dans les airs avec des tambours, des hochets et des pétards jusqu'à ce qu'ils tombent d'épuisement.

Des moineaux agonisants s'entassaient dans les rues de Pékin comme des congères. C'est une de ces créatures que ma grand-mère a recueillie et nourrie en secret. Elle-même est un drôle d'oiseau – je plains le voyou qui chercherait à l'agresser le jour des pensions –, mais c'est aussi quelqu'un d'attentionné.

– Une pie? piaille-t-elle. Pourquoi veux-tu garder une de ces bestioles en vie? Horribles créatures. Pourquoi tu ne la noies pas, plutôt?

Ah, me dis-je. Je suis tombé par inadvertance sur une des bêtes noires inexplicables de ma grand-mère. Elles semblent souvent être d'origine animale, maintenant que j'y pense; le monde naturel est soumis à sa propre conception du bien et du mal qui, vue de l'extérieur, n'a pas beaucoup de sens. Le gros rat borgne qui crapahute sous les planches de sa véranda est une source de grande joie, mais les palombes qui roucoulent joyeusement sur une branche du jardin voisin sont le mal absolu. Il en va de même, apparemment, des pies. Je l'écoute me raconter comment le couple qui a fait son nid dans l'arbre au-dessus de son petit cottage dans un coin tranquille du nord de Londres la rendent chèvre avec leur jacassement incessant. Elle les soupçonne de vouloir manger son petit rouge-gorge et veut savoir si je peux lui dégoter un pistolet, de préférence avec un silencieux.

J'essaie ma mère, ensuite, espérant pendant que ça sonne avoir plus de chance. Elle a grandi dans un zoo créé par ma grand-mère et, à en croire ses récits, la responsabilité des autres pensionnaires lui incombait systématiquement. Chaque fois que Blodwin la chèvre s'échappait pour courir au village dévorer les parterres de fleurs des habitants, c'était elle qui devait aller la récupérer. Quand des plumes volaient entre les oies irascibles, on l'envoyait crier et gesticuler dans la cour pour les séparer. Fille unique d'une directrice d'école et d'un journaliste communiste surmené dans une maison au milieu de nulle part, elle était sans doute contente d'avoir de la compagnie, mais, dès qu'elle a eu assez d'économies, elle a acheté un poney sauvage pour une bouchée de pain à un Traveller irlandais et a laissé le zoo le plus loin possible derrière elle.

Elle éclate de rire lorsque je lui rapporte le conseil de sa mère.

– La personne à qui tu devrais vraiment parler de ça, c'est ton père, me dit-elle. Enfin, ton père biologique. Il avait un oiseau apprivoisé, tout pareil. Enfin, pas une pie ; un choucas, il me semble… Mais c'est la même famille, non ? Je suis à peu près sûre qu'il a écrit un poème dessus. Et il y a une photo quelque part aussi, je crois.

Ce n'est pas la réponse à laquelle je m'attendais. Ce n'est pas non plus une révélation entièrement bienvenue, même si j'ai peu de mal à y croire. C'est juste un nouveau détail extravagant à ajouter au portrait troublant et contradictoire que j'ai de l'homme qui m'a donné la vie avant de se volatiliser. La plupart des informations dont je dispose au sujet de mon père biologique sont de seconde main – de ma mère, et d'Internet. Je ne pourrais pas vous dire comment il aime son thé ni le genre de musique qu'il écoute, mais je peux vous donner les grandes lignes de sa vie, à peine plus que sa page Wikipédia. Heathcote Williams (né en 1941) : squatteur, écrivain, acteur, alcoolique, poète, anarchiste, magicien, révolutionnaire, ancien élève d'Eton. Icône chevelue de l'underground radical des années 1960, dont les pièces et les essais suivaient les courants jumeaux du psychédélisme et du sexe. Vu de loin, il m'a toujours fait l'effet d'un homme investi de grands pouvoirs magiques, capable d'enfreindre les règles à sa guise. Il a un jour pris le contrôle de plusieurs rues de l'ouest de Londres, a ouvert les portes aux sans-abris et a proclamé l'indépendance de ce territoire vis-à-vis du Royaume-Uni – non sans, comme le dit la légende, s'être autoproclamé maire au préalable. Il y a chez lui un côté gentleman cambrioleur ; il a un jour fait usage de ses talents de prestidigitateur pour voler Noël chez Harrods, avec la dinde et tout le tralala. Il savait jongler avec du feu, cracher du feu même, bien qu'il n'ait sans doute pas récidivé après s'être auto-immolé sur le pas de la porte de sa copine. Passionné d'animaux, il a un jour déféqué dans ses mains et lancé ses excréments sur un artiste performeur néerlandais qui s'apprêtait à s'accoupler avec une oie vivante, avant de s'enfuir avec l'oie. Passé maître dans l'art de l'escamotage, il a disparu au milieu de la nuit quand j'avais six mois, sans préambule ni explication. Et il avait un choucas apprivoisé qui le suivait sur son épaule, comme un pirate avec son perroquet… Pourquoi pas ?

Je presse ma mère pour obtenir plus d'informations sur la relation qu'entretenait Heathcote avec ce choucas, mais elle ne peut qu'être vague. Elle pense que l'oiseau était là juste avant leur rencontre et ma naissance, il y a près de trente ans. Cela place au moins le choucas à Port Eliot, la vaste demeure des Cornouailles où a vécu Heathcote sur l'invitation de son vieux camarade d'école, Lord Peregrine Eliot, pendant plus de dix ans. Ma mère et moi y avons vécu un moment aussi, dans le cottage d'un éleveur porcin au milieu des bois que Peregrine avait prêté à Heathcote – une famille heureuse parmi les arbres, du moins jusqu'à la dépression de Heathcote.

– Oui, Port Eliot. Ça doit être ça, dit ma mère.

Peregrine, se souvient-elle, ne tarissait pas de plaisanteries déplacées sur le fait que Heathcote s'était dégoté une nouvelle poule pour remplacer son compagnon ailé lorsqu'elle a fait son apparition.

– Mais il ne faut pas que ça te refroidisse, dit-elle comme si elle pouvait m'entendre plisser le nez au bout du fil. Tu devrais lire le poème. Ou mieux encore, demander à Heathcote.

Je ne lis pas le poème et je ne demande pas à Heathcote. À une époque, une telle coïncidence m'aurait enchanté. Je l'aurais vue comme une preuve de notre connexion. Et une occasion de créer des liens. Mais je me suis brûlé les ailes trop de fois pour prendre ce genre de pensée au sérieux. Chaque fois que j'ai tenté d'établir un contact avec Heathcote, il s'est volatilisé comme un nuage de fumée. D'abord quand j'avais douze ans, puis dix-sept, puis vingt, et chaque disparition était plus bouleversante que la précédente. Après tout ça, je me suis juré de ne jamais plus commettre l'erreur de le contacter ; mais je crois que je n'ai pas très bien retenu la leçon, parce que je lui ai récemment envoyé une invitation à mon mariage, avec l'espoir puéril qu'il pourrait venir.

Ces temps-ci, nous échangeons par e-mail, mais notre relation est pour le moins compliquée. Nous parlons, mais nous ne communiquons pas vraiment. Il fait des gestes : il m'envoie son dernier recueil de poèmes, signe ses cartes "papa" avec une bise, comme si ça pouvait suffire à effacer comme par magie les vingt-sept dernières années d'absence et à le dispenser de fournir des excuses ou des explications difficiles. De mon côté, je suis apparemment incapable d'exprimer mes sentiments. Nous sommes tous les deux coincés. Et le fossé que cela a créé entre sa version de la réalité et la mienne est troublant. Peut-être était-il le père parfait pour son choucas, mais plutôt mourir que m'adresser à lui pour des conseils en parentalité.

Au lieu de quoi, je retourne mon attention vers la pie. Elle n'a pas l'air dérangée par mon incapacité à dénicher la moindre information utile. Tout ce qui l'intéresse, ce sont les asticots, et elle semble disposée à m'accepter comme fournisseur principal avec le même abandon, la même avidité, qu'avec Yana. C'est une boule d'appétit, un bébé que je n'ai pas le souvenir d'avoir demandé, qui s'est jeté d'une branche pour atterrir dans ma chambre.

3

Comme la pie, ma mère et moi sommes tombés par terre au printemps. C'est arrivé la nuit ; une poussée silencieuse dans le noir qui a fait voler notre nid en éclats. Heathcote n'a jamais vraiment expliqué ce qui l'a conduit à faire ça, pourquoi il a disparu et pourquoi il est devenu complètement fou. À en croire ma mère, c'est sorti de nulle part, comme un éclair au milieu d'un grand ciel bleu, comme un atavisme invisible tapi dans le sang. Voilà ce que je sais de notre histoire ; c'est d'elle que j'en tiens l'essentiel.

Ma mère, Polly, avait vingt-six ans lorsqu'elle a rencontré Heathcote. Elle a quitté le domicile familial à seize ans, s'est installée à Londres, a enchaîné les amourettes sans lendemain et a dégoté un travail dans une grande maison d'édition, ce qui, dans les années 1980, était une sacrée réussite pour une femme sans diplômes et sans relations, au nez et à la barbe de ses collègues qui la ramenaient à tout bout de champ sur leurs exploits à Oxford ou Cambridge. Heathcote était un de ses auteurs. Dans les années 1960, il avait été un jeune dramaturge prometteur et une figure de la contre-culture qui avait fait l'objet d'un culte passager. Harold Pinter était fan. *Whale nation* (Des baleines) – un long poème célébrant la beauté des baleines et déplorant leur calvaire – devait marquer son grand retour sur le devant de la scène, et ma mère était responsable de la promotion.

L'aspect professionnel de leurs réunions est vite passé à la trappe : Heathcote faisait apparaître des pièces d'argent dans le sucrier, jouait le prestidigitateur et promettait de lui apprendre à jongler. Ils faisaient de longues promenades et il lui envoyait des tours de magie par la poste. Très vite, il a insisté pour qu'elle le retrouve à l'arrivée du train de nuit chaque fois qu'il quittait sa demeure des Cornouailles pour la capitale, et ils prenaient des petits-déjeuners interminables au Great Western Hotel. Heathcote était bien plus âgé qu'elle, il avait largement dépassé la quarantaine, mais ça ne semblait pas avoir d'importance. Il était charmant avec son âme d'enfant : espiègle, taquin et drôle. Elle aimait passer du temps avec lui, et ils en passaient de plus en plus.

Il y a eu un ou deux moments étranges dans leur longue cour incertaine. Malgré toutes les lettres et les interminables conversations autour du petit-déjeuner, Heathcote n'avait apparemment pas trouvé un moment pour mentionner qu'il avait une famille. Il était, disait-il à ma mère, un ermite. Quelle ne fut pas sa surprise de voir les deux filles de Heathcote, China et Lily, et leur mère Diana, débarquer à une lecture de *Whale Nation* au National Theatre – d'autant plus quand Heathcote a réagi en courant à la porte pour sauter dans un taxi. Cet épisode aurait sans doute dû lui mettre la puce à l'oreille ; mais, à ce stade, ils n'étaient même pas encore ensemble, et plus tard, lorsqu'ils l'ont été, il lui a assuré qu'il ne vivait plus avec Diana depuis des années. Elle habitait à Oxford avec les enfants ; lui dans la solitude en Cornouailles. Il ne mentait pas lorsqu'il se présentait en ermite, mais il s'arrangeait tout de même un peu avec la vérité.

Après le succès inattendu de *Whale Nation*, Heathcote est retourné à ce qu'il décrivait comme son "galetas" en Cornouailles. Il avait un autre livre à terminer : *Falling for a Dolphin* (Tomber amoureux d'un dauphin). Il s'agissait une lettre d'amour à un grand dauphin sauvage avec qui il avait passé des semaines à nager en mer d'Irlande. C'était une relation miraculeuse ; un nouvel épisode magique de la vie de Heathcote. Il entrait dans l'eau, plongeait sa tête dans les flots, criait "Dauphin !", et la créature arrivait, torpille sentiente de trois mètres cinquante qui l'emmenait sur son dos vers des criques désertes, plongeait chercher du poisson et partageait ses prises avec Heathcote. Le poème, dirait-il plus tard à ma mère, était imprégné de ses sentiments pour elle, et c'est lors de la tournée de promotion de ce livre, à l'hiver 1988, qu'ils ont fini par se mettre ensemble. Au printemps de l'année suivante, ma mère était enceinte de moi.

Heathcote avait déjà une famille, et ma mère était assez jeune. Mais Heathcote, pour une fois dans sa vie, a été clair.

– On ne peut pas tuer quelqu'un pour cause de mauvais timing, dit-il. Nous aurions fini par avoir un enfant de toute façon.

Le patron de ma mère l'a convoquée dans son bureau lorsqu'il a appris qu'elle allait garder le bébé.

– Je voulais simplement vous féliciter, lui a-t-il dit avec un aplomb prodigieusement déplacé. Heathcote fera un père merveilleux.

Port Eliot n'était pas tout à fait l'ermitage que Heathcote avait dépeint à ma mère. Il disposait à sa guise d'une aile entière du manoir XIIe siècle de son ami Peregrine, et la gouvernante laissait quotidiennement des plats chauds devant sa porte. Heathcote vivait au centre d'un labyrinthe de livres, de papiers et de coupures de journaux, travaillant jusqu'à l'obsession sur ses poèmes méticuleusement documentés le jour, et dormant dans une tanière aux draps crasseux la nuit. Trop occupé pour aller aux toilettes, il remplissait de pisse tout ce qui lui tombait sous la main. En prévision de l'arrivée du bébé, ils ont entrepris de retaper le vieux cottage d'un éleveur porcin dans les bois. Ils ont creusé un puits, planté des noyers, fait de leur mieux pour le transformer en nid douillet. Ma mère a fait venir tous ses meubles et ses livres. Nous étions, pensait-elle, partis pour le long terme.

Décadence aristocratique mise à part, c'était une époque dorée. Heathcote était agréable à vivre : fascinant et drôle. *Falling for a Dolphin* est reparti en tournée, et ma mère leur réservait des hôtels de charme partout dans le pays. Ils organisaient des soirées jonglage dans l'appartement de ma mère quand ils étaient à Londres, et quand elle était enceinte de huit mois, Heathcote l'a emmenée en Irlande rencontrer le dauphin. Ivre de Guinness-cassis, il l'a demandée en mariage. *In vino veritas*, a-t-il répondu lorsqu'elle l'a accusé d'être saoul. Histoire vraie ou pas, le projet n'a finalement jamais abouti.

Pendant mes six premiers mois, Heathcote était apparemment un père merveilleux, comme prédit. Quand je me réveillais le matin, c'était lui qui se levait pour s'occuper de moi, laissant ma mère faire la grasse matinée. Il était obsédé – longtemps avant que le bio ne devienne si populaire – par l'idée de préparer des plats pour bébé sans additifs. Ils trouvaient tous les deux, tant bien que mal, le temps et l'énergie pour écrire. Ma mère, ayant quitté l'édition, commençait sa carrière de journaliste. Heathcote continuait ses poèmes et se rendait quotidiennement à Port Eliot pour scribouiller dans son labyrinthe de papier. Parfois il revenait avec un faisan offert par les chasseurs, et ma mère retirait les plombs de fusil de la chair et l'écrasait en purée pour moi. Peut-être Heathcote était-il le seul à savoir à quel point cet arrangement était fragile. En surface, tout semblait parfait ; jusqu'à ce que, tout à coup, ça ne le soit plus.

Un après-midi ce printemps-là, lui et ma mère étaient assis dans les bois, et j'étais allongé à côté d'eux sur un tapis vivant de jacinthes sauvages.

– C'est plus que ce que je mérite, a dit Heathcote – et il devait vraiment le penser, parce que le lendemain il avait plié bagages.

Au matin, tout était changé : ma mère a été réveillée tôt par mes pleurs. Le côté du lit de Heathcote était vide et froid, mais il n'était clairement pas avec moi. Il n'était pas non plus en bas, ni dehors. Une fugue nocturne avait eu lieu. Heathcote s'était fondu dans la forêt, aussi silencieux qu'une chouette, laissant autant de traces qu'un oiseau par une fenêtre ouverte.

Il s'est avéré qu'il ne s'était pas envolé très loin – un kilomètre ou deux à travers bois jusqu'à la grande maison – mais il aurait aussi bien pu être perché en haut des arbres. Il était hors d'atteinte.

– Il fait une dépression et ne veut pas vous voir, a dit Lord Eliot lorsque ma mère est venue sur ses traces. Vous ne pouvez pas attendre de lui qu'il joue à maman ours, papa ours et bébé ours pour toujours, vous savez.

Après plusieurs tentatives infructueuses et autant d'allers-retours au milieu des jacinthes entre le cottage et la maison, ma mère a réussi à se faufiler jusqu'à lui. Heathcote était en effet sérieusement atteint. Ses yeux étaient rouges et gonflés, ses cheveux plus hirsutes que jamais.

– Je suis malade, répétait-il en boucle. Je suis malade. Je suis malade. Je suis malade.

Ma mère m'a tendu à lui.

– Voici ton médicament.

– Je suis malade, a dit Heathcote. Je suis malade. Je suis malade.

Nous avons été chassés de la maison. Que s'était-il passé ? Elle ne pouvait que se perdre en suppositions ; manifestement, Heathcote n'a jamais estimé qu'il lui devait une explication. Les mois qui ont suivi ont été difficiles. Ma mère n'avait nulle part où aller. Elle a essayé la maison de ses parents dans le Devon, mais nous ne pouvions pas rester longtemps, et nous sommes donc rentrés à Port Eliot.

Entre-temps, Heathcote avait délaissé la grande maison et nous sommes retournés vivre dans le cottage en famille. Heathcote et ma mère ont essayé de recoller les morceaux, mais c'était comme si Heathcote avait été fendu en deux. Quand ils étaient ensemble, il était aimant et se confondait en excuses. Mais dès que ma mère allait à Londres pour le travail, il partait en vrille et se lançait dans des diatribes absurdes et incendiaires au téléphone.

Heathcote semblait avoir décidé qu'il n'y avait pas de place dans sa vie pour la poésie *et* pour la famille. Alors il a commencé à évincer la seconde. Il y avait une phrase qu'il répétait en boucle, une citation célèbre de l'écrivain Cyril Connolly : "Il n'y a pas de plus sombre ennemi de l'art véritable que le landau dans le vestibule."

La situation a atteint un point de non-retour. Ma mère a réemménagé à Londres pour de bon. Heathcote est resté en Cornouailles. Elle savait que son rêve de famille était mort – mais elle voulait au moins que son enfant grandisse en connaissant ses deux parents.

– Un jour je le verrai, disait Heathcote la dernière fois qu'ils ont parlé. Un jour. Quand j'irai mieux. Ça me ferait plaisir.

Inutile de dire que ce jour a mis longtemps à arriver. Plus de dix ans, en fait. Après la séparation, Heathcote nous a éliminés de sa vie, ma mère et moi, comme une tumeur. Il ne nous rendait pas visite, ne nous écrivait pas, n'a jamais envoyé une carte d'anniversaire. Petit à petit, le peu de mémoire sensorielle qui pouvait me rattacher à lui – une paire d'yeux marron au-dessus de mon berceau, une voix grave, l'odeur rassurante d'une peau familière – s'est estompé en silence.

4

Dans mon propre nid, le bébé pie semble peu à peu revenir à la vie au fil de la semaine. Seul avec l'oiseau, mes journées prennent un rythme étrange. À l'aube, les cris commencent. J'exécute un asticot. Vingt minutes plus tard, nouveaux cris. Nouveaux asticots décapités, viande hachée crue et croquettes pour chien affreusement spongieuses. Je nettoie la graisse sous mes ongles, m'installe devant mon ordinateur pour écrire, et les cris reprennent. Yana partie, je danse au rythme de la pie et ressemble de plus en plus à un oiseau. J'attrape des mouches en l'air et déterre des larves. Je papillonne dans tous les sens, mets à mort des araignées, des chenilles et des cloportes. Le manège se poursuit jusqu'au crépuscule. Je ne finis rien, peux à peine quitter la maison, suis complètement épuisé avant la fin de la semaine.

Bientôt, la pie se met à ouvrir en grand sa gorge qui évoque une blessure par balle dès qu'elle détecte ma présence près de sa boîte, comme si elle reconnaissait ma transformation en père oiseau. Le seul son de ma voix suffit à mettre la machine en route. Je la regarde, fasciné, absorber des centaines de vies minuscules dans la sienne, construire de la peau, du muscle, de l'os, des plumes complexes et des griffes acérées à partir d'un magma de cartilage. Je me surprends à me demander si elle se rappelle sa vie dans les arbres, quand ses parents avaient des yeux réglisse, des becs noirs effilés, et s'exprimaient par pépiements et jacassements.

Bien avant la fin de la semaine de déplacement de Yana, la créature devient trop grande pour sa boîte. Elle gratte énergiquement contre les parois, insiste pour que je la laisse explorer le monde de notre chambre avec de petits pas saccadés et des bonds maladroits. Elle est mal assurée sur ses longues pattes fines, semble en permanence sur le point de tomber à la renverse quand elle court examiner d'alléchantes prises électriques et des câbles serpentins. Elle défèque à sa guise.

Je la suis partout avec un œil neuf, remarque les aiguilles et les épingles éparpillées sur le sol qui proviennent de la tenue de mariage que Yana était en train de coudre avant son départ, le tube de Superglue sur sa table de chevet et le couteau de chasse en équilibre sur la mienne. D'un point de vue de parent oiseau, notre chambre – toute notre maison, en fait – est un piège mortel. Il y a des choses dont aucun oiseau sauvage ne devrait se soucier. L'électricité. Des portes où l'on peut se faire écraser. Une cuvette de toilettes où l'on risque de se noyer. Que se passe-t-il si un bec fouineur se coince dans un grille-pain? Les oiseaux semblent particulièrement sensibles aux émanations, raison pour laquelle on envoyait des canaris en éclaireurs dans les mines de charbon, et Internet m'apprend que les produits de nettoyage, les bombes aérosol et les gaz émis par les poêles antiadhésives sont tous mortels pour les oiseaux. Apparemment, des choses que je laisse traîner avec moins de scrupules que l'eau de Javel sont tout aussi fatales: certaines plantes d'intérieur, les avocats, les oignons, l'ail, les champignons, les haricots secs et le chocolat sont autant d'assassins en puissance – du moins pour des oiseaux domestiques plus communs tels que les perroquets et les cacatoès.

Alors que la pie cavale sur le plancher, je regrette une fois de plus de ne pouvoir confronter mes impressions à celles de quelqu'un qui dispose d'une véritable expérience dans l'éducation de ce genre d'oiseau. Je fouille dans mon répertoire en me demandant qui je pourrais bien appeler, mais les propriétaires de pies ne sont pas légion. La seule personne qui me vient à l'esprit est Heathcote, et même là je commence à avoir des doutes. Plus je passe de temps avec cette pie, moins je crois à l'existence de son choucas. Cette créature représente beaucoup de travail. De pagaille. De bruit. Il faut l'alimenter en permanence. Ce doit être à peu près pareil avec un choucas. Ils sont de la même famille : les corvidés, la famille des corbeaux. Heathcote n'a même pas su s'occuper de sa propre progéniture très longtemps. Comment aurait-il pu s'en sortir avec un oiseau ? Le choucas est une énigme ; mais c'est peut-être aussi un indice.

Non sans réticence, je me tourne vers l'étagère où j'ai rangé les livres et les pamphlets de Heathcote. Il y a son premier livre, *The Speakers* (Les Orateurs), écrit lorsqu'il sortait tout juste de l'adolescence et qu'il s'était immergé dans les existences précaires des orateurs publics du Speakers' Corner à Hyde Park. C'est un reportage à la croisée entre George Orwell et Jean Genet, un portrait sans concession de la drogue, de la maladie mentale, de la vie dans la rue et du sexe. Il a reçu un bel accueil critique à sa sortie en 1964 – avec des éloges d'Anthony Burgess, William Burroughs et autres Harold Pinter en couverture –, mais à l'instar de l'essentiel de son œuvre, et de Heathcote lui-même, il semble avoir peu à peu sombré dans l'oubli. Je le frôle du bout des doigts, m'arrête devant la trinité de longs poèmes sur la nature – *Whale Nation*, *Falling for a Dolphin*, et *Sacred Elephant* (Éléphant sacré) – qui lui ont assuré une salve de succès inattendu autour de l'époque de ma naissance. Aussi loin que remontent mes souvenirs, ces trois-là ont toujours été dans ma bibliothèque. Au moins un d'entre eux était un cadeau de Heathcote. Ses lettres penchées courent sur la page de garde de *Falling for a Dolphin*, me racontent qu'il a emmené ma mère nager avec le dauphin quand elle était enceinte de moi, que le dauphin a utilisé ses ultrasons pour examiner son ventre et qu'il a ainsi été le premier à poser ses yeux sur moi. C'est une lettre du passé qui m'a toujours turlupiné : comment un bonheur aussi évident peut-il se volatiliser ?

Puis viennent les travaux plus récents de Heathcote. Là, j'ai plus de mal. L'année qui a suivi notre reprise de contact, Heathcote m'en a envoyé la plupart. De minces recueils de poésie et des pamphlets qui arrivent au courrier et que je suis tout bonnement incapable de lire. J'essaie, mais mes yeux glissent de la page et je dois renoncer, d'où le fait que je n'ai encore jamais croisé son poème sur le choucas. Je ne sais pas pourquoi j'ai une telle réaction allergique aux poèmes que m'envoie Heathcote. Peut-être parce que ce ne sont pas les mots que je veux lire ; disons aussi que leur qualité discutable ne joue sans doute pas en leur faveur. Je ne suis pas seul dans mon diagnostic. Les Pinter et les Burroughs d'aujourd'hui ne se pressent pas au portillon pour célébrer les divagations auto-éditées de Heathcote sur Diogène de Sinope.

Je repère le poème sur le choucas dans un mince volume de poche bleu intitulé *Forbidden Fruit : Meditations on Science, Technology, and Natural History* (Fruit défendu : Méditations sur la science, la technologie et l'histoire naturelle). Je m'aperçois que c'est la première fois que j'ouvre ce livre. "Being Kept by a Jackdaw" (Prisonnier d'un choucas) est niché entre des poèmes sur les abeilles et le capitalisme, le miel de guêpe et la guerre des Malouines, le suicide d'Alan Turing et les brimades subies par les ouvriers qui fabriquent des ordinateurs dans les usines chinoises contemporaines. Cette fois, mes yeux ne glissent pas de la page. Ce poème sur le choucas est riche, sensoriel et étonnamment tendre. Il s'ouvre sur Heathcote à une foire agricole, attiré dans une tente par l'odeur suave de crêpes à la tanaisie cuites sur un brasero. Il y trouve des oiseaux : des piles de cages en bois contenant des oiseaux blessés. Un grand corbeau du nom d'Aubrey l'hypnotise du regard et un rêve d'enfant, celui d'avoir un ami choucas, refait surface. Dans cette tente, son rêve d'enfant devient réalité. Je dois lire le poème plusieurs fois avant de pouvoir m'y installer confortablement ; puis je m'assieds par terre avec la pie à mes côtés et tombe au fil des pages dans le monde du vieil homme.

5

Les plumes du corbeau glissent les unes sur les autres comme des écailles d'acier au carbone quand il se déplace sur son perchoir, et il y a quelque chose d'ophidien dans sa manière de fixer le nouvel arrivant de son regard furieux, tel un cobra ou une murène hypnotisant sa proie. Par d'imperceptibles mouvements de tête, le corbeau absorbe Heathcote, enregistre le moindre détail, depuis le bout de ses lacets effilochés jusqu'à ses coudières en cuir, la terre sous ses ongles, les cheveux en nids d'oiseau sauvage dressés sur sa tête, il voit même au-delà, selon des fréquences et des prismes qui dépassent l'entendement humain. Les lèvres minces de Heathcote s'écartent dans un émerveillement muet ; l'oiseau est immaculé, divin, une icône d'obsidienne qui prend vie.

Entre eux, la fumée d'un brasero meurtrit l'air et un couple de Travellers, Dave et Di, s'affairent autour, préparant du thé et des crêpes à la tanaisie dans une poêle en fonte graisseuse. "Je vois qu'Aubrey vous a jeté un charme", lance Di, offrant au visiteur un mug bleu à la propreté douteuse rempli de thé anglais sucré.

Le corbeau, reconnaissant son nom, ou prononçant enfin son jugement sur l'étranger, ouvre son bec d'ébène et croasse ; un son pénétrant, presque surnaturel, qui donne à Heathcote des picotements jusque dans les tripes. Il cligne des yeux, prend la tasse de thé, reporte son attention sur l'humaine en face de lui. Elle lui explique comment Aubrey, à l'instar des autres oiseaux dans les cages de bois empilées autour d'eux, a été confié à ses soins, petite chose cassée qu'elle et son compagnon Dave remettent sur pied ; comment, alors même que la porte de sa cage est toujours ouverte, Aubrey ne gagne jamais les airs, pas même un jour de début d'été comme celui-ci, avec toutes les tentations d'une fête agricole en Cornouailles qui tourbillonnent autour d'eux.

Les yeux de Heathcote s'écarquillent de plaisir. À l'instar de ceux du corbeau, ils paraissent noir scarabée à première vue, mais lorsque le soleil les éclaire d'un certain angle, comme maintenant, ils brillent comme de l'acajou verni. Il se rappelle un fantasme de son enfance. *La présence irréelle d'Aubrey a réveillé mon vieux rêve de petit garçon d'avoir un choucas sur l'épaule, comme un pirate. Murmurant des secrets à mon oreille, ce choucas parlerait une langue que moi seul comprendrais.* Un compagnon magique pour lui parler, pour le protéger.

Dave prépare le dîner d'Aubrey : un œuf de cane cru dans sa coquille, des biscuits imbibés de sang, un oisillon né la veille dont l'œil suinte de plasma, le tout empilé dans un bol en fer-blanc cabossé. Aubrey croasse de nouveau, révélant une gorge écarlate et une longue langue mince. Il y a un craquement mouillé, comme lorsqu'on brise la surface d'une crème brûlée, au moment où l'oiseau fend l'œuf d'un seul coup de bec, répandant des éclats de coquille visqueux dans son empressement d'arriver au jaune. J'imagine Heathcote qui plisse le nez. Dans son rêve d'enfant, il n'avait sûrement jamais imaginé qu'un oiseau pouvait avoir des besoins aussi macabres. Mais, alors que le soleil commence à décliner et que Di jette une étoffe sur la cage d'Aubrey, il sent que sa chance est en train de lui glisser entre les doigts.

"Depuis ma plus tendre enfance..." Ils affichaient une mine de curiosité patiente. "J'ai envie..."

"J'ai toujours voulu m'occuper d'un choucas", lâche-t-il soudain, l'air vaguement penaud, comme s'il venait de révéler un secret honteux.

Dave Nelstrop déclara nonchalamment, "Ah, on en a un. Un oisillon. Il était trop mal en point pour qu'on l'apporte. Il est nourri au compte-goutte. Avec un soupçon de brandy. Il vient de tomber de son nid dans un clocher". Heathcote regarde Di d'un air interrogateur. Ils promettent de l'apporter la prochaine fois qu'ils passent dans le coin.

Une semaine plus tard, Heathcote se réveille à l'aube avec une chose dure et tranchante qui force le passage entre ses lèvres. Il s'agite, grogne, et l'objet est retiré. Encore vaseux, il décolle ses paupières et, à quelques centimètres de lui, un œil unique, parfaitement rond, azuré, le contemple d'un air fou. Jack Daw, baptisé ainsi d'après le nom anglais du choucas, *jackdaw*, réinsère son bec dans la bouche de Heathcote et, tel un médecin avec un spéculum, l'écarte en grand. Trop fatigué pour résister, Heathcote retombe sur sa pile de draps sales et autorise son nouveau compagnon à "chercher un reste du dîner de la veille", à dénicher des fragments du bœuf Wellington entre ses canines.

Tout ce dont il a vraiment besoin, lui ont dit les Nelstrop, c'est d'un peu de repos – mais ils ont manifestement omis d'en informer le choucas. Il est, pense un Heathcote dépité, inépuisable – *une comète d'énergie et d'appétit lancée comme une bombe.* Il ne s'était pas attendu à ce qu'il soit aussi vivant. *Vu de près, son comportement sauvage était dominé par une curiosité dévorante, mais qui était-ce exactement? Cet oiseau qui avait passé sa vie dans une tour, qui était tombé, et dont le capuchon gris le faisait ressembler à un moine en bure.*

L'oiseau saute de la poitrine de Heathcote pour aller fureter dans ses draps, qui ont pris la teinte jaunâtre d'une carte au trésor à force de sueur séchée et de thé renversé. Heathcote observe, fasciné malgré l'heure indécente, cet oiseau affairé qui retourne les plis, creuse des sillons, enfonce son bec dans des crevasses. Qui agite la tête de haut en bas comme s'il psalmodiait une prière frénétique. Le choucas s'interrompt. Il a trouvé quelque chose de doux, rose et poilu. Il le pince violemment et Heathcote hurle. Ce n'est manifestement pas ce que cherchait l'oiseau, qui se dirige d'un pas déterminé vers la tête de Heathcote et hurle à son tour.

Heathcote marmonne et, telle une marionnette animée de vie, il rassemble ses jambes filiformes pour se lever. Il est nu – enfin, si l'on excepte le choucas perché sur son épaule. Quand il aperçoit son reflet dans la grande fenêtre incurvée dans le mur de sa chambre arrondie, il sourit. La vie ne s'est pas déroulée exactement comme dans ses rêves d'il y a une quarantaine d'années, mais elle s'en rapproche pas mal. Sans baisser les yeux, il ouvre sa vessie et expédie un jet de pisse dorée dans l'ouverture d'un grand vase. Le récipient est déjà plein aux trois quarts et cette nouvelle contribution fait monter son contenu repoussant jusqu'à ras bord. C'est un des nombreux réceptacles de ce type éparpillés sur le sol : des casseroles, des verres à bière, une carafe à décanter, même un pot de chambre du XVIIIe siècle – qui a été le premier à être rempli. Bientôt la pièce sera inhabitable, songe Heathcote à regret, avec les excréments de l'oiseau qu'il va falloir se coltiner aussi.

Il regarde par la fenêtre. Cette vue en particulier lui manquera. C'est une perfection de carte postale : l'œil tombe sur la vallée aux formes doucement sculptées vers les eaux du Tamar, dont le vaste estuaire scintille déjà dans l'aube, avec les oiseaux qui picorent dans les vasières et les rails du train sur pilotis en surplomb. Mais, en contemplant cette pagaille naissante, il ne voit pas d'autre solution. Il a de la chance que cette aile de la maison soit à peu près déserte ; il peut continuer à progresser dans le couloir pendant des années, scellant les portes derrière lui au fur et à mesure.

Il aime à se considérer comme un squatteur. C'est ce qu'il raconte aux gens, en tout cas, même si la réalité est qu'il a simplement abusé de l'hospitalité de son hôte. Lorsque Peregrine lui a dit qu'il pouvait venir séjourner chez lui un moment, il ne s'attendait sans doute pas à ce qu'il soit encore là cinq ans plus tard, à remplir ses vases Ming de déjections humaines. Les deux filles de Heathcote et leur mère sûrement pas non plus.

Heathcote enfile un pantalon et s'assied à son bureau. L'Œuvre est ce qu'il y a de plus important. C'est pour ça qu'il est venu ici : un lieu de paix, loin des entraves du "sandwich familial", comme il l'appelle, où il a toute latitude pour créer.

Sur le bureau, le visage obscènement annoté de la Première ministre, Margaret Thatcher, lui lance un regard mauvais. Il prend son stylo et s'apprête à inscrire une nouvelle saillie bien sentie, lorsque le choucas lui crie de nouveau dessus, en plein dans l'oreille cette fois. Il avait presque oublié sa présence. Avec sa gorge rose exposée si près de son visage, Heathcote a l'impression qu'il peut voir jusqu'au fond de son estomac vide. *Presque immédiatement je devins le captif de l'oiseau, n'existant que pour satisfaire ses besoins, en me demandant si j'allais connaître le syndrome de Stockholm, quand on tombe amoureux de ses ravisseurs.*

Des vers de farine et du lait, voilà de quoi se compose l'alimentation du choucas, à en croire les Nelstrop. Tout en se mettant en quête du petit-déjeuner de l'oiseau, Heathcote se demande comment, dans la nature, les choucas se débrouillent pour trouver du lait à leurs petits. Peut-être qu'ils attaquent des camionnettes de laitier, telles des mouettes derrière un chalutier. Ou alors ils sautent, fusent, bondissent sur les pis des vaches et y restent accrochés comme d'irascibles patères noires, jusqu'à avoir la gorge pleine. Heathcote songe soudain que les choucas ne boivent peut-être pas vraiment de lait – néanmoins, il verse la brique dans l'unique casserole encore épargnée par ses pollutions et la met à chauffer sur son réchaud.

L'oiseau se jette sur les vers, les répand sur le sol par excès de zèle. Cadeau de départ des Nelstrop, ils rampent lentement dans les renfoncements sombres entre les lattes et disparaissent. Le choucas éclabousse son visage charbon dans le bol de lait chaud.

Heathcote hausse les épaules et retourne au chaos de son bureau. Il repousse Thatcher sur le côté, enfouit avec culpabilité une lettre de sa mère qui lui demande s'il souhaite lui envoyer par la poste un pull ou des chaussettes pour qu'elle les rapièce, et tire un carnet Moleskine vers lui. Il se met à griffonner. Une idée sur laquelle il travaille depuis un moment commence à prendre forme : un poème épique sur les baleines, quelque chose qui aurait le rythme et le pouvoir d'une incantation, un sortilège de protection qu'il lancerait sur elles. Tout s'estompe autour de lui, jusqu'à ce que n'existe plus que la plume de son stylo qui gribouille des runes sur un papier blanc nacré.

Le choucas ne l'entend pas de cette oreille et se comporte *comme une star du cinéma tyrannique, exigeant une attention totale, jour et nuit*. Depuis le sol, il bondit sur le genou de Heathcote et, de là, gagne le bureau et écrase le stylo d'un puissant coup de marteau-piqueur qui lui fait cracher une giclée artérielle d'encre noire sur la page. Heathcote regarde ses papiers, piétinés par les pattes noires du choucas, et se sent un peu abattu. Il est, comprend-il, de nouveau captif.

6

L'écho du choucas me réveille aux aurores. "Comment c'est possible ?" me dis-je, encore vaseux, alors que je sens une chose dure et tranchante sonder la peau de mon visage. Comment disait Heathcote ? *Un marteau-piqueur osseux qui vous picore les dents* à l'aube. J'ouvre les yeux et vois mon persécuteur dressé impérieusement sur mon sternum, juste au-dessus de mon cœur, qui m'examine sévèrement à travers un unique œil d'un bleu laiteux. L'oiseau a appris à s'échapper de sa boîte et à bondir sur notre lit, et semble maintenant impatient de petit-déjeuner, ou peut-être me prend-il pour son petit-déjeuner. J'essaie de ne pas tressaillir quand il tire sur ma lèvre inférieure comme sur un élastique. Je décide que ces actes ne partent pas d'une mauvaise intention. Si l'oiseau avait voulu creuser dans ma chair, il aurait sans doute pu le faire : les preuves des dommages que peut causer son bec quand il l'utilise comme une pioche sont tout autour de moi.

Je crois au choucas de Heathcote, à présent. Son poème est trop soigneusement observé pour avoir été le fruit de son imagination, et j'ai trouvé une preuve photographique sur Internet. La photo est petite, granuleuse, la mise au point est mauvaise, comme un souvenir brumeux. Elle montre un homme assis devant une grande table dans une pièce caverneuse, dos à l'objectif. Il a une grande crinière de cheveux noirs, hirsutes. Il s'agit de Heathcote, sans l'ombre d'un doute. Les deux épaules de sa veste bleu nuit sont maculées de blanc, et sur le dossier d'une chaise à sa gauche est perché un choucas gris acier, qui lui rend son regard.

Je récupère mon téléphone sous l'oreiller et prends une photo de l'oiseau dressé si crânement sur ma poitrine. Peut-être que j'enverrai un e-mail à Heathcote, finalement.

Depuis deux semaines qu'elle est avec nous, la pie est devenue une vraie beauté. Il y a quelque chose de princier dans sa manière de plastronner sur le lit dans sa cape de soie noire et d'hermine blanche comme la neige, avec ses rémiges naissantes qui scintillent comme des joyaux. Yana et moi avons tous les deux commencé à considérer la pie comme un mâle. Nous n'avons aucun élément concret pour fonder ce jugement : les pies, de même que la plupart des membres de la famille des corvidés, n'ont pas de dimorphisme sexuel visible, car elles ne possèdent pas d'appareil génital extérieur et ne présentent aucune différence majeure de taille ou de plumage. Mais l'oiseau doit bien être l'un ou l'autre, et nous avons cinquante pour cent de chances d'avoir raison.

Avec son bec qui étincelle, l'oiseau tente une nouvelle attaque vers ma cloison nasale. Cette fois j'esquive sous les couvertures, et j'ai l'impression d'être un géant tandis qu'il marche à pas feutrés sur la couette au-dessus de moi, avec ses serres aussi délicates que les pattes d'un chaton.

Tout en me levant pour lui préparer son premier repas de la journée, je repense à Heathcote et à son oiseau. Des moments comme ce matin – des moments qui semblent être des échos transmis d'une génération à l'autre – sont un peu troublants. Tout ce qui me donne l'impression de suivre les traces de Heathcote déclenche chez moi un signal d'alarme. La dernière fois que je suis parti à la poursuite de son ombre, j'ai moi-même fini en dépression nerveuse, et je suis maintenant terrorisé à l'idée que l'histoire se répète. La limite entre raison et folie me fait l'effet d'une très fine membrane, qu'il serait trop facile de traverser. Je dois me rappeler qu'il n'y a rien à craindre ici. Une coïncidence anodine, quoique hautement improbable. Avant de pouvoir changer d'avis, j'écris un bref e-mail à Heathcote, avec en pièce jointe la photo de la pie dressée fièrement sur ma poitrine – exactement comme Jack Daw sur lui trente ans plus tôt.

En rentrant de sa mission à Paris il y a quelques jours, Yana nous a trouvés, l'oiseau et moi, totalement inséparables. Je crois que je suis devenu son arbre, et il saute sur la moindre occasion de s'accrocher à mon bras, ou de se précipiter sur une de mes épaules ou dans le nid de mes cheveux. Et même s'il me chie dessus, becquette mes extrémités et me hurle dans le tympan, j'ai l'impression qu'il me regarde avec admiration, qu'il m'observe et attend que je lui donne l'exemple.

Je ne sais pas trop quelles leçons de vie il a pu apprendre de ses expéditions avec moi dans la maison. Rien d'utile sur les manières de se procurer de la nourriture, je le crains – à moins que mes perquisitions dans le frigo entrent en compte. La plupart du temps, il est juste perché sur le rebord de mon bureau et observe tout ce que je fais : il penche la tête sur le côté quand je taille un crayon et surveille les rubans de bois rêches qui tombent dans la corbeille. Il suit mes doigts qui tambourinent sur le clavier et picore les touches à son tour. Souvent, aussi souvent qu'il le peut, il grimpe sur mon poignet ou se glisse sur le revers de ma main et s'installe pour la sieste, une chaude boule de plumes qui remue et me réprimande doucement si je continue d'essayer de taper.

Le parasite dans sa gorge semble avoir disparu purement et simplement et, bien qu'il célèbre le retour de Yana par une nouvelle crise, sa trajectoire générale semble ascendante. Cet oiseau résiste à la tendance.

Entre ses repas, j'ai lu tout ce que je pouvais sur le sujet. En plus du poème de Heathcote, j'ai absorbé avidement des livres écrits par des gens qui ont eu des interactions avec cette famille d'oiseaux et par des biologistes qui les ont étudiés. Ce que j'ai découvert est époustouflant. On a constaté que les pies font partie des rares animaux, en dehors des humains, qui se reconnaissent dans un miroir, ce qui implique qu'elles ont conscience d'elles-mêmes. Elles jouent. Elles pratiquent la duperie. Elles sont maîtres dans l'art de l'imitation. Je lis de plus belle et développe de nouvelles connaissances sur le petit miracle du génie des corvidés : corbeaux et consorts ont un des plus hauts coefficients d'encéphalisation du royaume animal ; leur cerveau est aussi densément replié sur lui-même que de l'acier japonais, ce qui leur permet de jouer dans une catégorie nettement supérieure à celle de leur poids cérébral. Manifestement "cervelle d'oiseau" n'est pas si insultant que ça finalement.

Je lis que les pies sont à peu près aussi intelligentes qu'un enfant de deux ans, et que les autres membres de la famille des corvidés le sont encore plus. On a par exemple découvert que le corbeau calédonien possède des capacités de raisonnement semblables à ceux d'un enfant de sept ans. Aussi frappante qu'elle soit, la comparaison avec l'intelligence humaine semble erronée. Ce vagabond à bec n'est pas un humain semi-développé piégé dans un corps d'oiseau. C'est une entité en soi, une intelligence totalement différente qui se développe devant nous.

Je commence à m'emballer sérieusement. Peut-être, dis-je à Yana, sommes-nous au début de quelque chose d'énorme : une rencontre d'esprits aviaire et humain, un premier contact. Peut-être que, lorsqu'on le relâchera dans son monde, il racontera aux autres oiseaux comment nous nous sommes occupés de lui. Je m'imagine capable de tendre le bras sous un arbre et de le sentir ployer sous le poids des pies et des corbeaux sauvages qui descendent me saluer. Yana hausse un sourcil devant mes divagations, mais nous commençons néanmoins à interagir différemment avec l'oiseau. Aime-t-il les choses que nous aimons ? Réagit-il aux choses auxquelles nous réagissons ?

Nous ne considérons plus cette opération comme une simple mission de sauvetage. Nous créons peu à peu des liens. Yana prend l'oiseau sur son poignet et lui montre la pie dans le miroir. Il se dévisage, beauté à l'œil bleu et au bec noir, et émet un long piaulement modulé, une espèce de ronronnement d'oiseau. Je cueille des fleurs de fin de printemps sur le parterre devant la maison et les tends à la créature installée au milieu des plis d'une serviette sur notre planche à repasser. Elle les saisit dans son bec l'une après l'autre, des myosotis minuscules, des pétales de coquelicot deux fois gros comme sa tête, et pousse un cri d'appréciation manifeste. Je rentre des courses et trouve Yana et la pie posées ensemble – Yana assise les jambes croisées sur le lit, l'oiseau recroquevillé en boule perché sur son épaule nue, ses pattes invisibles sous les froufrous noirs et blancs de sa jupe de plumes – en train d'écouter de la musique classique, une mélodie d'orgue envoûtante. Yana sifflote le morceau et la pie l'accompagne tant bien que mal avec ses piaillements et ses gazouillis erratiques.

Tandis que l'oiseau explore et furète dans la maison, interrogeant tout ce qu'il trouve sur sa route – mon chargeur d'ordinateur, un cactus, une paire de lunettes de soleil – avec son bec de plus en plus puissant, je me demande comment il est possible que je sois arrivé si loin dans ma vie sans avoir remarqué ce que j'appellerais la personnalité, faute d'un meilleur terme, de ces animaux. Je m'aperçois que, quand il m'arrivait de penser à eux dans le passé, c'était comme de simples décorations, des éclairs de noir et de blanc qui faisaient de temps à autre une jolie apparition dans le ciel. La transformation mentale apparaît presque magique, comme si vous sortiez dans votre jardin et trouviez les fleurs en pleine conversation les unes avec les autres.

Il est encore incapable de se nourrir seul, ou d'étancher sa soif, et passe de longs moments à dormir, mais entre les siestes et les repas, l'oiseau a commencé à sculpter ses lignes. Après avoir ciselé sa silhouette à partir du marbre brut de son œuf, il travaille maintenant les finitions, peaufine la forme. Là où il y avait de la peau à vif, des gaines dures et cireuses ont émergé ; ce sont les premières plumes. L'oiseau les gratte, les racle, les picore et les use jusqu'à ce qu'elles craquellent et s'effritent et que des plumes flambant neuves se révèlent. Partout où il s'assied, il laisse derrière lui des tas de pellicules issues des tubes de ces plumes. Il déploie ses ailes pour la première fois – pas pour les battre mais pour grignoter ces plumes serrées comme des parchemins. La couleur de ces plumes, les rémiges, est, comme les yeux de l'oiseau, complètement inattendue. Au soleil, elles resplendissent d'un bleu électrique, semblables à l'éclat d'un aileron de poisson exotique d'aquarium, comme je n'en avais encore jamais vu sur un oiseau britannique.

7

Aussi belle, intelligente et mystérieuse que soit la pie, Yana et moi avons tous les deux besoin de souffler. Cela fait maintenant deux semaines que je ne me suis pas senti propre ou reposé. Mes yeux sont lourds et gonflés de sommeil. J'ai du jus de viande sur la chemise et des déjections d'oiseau plein les cheveux. Nous sommes censés consacrer notre temps libre à planifier notre mariage – qui aura lieu d'ici quelques mois à peine –, au lieu de quoi nous jouons à papa-maman avec un oiseau.

Pendant que je me lave, Yana nourrit l'oiseau à lui faire exploser la panse, puis nous sortons déjeuner. C'est la première fois que nous laissons la créature sans surveillance. Dehors, je prête attention aux oiseaux sauvages comme jamais auparavant. C'est un immense changement de paradigme de les voir soudain comme des individus, avec leurs biographies et leurs goûts bien à eux. Les pigeons dodelinent de la tête pour avaler des gorgées circonspectes d'eau huileuse dans le caniveau, et leur cou renvoie des reflets violets et verts ; une corneille noire grimpe sur une poubelle et expédie des gobelets de café et des emballages de fast-food sur le trottoir avant de s'envoler avec ce qui ressemble à un sac à crottes dans le bec ; une pie adulte court sur un rebord de fenêtre au-dessus de nos têtes en émettant un bruit de crécelle aussi tonitruant qu'une salve de mitrailleuse.

Heathcote n'a pas encore donné suite à mon e-mail, mais sa réponse à notre invitation au mariage est enfin arrivée dans la boîte aux lettres ; un paquet en papier marron contenant une liasse de cartes postales.

Apparemment, il a répondu à une question simple par une énigme. Impossible de savoir s'il compte venir ou pas. J'attends l'occasion de soumettre ce mystère à Yana. Espérons qu'elle sera meilleure cryptologue que moi.

Lorsque nous arrivons au café du coin, je déverse le contenu du colis de Heathcote sur la table pour le lui montrer. Elle prend la première carte et lit le message de Heathcote.

> Charlie,
> Merci pour cette belle invitation. Je répondrai autrement, si tu permets.
> Bises
> Papa

– Je ne comprends pas, dit Yana. Qu'est-ce qu'il entend par "je répondrai autrement" ?

Elle fronce les sourcils et retourne la carte, en quête d'indices. De l'autre côté figure un tableau surréaliste représentant une chouette. La chouette traverse un ciel étoilé avec une corde dans le bec. Un homme en pyjama à rayures remonte la corde avec un filet à papillon dans les mains, essayant d'attraper la chouette. S'il y parvient, ce sera la chute et une mort certaine pour tous les deux.

– Peut-être que le tableau est sa réponse ? je suggère. Tu crois qu'il est la chouette – et que notre mariage est le filet ?

– Mais alors toi, tu es censé être qui dans cette histoire ? dit Yana. Le gros avec son affreux pyjama ?

Elle parcourt le reste du contenu de l'enveloppe, en quête d'indices. En plus de la carte postale, Heathcote nous a envoyé une photo de l'ancien maire de Londres, Ken Livingstone. Ken tient dans ses mains un des recueils de poésie de Heathcote et sourit. Yana se gratte la tête.

– Je ne vois pas le rapport avec notre mariage, dit-elle avant de passer à la carte suivante, un tableau de

Heathcote représentant un champ jonché de canettes de Coca écrasées. La suivante est la photo d'un gorille levant grossièrement son majeur, avec un poème de Heathcote en surimpression ; et enfin une image de Jésus, levant lui aussi le majeur, accompagnée du même poème. Le poème lui-même est bref et n'a pas de lien particulier avec le mariage.

Tout ce que signifie l'Anarchie
C'est pas de chef. C'est simple :
Merde à tous les petits chefs !

– Tout ça ne sent pas le oui, dit Yana. Mais ce n'est pas non plus un non franc et massif. Il a mis “bises”. Je crois qu'il va juste falloir attendre le jour J pour voir s'il vient.

Je ne sais pas ce qui m'est passé par la tête quand j'ai invité Heathcote au mariage. J'avais conscience que c'était une erreur, que je projetais un nuage noir sur un dimanche ensoleillé. Je suppose qu'une partie de ma motivation était de rendre visible le gouffre entre la version de la réalité de Heathcote et la mienne, et de lui donner une chance de le combler. Est-il vraiment ce papa qui envoie des bises ? Si oui, il viendra.

Yana repousse la pile de cartes. Elle n'a pas le temps de jouer aux devinettes, et il y a d'autres sujets à discuter, des problèmes à régler, d'ordre pratique ainsi que psychologique. Sa propre famille afflue de toute l'Europe : sa mère et son père et leurs conjoints respectifs, ses quatre sœurs et ses trois frères, et il faut trouver où les loger. Il y a une grand-mère en Ukraine qui se débat avec des problèmes de visa et d'arthrite. Nous n'avons toujours pas d'alliances, ni de vœux, ni même de prêtre consentant. Tout ce que nous avons, c'est le lieu : une berge de la rivière à la ferme où j'ai grandi, entourée de nénuphars, de saules pleureurs et de reines-des-prés.

Bien avant que les cafés arrivent, la conversation revient sur l'oiseau. Yana se demande quand il apprendra à se nourrir tout seul, quand il apprendra à voler, et si nous pouvons faire quoi que ce soit pour accélérer le mouvement afin de le renvoyer dans les arbres où est sa place. J'ai un pincement au cœur à cette idée. Je ne suis pas sûr de vouloir qu'il s'en aille, même si je sais que tôt ou tard il faudra s'y résoudre. Je m'y suis attaché. La créature est fascinante en elle-même, mais en plus de son charme intrinsèque, elle s'est mêlée dans ma tête avec Heathcote, son choucas, ses disparitions inexpliquées, son incapacité à être présent. Une partie de moi pense que la pie détient des réponses, dont elle ne m'a pas encore fait part.

Alors que Yana lape la mousse de son cappuccino, je commence à tambouriner sur la table et à remuer sur ma chaise. J'ai un besoin animal de retourner au nid. Je suis parti trop longtemps, et plus je reste ici, plus il risque de se produire quelque chose de fâcheux. C'est comme si une alarme caquetait dans ma tête, un instinct de mère pie. Yana saisit ce qui se passe et se cramponne obstinément à son café. Ce n'est pas vraiment un phénomène nouveau, ce besoin soudain, urgent et totalement irrationnel de quitter un endroit et de voler à la maison. Mon instinct fuir-ou-combattre est complètement détraqué depuis un moment. Sauf que pour la première fois, il est dirigé vers quelque chose qui m'est extérieur : un minuscule oiseau dans une boîte en carton. Je multiplie les mimiques angoissées jusqu'à ce que Yana écluse son café et se lève, en me maudissant sur tout le chemin du retour.

Pour une fois, ma paranoïa est justifiée. En notre absence, l'oiseau a fichu une joyeuse pagaille. La terre d'une plante en pot est répandue partout sur le plancher, un bocal de stylos et de crayons a été renversé, le contenu de la boîte à couture de Yana éparpillé. Une bobine de fil noir a été dévidée dans tout l'espace de notre chambre, qu'elle quadrille d'un bout à l'autre comme si une énorme araignée avait cherché à tisser une toile noire maléfique. Au bout de la bobine, il y a la pie, empêtrée dans un filet qu'elle a elle-même tendu, regrettant sans nul doute la décision qui l'a conduite à ce point. L'oiseau a dû exécuter sa propre danse rituelle pendant notre absence, sautillant en cercle autour d'un pied de table avec le fil coincé dans le bec, resserrant malgré lui les nœuds qui l'entravaient.

L'oiseau lève la tête vers nous et pousse des couinements pathétiques. Yana émet un son qui est quelque part entre le gloussement et le roucoulement d'empathie et se précipite pour le détacher précautionneusement avec un ciseau à ongles tandis que l'oiseau émet des gémissements aigus. Une partie peu charitable de moi le soupçonne d'avoir fait exprès pour nous rappeler à quel point il est sans défense et dépend de nous, et peut-être pour nous punir, en tant que parents adoptifs, de l'avoir abandonné. Si c'est le cas, son plan a fonctionné. Yana a les yeux brillants. Mais elle est aussi remontée contre la créature. Libéré de ses liens, l'oiseau se hisse sur le dos de la main de Yana et la prend en otage en s'abandonnant à un profond sommeil.

8

Dans la société des pies, les oisillons abandonnés par un parent ne courent pas toujours à leur perte. Les pies ont leurs propres filets de sécurité. Dans les nids où, pour une raison ou une autre, le parent mâle a disparu, les ornithologues ont constaté que des pies célibataires venaient courtiser la femelle et même prendre soin de sa progéniture comme s'il s'agissait de la leur. Ce phénomène va à l'encontre de ce que je comprends de la théorie du gène égoïste. On croirait que le mâle enverrait valser les oisillons pour briser la lignée concurrente. Au lieu de quoi, il les nourrit. Les pies, semble-t-il, sont capables d'agir en dehors de leurs intérêts biologiques immédiats ; on pourrait même dire qu'elles ont bon fond.

Ce n'est pas exactement ainsi que je voyais les choses lorsque j'ai moi-même hérité d'un nouveau père. Je ne me souviens pas dans le détail des années qui ont suivi la disparition de Heathcote, quand j'étais seul avec ma mère. Quels souvenirs un enfant de deux ans peut-il avoir ? Le chat noir qui venait visiter notre rez-de-jardin dans le nord de Londres, que je poursuivais dans l'espoir de le prendre dans mes bras ; la couleur de la vaisselle, vert foncé avec des spirales ; l'odeur étouffante de la vieille Mini de ma mère lors de nos virées chaotiques à travers la ville, l'inconfort de mon siège auto, le goût de bile, puis de vomi chaud dans ma bouche, ma mère qui tend la main depuis le siège conducteur avec une poignée de mouchoirs. Les rares vidéos de l'époque la montrent au bout de sa vie. Fatiguée. Très mince.

On voit qu'elle avait pleuré récemment. Elle était sous pression : elle travaillait comme journaliste, jouait à la fois le rôle de mère et de père pour moi, et elle était encore sous le choc de la dépression de Heathcote. Elle est tombée gravement malade à son tour, incapable de sortir du lit pendant plusieurs jours d'affilée. C'était une mononucléose chronique provoquée par le stress, et non une dépression nerveuse, mais elle n'en était pas moins affaiblie, et c'était effrayant pour nous deux.

Avec mes armes d'enfant, j'ai fait ce que j'ai pu. Elle se souvient qu'elle trouvait des repas sur l'oreiller à côté d'elle au réveil, ou du moins l'idée d'un repas que pouvait avoir un enfant : des yaourts, des vieux raisins, des morceaux de fromage, et tout ce que je pouvais atteindre dans le frigo. Mon institutrice de maternelle, une femme adorable du nom de Mlle Rosalie, a commencé à nous rendre visite à l'appartement et à me raccompagner elle-même. Parfois, lorsque ma mère était souffrante, elle finissait aussi par m'offrir le déjeuner. Je prenais garde à éviter les fissures du trottoir. Tu marches sur une fissure, ta mère se casse la figure, comme dit la comptine.

C'est dans une de ces vidéos que David fait sa première apparition : une présence calme et stable, avec ses cheveux gris coupés court et ses yeux bleu clair. David était, comme Heathcote, plus âgé que ma mère, et lui aussi avait une famille : trois filles et un fils issus de son premier mariage, qui s'était terminé par un divorce quelques années plus tôt. Mais, au contraire de Heathcote, il n'a pas cherché à la cacher. Au contraire de Heathcote, David était solide, fiable. L'inverse de fuyant et insaisissable. Il a pris soin de ma mère et s'est occupé de moi comme de son propre fils. À partir de là, les souvenirs s'enchaînent : ce nouvel homme qui me préparait des œufs à la coque et des mouillettes au petit-déjeuner, m'accompagnait à l'école en voiture, m'emmenait au zoo, me faisait rebondir sur son ventre rond, me saisissait par un bras et une jambe pour me faire décrire des cercles dans les airs : cette impression de voler, et dans le même temps d'être fermement maintenu en sécurité. Il a pris la relève de Heathcote et, sous ses encouragements et ceux de ma mère, je me suis mis peu à peu à le considérer comme mon père.

Ce n'est qu'après que nous avons quitté notre appartement pour emménager dans sa grande maison de l'ouest de Londres au bord d'un canal que j'ai commencé à revenir sur mon impression. Ce déménagement représentait un changement de situation au moins aussi extrême que la chute de la pie depuis sa branche jusqu'à ma chambre. Ce nouveau père était un musicien à succès, même si je ne comprenais pas très bien ce que ça signifiait à l'époque. Ce que je voyais, c'était qu'avoir un nouveau père signifiait que j'avais aussi quatre frères et sœurs plus âgés et très différents de moi en termes de tempérament, sans doute assez perturbés par le divorce houleux de leurs parents. J'aimais jouer seul, à la rigueur avec le chat des voisins – un comportement typique de fils unique. J'étais pour l'essentiel un enfant secret et quelque peu angoissé, jamais aussi heureux que caché sur l'étagère du haut de la penderie avec un livre, une lampe torche, et les portes refermées derrière moi. Eux, en bons frères et sœurs, se chamaillaient, se disputaient, piquaient des crises, se frappaient la tête avec la télécommande, s'administraient des brûlures indiennes et se montraient légitimement possessifs vis-à-vis de leur père. Le jour où nous avons officiellement emménagé, l'un d'entre eux a jeté mes jouets par la fenêtre la plus haute de la maison et, plus tard, deux d'entre eux m'ont acculé dans un coin et m'ont demandé en boucle qui était mon papa, en me pinçant et m'asticotant jusqu'à ce que je donne la bonne réponse : Heathcote. Heathcote était mon papa. J'ai réagi avec mes propres armes. J'ai rempli les chaussures et les chaussettes de David avec du talc, étalé du caca sur les marches de l'escalier, et j'ai ensuite fait le tour de la maison avec un pot de gouache verte pour effacer minutieusement le visage de David de toutes les photos que je trouvais.

Les enfants ont un don troublant pour mettre le doigt là où ça fait mal et remuer la plaie. Qui était mon papa ? Et par extension, qui étais-je ? Lorsque j'avais cinq ans, David et ma mère se sont mariés et, peu après ça, il a proposé que je devienne son fils devant la loi comme je l'étais dans les faits. Retrouver Heathcote pour voir s'il consentait à mon adoption officielle par David s'est révélé impossible. Des lettres ont été envoyées à toutes les adresses connues, mais il a refusé de répondre ; peut-être était-il indifférent, ou peut-être était-il simplement incapable d'affronter la situation. Au bout du compte, les autorités ont interprété son silence comme un assentiment.

Je me souviens du moment exact de la transition, lorsque j'ai perdu un père et que j'en ai gagné un autre. C'était ma première apparition au tribunal, hélas pas ma dernière. J'étais assis sur un banc de bois dur entre ma mère et celui qui allait bientôt devenir mon père, gigotant et glissant sur la surface vernie. Je ne voyais pas bien la juge par-dessus le dos du banc devant moi quand elle s'adressait à moi, en me demandant si j'étais content de ce qui allait se passer. Ma mère m'a encouragé : "Dis oui, Charlie." Et d'un coup de marteau, l'affaire était réglée. On m'a retiré le nom de Williams pour me faire renaître officiellement au sein du clan Gilmour. À l'époque j'étais bel et bien content – même s'il arrive depuis que la honte vienne nuancer ce souvenir. Je me demande parfois si j'ai eu raison d'accepter avec un tel empressement ; si ce n'était pas ma première vraie trahison, mon abandon de Heathcote. Un crime qui jette une lumière nouvelle sur des événements ultérieurs.

9

Le lendemain de notre déjeuner avorté, la pie prend son tout premier bain. La fin du printemps laisse place à un début d'été caniculaire, et un après-midi ensoleillé irradie les plumes de l'oiseau quand il saute sur le rebord d'une assiette creuse. Les minces serres noires au bout de ses orteils articulés grattent contre la porcelaine. Il jette un regard curieux dans la mare et sa queue naissante émet un froufrou qui semble indiquer l'enthousiasme ou le plaisir anticipé. Il fait le tour de l'eau, sautille sur ses pattes en brindilles pour l'examiner sous toutes les coutures. Il met un moment avant de plonger son bec dans le liquide, d'abord avec circonspection, puis avec une grande vigueur. L'eau éclabousse sur le côté de l'assiette et son bec tinte dessus comme une cuillère dans une tasse de thé.

Il lui faut encore un peu de temps avant de trouver le courage de sauter. Je suppose que les oiseaux qui ne savent pas nager ont besoin d'être certains de ce qui les attend. Lorsqu'il se lance enfin, il reste un moment avec de l'eau jusqu'aux chevilles et ses pieds sont distordus par l'effet loupe. Il saute d'une jambe sur l'autre, puis il plonge son corps dans l'eau et s'ébroue et s'ébroue et s'ébroue. Des gouttelettes jaillissent dans les airs et tombent en cascade partout sur le sol. Il fait des allers-retours incessants dans l'eau, guilleret comme un enfant qui fait une bombe dans la piscine, puis il sort sur le poignet de Yana, où il s'ébroue encore et nous asperge tous les deux d'éclaboussures musquées.

Yana baisse les yeux vers la créature. C'est un spectacle désolant. L'oiseau est aussi moche et ébouriffé qu'un chat mouillé, et minuscule, tout minuscule, avec ses plumes aplaties par l'eau. Ses yeux et son bec sont les seules parties qui ne se sont pas ratatinées dans le bain, et ils semblent à présent monstrueusement disproportionnés, tel un masque de médecin de la peste. L'oiseau essuie ses joues humides sur la manche de Yana et agite sa queue pour en secouer l'eau. Yana saisit le sèche-cheveux, place l'oiseau détrempé sur sa tête, et commence à l'éventer avec un léger souffle d'air chaud. Cette créature-là ne donne pas l'impression qu'elle retournera dans la nature de sitôt.

Tandis que l'oiseau sèche, sa gloire d'antan lui revient. Les plumes de ses ailes brillent d'un bleu électrique et sa queue nouvellement émergée irradie des reflets moirés, oscillant entre le doré et le violet selon l'angle des rayons du soleil. Il scintille, me fait remarquer Yana, comme les flaques de produits pétrochimiques à la casse où il a été trouvé.

– Peut-être, dit-elle, qu'on devrait lui donner un nom qui correspond à ça ? Et si on l'appelait Benzene ?

Cela fait un moment que je cherche un nom pour la pie, mais aucun ne semble correspondre. Le choucas de Heathcote s'appelait simplement Jack Daw, un nom qui s'imposait de lui-même. Mag Pie n'a pas la même évidence. Dans Shakespeare, les pies apparaissent sous le nom de *maggot-pies*, "pies à asticots", mais Maggot Pie est encore pire. J'ai essayé les noms de voleurs célèbres à tout hasard, en honneur au trait le plus caractéristique de la pie. Jean Genet. Robin. Raffles. Mr Big. Je ne suis pas certain des conventions pour nommer les corvidés, ni même si elles existent, tant il semble rare qu'ils tombent entre des mains humaines. Les grands corbeaux apprivoisés de la tour de Londres, qu'on garde là pour divertir les hordes de touristes, semblent souvent baptisés de manière assez emphatique : Thor, Hugin, Munin, Corax, Charles. Ces noms ne collent pas à la pie qui, malgré tous ses attributs royaux, n'est pas un animal aussi pompeux.

Nommer la pie, bien sûr, va à l'encontre du détachement. Nommer est une forme d'appropriation. Mais le nom Benzene, avec ses connotations spiritueuses, semble porter en lui l'idée de la fuite. Benzene. À la fois naturel et artificiel. Un esprit brillant, scintillant, volatile. L'oiseau a trouvé son nom.

Plumes de vol

10

Juin approche et toutes les autres pies, j'ai remarqué, semblent avoir quitté le nid. Le parc du coin est plein de juvéniles chahuteurs qui voltigent dans les arbres tels des acrobates à paillettes, harcelant des parents qui semblent de moins en moins disposés à répondre à leurs suppliques. Une jeune pie curieuse est même venue nous rendre visite il y a quelques jours, en grimpant sur l'extérieur du cadre de la fenêtre pour apostropher l'oiseau qui mène une drôle de vie choyée à l'intérieur.

Benzene ne donne pas vraiment l'impression d'avoir entendu cet appel du monde sauvage. Nous n'élevons pas cette pie, je dois l'admettre, de la manière la plus naturelle qui soit. Sa vie présente plus de similarités avec celle d'un prince médiéval qu'avec celle d'un oiseau, emplie de musique, de fleurs, de breloques brillantes et de viande. Je devrais sans doute lui apprendre toutes sortes de techniques de survie en prévision de sa vie dans la nature ; encore que je ne sois pas très sûr des techniques qu'un humain technologiquement dépendant comme moi pourrait bien lui transmettre. Heureusement, ses instincts semblent s'activer d'eux-mêmes. Les leçons des ancêtres inscrites dans son code génétique se révèlent lentement à nous. Les corvidés n'ont pas leur pareil dans la nature pour accumuler des réserves, toujours prêts à affronter les périodes de vaches maigres en stockant de la nourriture, laissant partout derrière eux de petits garde-mangers de crise. Ils portent en eux des cartes au trésor mentales avec des centaines – parfois des milliers – de X marquant l'endroit où leur dîner est enfoui. Benzene nous a démontré cette incroyable capacité dans notre chambre avec des morceaux de viande crue. Il peut enfin se nourrir par lui-même, et ce qu'il ne mange pas immédiatement, il l'emporte et le cache soigneusement hors de vue. N'importe quelle cavité fait l'affaire : le port USB de mon ordinateur, les œillets des chaussures de chantier de Yana, les plis d'une chaussette orpheline, et des douzaines d'autres emplacements dont nous ne saurons rien avant qu'il soit beaucoup trop tard.

Voler est une autre affaire. Malgré les connotations vaporeuses de son nom, Benzene est réticent à gagner les airs. Il est capable de bondir sur de grandes distances sans l'aide de ses ailes, et ça a l'air de lui suffire. Son principal objectif dans la vie, pour autant que je puisse en juger, est de se hisser sur moi ou Yana et de s'y cramponner aussi longtemps que nous le laissons faire, et de nous utiliser pour se déplacer dans la maison comme si nous étions des chaises à porteurs. Mes visites à la cuisine ont souvent en bande-son les piaillements excités de Benzene sur ma tête qui réclame un bout de fromage, un quartier de pomme, une tranche de salami. Il me rappelle ces oiseaux qui passent leurs journées accrochés au museau des crocodiles et recueillent des restes entre leurs dents. Sauf que, à la différence du crocodile, je ne gagne aucun bénéfice évident de ce cas de symbiose. Tout ce que j'en retire, c'est une tête pleine de friandises à moitié grignotées car l'oiseau stocke minutieusement ses trésors dans mes boucles pour plus tard.

Songeant qu'un surcroît d'indépendance ne lui ferait sans doute pas de mal, je le prends sur ma main un matin et me place debout sur le lit. Ses serres noires sont enroulées autour de mon index de chaque côté de l'articulation, minces comme des bagues en fil de fer. Je commence lentement à le secouer pour le décrocher en baissant et levant les bras comme si je battais ma propre aile. Benzene s'agrippe de plus belle, elle s'attache aussi fermement à mon doigt qu'un marin au gréement sur une mer agitée. Je bats un peu plus fort et le souffle d'air ébouriffe doucement les plumes de l'oiseau. Il s'agit, je crois, d'une étape nécessaire. Je me souviens d'avoir lu quelque part, pendant une de mes sessions de recherches frénétiques, que les corvidés sont souvent contraints d'employer la manière forte pour faire décoller leur progéniture : ils placent de la nourriture sur des branches tout juste hors d'atteinte, et vont même jusqu'à les pousser doucement dans le vide. Autrement, je suppose que les oisillons paresseux pourraient rester bien au chaud dans leur nid pour toujours, gavés comme des oies à foie gras. Si je ne montre pas à cette pie comment faire, quel sort connaîtra-t-elle ?

Benzene se met à tanguer et perd l'équilibre quand la main sur laquelle il est habitué à se promener tranquillement s'agite telle une branche sous l'orage. Ses ailes demeurent obstinément repliées derrière son dos pendant encore quelques secondes, puis elles se déploient comme des éventails irréguliers de soie imprimée. Des vagues d'air déplacé se brisent contre mes joues. L'instinct murmure et l'oiseau provoque un tourbillon. Il est le cœur noir et battant de l'orage. Ses serres se relâchent et il s'élance – pendant un dixième de seconde avant que la gravité ne reprenne ses droits et qu'il retombe avec la gaucherie d'un dodo vers le matelas moelleux.

Ses premiers vols en solo sont menés avec toute la grâce d'une poule jetée du toit de la grange. Des culbutes maladroites et bruyantes depuis les étagères et les tables. Mais, en quelques jours, il commence à maîtriser l'envol comme l'atterrissage. Il vole gaiement jusqu'au rebord de fenêtre de notre chambre pour se prélasser dans le soleil d'après-midi et tenter d'attraper des mouches bleues ; jusqu'au dernier étage de la bibliothèque du salon pour dissimuler des bouts de viande hachée dans les jaquettes des livres ; jusqu'au bord du lavabo en porcelaine où il pianote avec ses serres et me regarde me doucher, me laver les dents ou uriner avec un intérêt manifeste. Qu'est-ce que ça fait d'avoir un oiseau carnivore qui fixe votre pénis intensément ? C'est perturbant.

Les nouvelles aptitudes de vol de l'oiseau ajoutent un certain niveau de tension au quotidien. Rien désormais n'est à l'abri de sa curiosité destructrice ; aucun moment de calme n'est exempt de la possibilité d'une soudaine bourrasque et de la sensation des serres qui se plantent dans votre crâne. Tout ce que nous pouvons avoir entre les mains est à ses yeux une proie légitime, et il descend en piqué de son nid en haut de l'étagère pour planter son bec dans du café, du thé, du vin rouge ou de la soupe. Il peut se montrer perfide avec ça, aussi roublard que le suggèrent les mythes et les légendes sur les pies. Si je réussis à déjouer un de ses raids aériens, il recourt à l'attaque surprise, feignant un désintérêt total jusqu'à ce que j'oublie inévitablement sa présence et ses intentions douteuses. À l'instant où je laisse sans surveillance le moindre objet incompatible avec un oiseau – un verre de bière ou de whisky, par exemple –, il surgit comme un éclair et atterrit le bec dedans. Chaque fois que cela se produit, c'est-à-dire souvent, je suis toujours plus impressionné qu'agacé. Qui eût cru qu'un oiseau était capable d'une telle duplicité ?

À présent qu'il sait voler et se nourrir tout seul, il devrait être temps pour nous de réfléchir sérieusement à quand, comment et où le relâcher : la casse d'où il est venu, notre jardin, la ferme de mes parents ? Mais la pensée d'une vie sans cette créature chaotique, inquisitrice, destructrice, m'attriste au plus haut point. Peut-être, dis-je à Yana quand elle évoque le sujet, ne sommes-nous pas si pressés. Quel mal y aurait-il à le garder avec nous, juste encore un peu ?

L'oiseau semble très content de ménager son propre bout de nature dans notre foyer. Au crépuscule, il utilise ses nouvelles facultés pour décoller de mon épaule et gagner le rebord de la fenêtre, puis l'énorme pot en équilibre au-dessus de notre lit. Le ficus pousse à la perpendiculaire du mur, ses branches sont maintenues en place par un ingénieux dispositif qu'a inventé Yana pour donner l'impression que nous dormons sous la canopée. L'oiseau s'avance doucement sur une des minces tiges marron jusqu'à trouver un coin confortable. S'installant pour la nuit, il gonfle ses plumes, devient son propre oreiller, et cale sa tête par-dessus son aile. Hors de question d'allumer la lumière pour lire au lit ; à la place, je lis les ombres au plafond, en cherchant celle qui est plus longue, plus nette et plus solide que les autres, et j'observe la pie en train de dormir et, qui sait, peut-être même de rêver.

11

Au matin, la pie me tombe dessus comme une tique et se met à me piquer, pincer, picorer, pour m'arracher aux draps. Juste en dessous de l'endroit où elle dort, du côté de Yana, des taches blanches sont mystérieusement apparues. Yana encaisse sans broncher et éponge les déjections avec un bol d'eau chaude tandis que je nourris l'oiseau et le dorlote. Mais quand il vient encore se percher au-dessus de notre lit le soir et que nous nous réveillons de nouveau à l'aube saupoudrés de merde dans notre sommeil, et que ma seule suggestion est que nous commencions à dormir sous une bâche, elle met le holà, si tant est que le terme s'applique aussi aux oiseaux.

Le week-end, elle revient de son atelier avec un énorme rouleau de bâche plastique, plusieurs branches d'arbres, et plusieurs pieds de parasol en béton. L'oiseau peut avoir son coin de nature temporaire, mais dans la chambre d'amis, pas dans la nôtre. Ce compromis entre notre maison et les arbres me paraît assez absurde. Autrefois, cette chambre était celle d'une petite fille. Il y a encore des autocollants de fées brillants autour de l'encadrement de la porte, qui ont perdu leur éclat et se décollent sur les bords. Depuis notre emménagement, la chambre est un refuge pour des amis sans abri et pour la famille éparpillée de Yana. Elle va maintenant devenir la résidence d'un petit oiseau, charognard et bagarreur par-dessus le marché.

Comme les parents pies raisonnables du parc, Yana pousse lentement l'oiseau à s'émanciper au fur et à mesure. De mon côté, je le rapproche de moi, je l'attache à moi avec des fils invisibles. En plus de lui apprendre à voler vers le monde extérieur, je lui apprends à revenir : j'utilise de délicieux morceaux de viande pour l'appâter püis je siffle lorsqu'il vole jusqu'à mon bras. Il n'a fallu que quelques jours ; à présent, où que je sois dans la maison, il me suffit de claquer la langue et d'émettre un sifflement limpide et, le plus souvent, la pie apparaît comme par enchantement.

Je l'appelle et l'écoute se lancer depuis le rebord de la fenêtre de notre chambre, franchir le palier et débarquer dans le couloir. Il volette un moment au-dessus de mon bras et ses battements d'ailes font onduler la fine couche de plastique qui recouvre le sol. J'éprouve une bouffée d'extase quand il se pose sur mon poignet, comme si c'était moi qui venais de me propulser dans les airs. Mon rêve de pouvoir faire descendre les oiseaux des arbres n'est plus si invraisemblable. La communication entre homme et pie peut vraiment fonctionner à double sens.

Benzene se dresse sur ses pattes filiformes et lève vers moi des yeux impatients et interrogateurs, qui commencent à passer du bleu ciel au réglisse intense de la pie adulte. Je le pose sur une des branches de cette curieuse forêt intérieure que nous avons créée. L'effet est surprenant : on a l'impression d'être à l'intérieur d'un diorama, ou d'un cabinet de taxidermie victorien, à ceci près que ce spécimen est tout ce qu'il y a de plus vivant. La pie saute dans tous les sens sur sa nouvelle branche, attaque une plaque de lichen, affûte son bec de fer noir contre le bois sec.

Par la fenêtre, en plein dans le champ de vision de la pie, il y a un corridor luxuriant constitué par les jardins qui séparent notre rue de la suivante, une sorte de vallée verte entre les lignes de faîte des maisons et des immeubles qui la délimitent. Elle grouille de vie : des corbeaux, des pies, des perruches sauvages, des écureuils gris grassouillets, des tourterelles, des pigeons ramiers, des rouges-gorges, des troglodytes, des mésanges, des merles, des chardonnerets – parfois même des geais déboulant à toute allure avec leurs yeux fous et leurs cris de chats –, des pics épeiches qui s'efforcent de rivaliser avec le vacarme assourdissant du chantier d'à côté, et un épervier d'Europe prêt à fondre comme la foudre pour emporter la vie des oiseaux chanteurs qui s'attardent une seconde de trop dans les mangeoires débordantes du quartier. C'est un coin de nature urbaine dont la biodiversité me paraît singulière. Une bonne partie de ce territoire est rendue à l'état presque sauvage. Derrière la clôture en bois au bout de notre petit jardin, il y a un long terrain pas du tout entretenu, où poussent de manière débridée des buissons de ronces et des sureaux aux branches délicates ; et même les carrés de potager les plus soignés sont un nectar pour la nature. Chez les voisins, les fruits d'un cerisier vénérable commencent tout juste à rougir et, au vu de l'attroupement de perruches et de ramiers, je suis certain que ces cerises ne sont pas destinées à des lèvres humaines.

Une rangée d'érables sycomores surplombe l'ensemble. Ces arbres immenses sont le théâtre où se joue le drame quotidien des oiseaux urbains et dont les corvidés sont, évidemment, les principaux acteurs. Corbeaux, pies et geais se poursuivent à travers les branches, craillent, croassent, caquètent, jacassent, se crient les uns sur les autres et se liguent à l'occasion pour couvrir d'insultes le moindre chat qui ose s'aventurer dans leur royaume.

Au départ, l'oiseau à l'intérieur ne prête pas grande attention à tout ce manège brutal et excitant. Il semble heureux dans son diorama, à chasser les mouches et à engloutir des lamelles de bœuf. Mais laissé seul dedans, la porte fermée, il ne lui faut pas longtemps pour remarquer la disparité entre ses branches nues et le monde vivant, mouvant, piaillant du dehors. J'essaie de ne pas m'en faire en le voyant courir d'avant en arrière sur le rebord de la fenêtre, cherchant un passage à travers le carreau. Je réajuste ses branches, lui achète des nouveaux jouets brillants, lâche des insectes dans la pièce, mais rien n'y fait.

– Tu ne crois pas, finit par dire Yana un jour, qu'il est temps de laisser sortir la pie ?

Je sais qu'elle a raison. Aucun d'entre nous ne peut continuer à vivre ainsi. Quand l'oiseau est lâché dans la maison, il est certes réjouissant d'avoir un tel fauteur de troubles en liberté, mais je n'ai pas un instant de paix, je ne peux pas avoir une réflexion, ou une conversation, sans être frappé par un éclair de plumes violettes. C'est une casquette très bruyante et chaotique à porter aussi souvent. Mais enfermer la pie n'améliore pas la situation. Elle pousse des cris et jacasse, et je me sens aussi coupable et déchiré que si j'avais emprisonné là-dedans un parent atteint de folie et non un oiseau. Les amis sont aussi charmés qu'inquiets. "Tu as une relation toxique avec cet oiseau", assène sévèrement l'un d'entre eux.

La pie est avec nous depuis un mois et demi. Elle sait voler. Elle sait se nourrir toute seule. On ne peut pas prétendre qu'elle soit malade. Je sais qu'elle doit retourner en liberté, mais je sais aussi que je refuse désespérément qu'elle s'en aille. Je ne supporte pas la pensée qu'elle disparaisse à jamais.

Ces élans contradictoires mènent une lutte acharnée à l'intérieur de ma tête et, avant même de réaliser ce que je suis en train de faire, j'ai pris la pie sur mon poignet et me dirige vers la porte de derrière à grandes enjambées.

– Très bien, dis-je. Viens, on va la sortir.

Yana m'emboîte nerveusement le pas, j'ouvre la porte et je m'avance dans le jardin. C'est la première fois que l'oiseau est dehors depuis qu'il est tombé du nid ; la première fois qu'il se retrouve dehors avec la capacité de voler. Le ciel au-dessus de nous est bas et lourd. L'air étouffant est chargé de la menace d'un orage d'été. Deux corneilles noires dans les branches d'un érable sycomore nous repèrent et poussent un croassement sentencieux à la vue d'un trio aussi insolite. La pie se recroqueville, se presse contre ma peau autant qu'elle le peut. Je regarde Yana et voit des larmes perler sur son visage.

– Pas comme ça, murmure-t-elle hâtivement. Ramène-la à l'intérieur.

12

Je crois que je n'ai jamais été très doué pour lâcher prise. Être adopté par David n'a pas marqué la fin de Heathcote. Bien au contraire. C'est autour de l'époque de mon adoption qu'il a commencé à revêtir une existence plus concrète. Peut-être que je n'avais aucun souvenir de notre vie dans le cottage au milieu des arbres, mais ça ne m'empêchait pas de me poser des questions. Comme une réalité qui se serait poursuivie aux côtés de la mienne, un train lancé sur des rails parallèles ; et dans les moments de solitude, d'aliénation ou de contrariété, cette réalité prenait l'aspect d'un lieu où j'aurais été à ma place. Mon désir d'envol personnel et secret.

La plupart du temps, j'étais un enfant assez gai. Je m'entendais du mieux que je pouvais avec mes nouveaux frères et sœurs, et mon nouveau père m'a conquis peu à peu, avec une patience infinie. La peinture verte a été retirée des cadres photos, le talc secoué de ses chaussures, et je n'ai plus rien tenté de ce genre – du moins pas avant un moment. Un jour, David a découvert que mes aînés ne savaient pas faire la différence entre un chou et une salade, alors nous avons commencé à passer les week-ends à la campagne, avant d'emménager de manière permanente dans la ferme du Sussex où mes parents vivent toujours. De nouveaux enfants ont suivi : mes deux petits frères et ma petite sœur, un troupeau lâché en liberté dans la ferme. C'était une enfance de rêve : pleine de tendresse et d'affection, de feux de camp et de chiens. Nous retombions sur nos pieds. Il y a de quoi être reconnaissant, et je le suis.

Mais la perversité de l'esprit humain ne s'explique pas. Comme une langue triturant une dent gâtée, mon esprit n'avait de cesse d'explorer la minuscule fêlure dans ce tableau idyllique. Heathcote, malgré son absence, était très présent : aussi loin que remontent mes souvenirs, il était toujours à portée de main, tout en bas de ma bibliothèque. C'est après l'adoption que j'ai commencé à le sortir. Seul dans ma chambre tout en haut de la maison, je prenais ses livres et je les disposais sur la moquette. Le livre des baleines. Le livre des dauphins. Une carte postale glissée à l'intérieur d'une jaquette : "Pour Charlie, bises, Papa." Dans ces moments, une étrange tristesse s'emparait de moi ; une impression de perte et de mélancolie ; la nostalgie d'un foyer que je n'avais jamais vraiment connu. Je me sentais pris au piège ; coincé dans la charnière entre deux mondes. J'ai un souvenir très net où je me tiens debout sur une chaise, je regarde la rue en contrebas, et je m'imagine en train de tomber en me demandant si cette vie continuerait sans moi si je passais à travers la fenêtre.

Qui est ton papa ? Je n'étais pas sûr d'avoir le droit d'appeler David papa. Mais où était cet autre père, cet homme bizarre qui semblait avoir des pouvoirs magiques sur les animaux ? Pourquoi avait-il disparu ? Et reviendrait-il un jour ? C'était un problème de riche, en réalité : un surplus de pères. Ma mère tâchait de m'aider à m'y retrouver en divisant le rôle paternel en deux. Heathcote était mon géniteur et David était mon père. Un était l'inné ; l'autre l'acquis. Elle n'a jamais cherché à dissimuler l'existence de Heathcote et a toujours répondu à mes questions du mieux qu'elle pouvait. Elle l'admirait clairement encore beaucoup, malgré tout ce qu'il avait fait. C'était un génie, disait-elle. Un génie triste et dérangé. Elle racontait des histoires qui lui redonnaient vie, quoique jamais devant mon père. C'était comme un secret entre nous deux. Quant à savoir pourquoi il était parti, la réponse n'était pas très claire. Il était lâche.

Il était fou. Il avait des poèmes à écrire. Je ne crois pas que ma mère connaissait la réponse elle-même. Elle se donnait toujours beaucoup de peine pour me raconter à quel point j'étais un bébé formidable, qui ne pleurait jamais, elle essayait de me rassurer en me disant que je n'étais pas responsable, mais je ne l'ai jamais vraiment crue. Les bébés, me disais-je, doivent être de terribles créatures, si en avoir un suffisait à plonger un homme dans la folie, et à le pousser à fuir pendant des années sans un regard en arrière.

Dans mon esprit d'enfant, Heathcote avait tout du père idéal : une figure à la Fagin qui vous apprendrait à voler des mouchoirs et vous laisserait boire du gin. Un homme qui transgressait allègrement les règles ; qui pouvait léviter et manger du feu. David, sans être obsédé par la discipline, faisait respecter les règles de base comme l'heure du coucher, l'heure de l'école, l'heure des devoirs, l'interdiction de voler, de courir sur le toit de la maison, de mettre le feu à des choses, de remplir les pistolets à eau avec de l'urine et d'en asperger les visiteurs, de mariner secrètement le rôti du dimanche avec des asticots, de remplir le frigo de guêpes. Je n'obéissais pas toujours à ces règles. Un jour, alors que ma mère me réprimandait pour une infraction quelconque en m'exhortant à "faire ce que te dit ton père", ma réponse murmurée a été : "Lequel ?" J'étais convaincu que dans mon autre vie avec Heathcote le chaos était seul à faire loi. Ces pensées, je ne les formulais jamais à haute voix. Ce murmure que ma mère n'a pas entendu était la seule occasion où j'ai laissé échapper cette idée que je vivais selon deux régimes différents. Cette loyauté partagée était une barrière invisible entre David et moi : tacite mais tangible, parfois littéralement physique. Il se souvient d'une fois où je l'ai spontanément serré dans mes bras pour sa rareté.

Lors de nos excursions à Londres, je fantasmais en silence une rencontre fortuite avec Heathcote. J'étais aux aguets, j'observais les visages des gens que je croisais dans la rue avec un mélange d'espoir et d'effroi. Souvent, j'imaginais l'avoir reconnu dans une silhouette à l'aspect familier ou dans une tignasse de cheveux noirs. Plus je cherchais, cependant, plus je me rendais compte que je ne savais pas ce que je cherchais. Je guettais Heathcote dans le visage des artistes de rue, les hommes à l'air canaille avec des mèches argentées dans les cheveux, les ivrognes sans abri qui mendiaient dans l'encadrement des portes, sans bien savoir lequel d'entre eux il était le plus susceptible d'être.

Je gardais cette aspiration pour moi autant que possible. Je me sentais très déloyal : envers ma mère, qui avait tant souffert, et surtout envers mon père, qui m'avait élevé comme son propre fils. Et puis, quand j'avais douze ans, ma mère a donné naissance à une petite fille. Deux frères blonds aux yeux bleus l'avaient précédée et leurs cris stridents avaient, pour l'essentiel, confirmé mes théories sur les pouvoirs de nuisance des bébés. Mais celle-là avait quelque chose de différent. Elle était tendre, vulnérable. Le besoin qu'ont les bébés d'être enveloppés et protégés, aimés et bercés, était inscrit partout sur elle. Le fait que, comme moi et ma mère, cette petite fille avait des cheveux bruns et un petit nez rond jouait sans doute aussi. Je me voyais en elle comme je ne m'étais pas vu chez les autres. Un jour, alors que je regardais ma mère se balancer dans un fauteuil à bascule avec le bébé lové contre elle, je me suis soudain trouvé submergé d'émotions. Quelque chose, dans ce tableau d'amour, a fait remonter à la surface toute ma nostalgie cachée. C'est arrivé trop vite pour que je puisse partir me cacher, alors j'ai dû faire le dos rond. Ma mère a levé les yeux et a remarqué les larmes qui déferlaient en silence sur mes joues. Elle était tout aussi choquée que moi. Je ne pleurais jamais, ne laissais jamais rien vraiment transparaître. Elle m'a pris en douceur pour obtenir une explication et m'a promis de faire ce qu'elle pouvait.

Voir Heathcote s'est avéré très facile. Je l'avais imaginé terré dans sa solitude avec l'entêtement d'une huître. Mais à la suite de l'intervention d'un ami commun à lui et à ma mère, il a sauté dans un train pour la gare de Paddington et nous nous sommes retrouvés là, dans une enseigne de YO! Sushi. C'est mon père qui m'a escorté. Il m'a emmené à travers le hall bondé jusqu'au bar circulaire où Heathcote attendait sur un haut tabouret en métal : un homme dépenaillé avec une veste en tweed à coudières et boutons en cuir. Mon père a tendu la main et Heathcote a esquissé un geste gauche, regardant avec amusement sa propre main qui, grâce au puissant aimant qu'il avait caché dans sa manche, refusait de quitter le comptoir métallique. Ils ont échangé quelques mots neutres, puis mon père m'a serré l'épaule et il est parti.

Heathcote ne m'a pas expliqué où il était passé, ni pourquoi nous nous voyions seulement pour la première fois depuis que j'étais bébé, il n'a offert aucune explication à son départ – et je n'ai pas posé de question. Il donnait l'impression que la pensée que j'aie pu avoir envie de le voir ne lui était même pas venue à l'esprit. J'éprouvais une joie enfantine à être en sa compagnie, à boire du thé vert resservi en continu et à regarder de petites assiettes de poisson perlé défiler sur le tapis roulant devant nous. Je me disais qu'il avait l'aspect que j'aurais eu si j'avais passé quelques semaines dans un bain de vinaigre : un homme-gobelin avec un menton pointu et des yeux noisette espiègles. Il débordait de magie. Pas seulement l'aimant attaché à l'intérieur de sa manche par un élastique, qu'il utilisait pour faire disparaître des pièces de deux pence. Ses poches aussi étaient bourrées de tours de magie : des faux pouces, des pièces qui pouvaient se fondre dans la paume de la main, une bobine de fil d'araignée quasi invisible pour faire flotter des objets dans les airs.

Avec le recul, je suppose qu'il cherchait à tout prix à m'impressionner, ou peut-être qu'il était simplement mort de trouille. Une des histoires qu'il m'a racontées – la seule dont je me souvienne, à vrai dire – concernait des vacances en Turquie, où il était tombé sur un barbier qui proposait un rasage traditionnel au coupe-chou. Assis avec une serviette drapée sur les épaules et la longue lame droite du rasoir sur son cou, il a soudain eu la peur panique que ce barbier à la barbe suspecte lui tranche la gorge avant de s'enfuir avec son portefeuille. Il a promptement sorti une pièce de sa poche et s'est mis à lui faire des tours de magie, convaincu que son charme ferait oublier à l'homme ses intentions meurtrières. Sur le moment, j'ai trouvé ça idiot : il paraissait peu probable qu'un barbier tue un client en plein jour pour quelques chèques de voyage. Mais pour une raison ou une autre, cette histoire en particulier m'est restée en tête, et je me demande depuis s'il était en train de me faire une confession inconsciente sur son approche envers moi ce jour-là : il redoutait d'être forcé à s'ouvrir, à se déballer, et utilisait la magie comme un matador utilise sa cape, pour distraire et détourner l'attention, pour ne pas se mouiller. Avant de me dire au revoir, il m'a montré comment exécuter le tour de passe-passe qui, pensait-il, lui avait sauvé la vie : une technique simple où l'on semble tenir fermement une pièce dans la main, et puis elle s'évapore.

Plus tard, ma mère m'a demandé comment s'étaient passées les retrouvailles. Plutôt bien, me semblait-il, mais quand elle a demandé de quoi nous avions parlé, je me suis aperçu que je ne me rappelais pas grand-chose, presque comme si nous n'avions parlé de rien.

J'ai revu Heathcote la semaine suivante. Nous nous sommes retrouvés à la maison d'un de ses amis magiciens qui nous a fait franchir une porte dérobée derrière une vieille peinture à l'huile pour emprunter un escalier secret jusqu'au toit. Tous les trois, jetant des regards derrière la cheminée, en train d'enfreindre les règles. Je me sentais à ma place: mon fantasme à la Oliver Twist devenait réalité. Et puis Heathcote s'est de nouveau escamoté. Cette fois, ce n'était plus très amusant. Il n'y a eu ni signe avant-coureur ni explication. Nous commencions à bien nous entendre, à développer, croyais-je, une relation amicale – il pourrait, avais-je décidé, occuper une espèce de rôle d'oncle dans ma vie – et puis la minute d'après, il n'était plus là. Il a cessé de répondre à mes e-mails et l'ami commun a paru gêné quand je lui ai demandé où il était. "Eh bien, tu connais Heathcote…" J'étais silencieusement dévasté et, étant enfant, c'est moi que j'ai tenu pour responsable. Je n'avais pas été assez intéressant, ou assez malin, ou assez rebelle pour attirer son attention. Je l'avais repoussé. Je l'avais fait disparaître.

Peu après cet épisode, j'ai découvert les joies de la défonce. Lorsque j'avais treize ans, mon demi-frère adoptif aîné m'a donné du cannabis pour la première fois. C'était comme une épaisse couverture jetée sur les parties les plus tumultueuses de mon esprit, une aura chaude et enveloppante. J'ai été aussitôt sous le charme. J'ai découvert que j'avais un goût pour tout ce qui pouvait mettre mes pensées en veilleuse, et que cet appétit semblait augmenter à mesure que je le comblais. Je buvais en secret des bouteilles volées à sept heures du matin avant d'aller en cours. Je respirais les vapeurs d'un bidon d'essence. J'enfonçais mes paumes dans mes carotides pour interrompre l'afflux de sang au cerveau et tomber dans les vapes, surtout la nuit quand un kaléidoscope de souvenirs honteux m'empêchait de dormir. Les drogues, avec leur pouvoir de vous téléporter en dehors de vous-même, avaient un attrait magique.

Inutile de dire que j'ai continué à rendre hommage à Heathcote: vol, pyromanie et farces en tout genre. Et j'ai aussi continué à le chercher. J'ai mené l'enquête pour obtenir son adresse et son numéro de téléphone, que j'ai punaisés sur le mur de ma chambre et que j'ai contemplés des mois avant d'oser appeler. Quand j'ai fini par trouver suffisamment de courage, j'ai déliré au bout du fil, tenant absolument à l'impressionner. Il a raccroché et n'a jamais plus répondu à mes appels ; parfois, je tombais sur Diana, la mère de mes demi-sœurs China et Lily, qui m'informait froidement que Heathcote était occupé. La fêlure s'est encore élargie. *C'est à cause de moi. C'est ma faute.* À la fin de l'adolescence, ce qui avait commencé comme un flirt de jeunesse avec les drogues commençait à ressembler à un problème. Je n'avais pas retenu la leçon. Tel un oiseau fonçant sans relâche dans un carreau de fenêtre, je continuais à chercher Heathcote. Chaque fois que je cherchais à le joindre, la fêlure s'ouvrait encore un petit peu, jusqu'à ce que je finisse par m'y engouffrer tout entier.

13

Difficile de savoir ce qu'il est advenu du choucas de Heathcote. Sa réponse initiale à mon e-mail sur la coïncidence de corvidés dans nos existences est assez enthousiaste, quand elle finit par arriver. Il complimente la beauté de la pie et me raconte sa lubie de faire de son oiseau un voleur de diamants. Mais quand j'essaie de lui soutirer plus de détails, il se ferme comme une huître, et se contente de me renvoyer au poème. "Je n'ai rien d'autre à ajouter", écrit-il en réponse à mon insistance délicate. Pas très papa qui envoie des bises, comme comportement.

J'ai relu le poème assez souvent, et je n'arrive toujours pas à décider s'il s'agit d'un conte moral ou de l'histoire d'un succès. Une partie de moi estime que je devrais faire exactement le contraire de ce qu'a fait Heathcote. Mon oiseau et le sien évoluent en tandem, à trente ans de distance. Tandis que le printemps déployait ses ailes et se muait en été, Heathcote a dû être confronté aux mêmes questions, et peut-être soumis aux mêmes élans contradictoires. Alors, qu'est-il arrivé au choucas ? Je prends le vieux recueil de poèmes de sa place sur mon bureau. Le dos du livre est cassé et il y a des taches marron là où la pie a glissé des morceaux de viande hachée entre les pages. Les vers me sont désormais tellement familiers que j'ai l'impression que je pourrais le réciter par cœur. Cette fois, je regarde entre les lignes, scrutant l'espace vide comme une fenêtre donnant sur le passé.

Je vois Heathcote assis sur une pelouse juste hors de vue de la grande maison, heureux comme un petit garçon dans un bac à sable. *Il y avait de longues journées d'euphorie : Retourner un lopin.* Il plonge son déplantoir dans le sol et sourit quand une motte de pelouse jaillit avec un bruit satisfaisant. Le choucas, fixé sur sa tête comme une girouette, s'anime soudain et plonge vers le sol pour examiner la motte de terre, *descendant en piqué pour étaler ses talents de détecteur de métaux.* À cet instant, Jack Daw ressemble à une incarnation de l'ordre. Il se pavane avec autorité, les ailes pliées derrière le dos, regardant par-dessus son bec les racines jaunes exposées, les trous de vers, les bouts de schiste. Sa petite moustache raide en guidon, composée de fines vibrisses, est parfaitement peignée, pas un poil ne dépasse. Il inspecte la terre tel un commissaire-priseur évaluant une œuvre d'art, tel un colonel passant ses troupes en revue, tel un chirurgien cherchant le bon endroit pour pratiquer sa première incision. Il voit quelque chose, quelque chose d'invisible pour les yeux humains de Heathcote, et enfonce son bec dans la boue, émerge avec un minuscule bout de papier alu, qu'il présente d'un geste ample, *à la recherche des pique-niques perdus.* Jack Daw rend les petites choses très importantes.

Heathcote, à ce moment-là, a succombé aux charmes de Jack Daw. Il passe toutes ses journées ici, devant la maison, avec le poids réconfortant de l'oiseau sur son épaule ou sur sa tête. Désormais, c'est lui, le clocher de Jack Daw, pense-t-il alors que l'oiseau vole jusqu'à son perchoir favori. Sa gargouille personnelle. L'oiseau pousse un cri strident, un *kia kia* haut perché, que Heathcote interprète comme une injonction à lui en donner plus. Il s'exécute avec empressement, arrachant une nouvelle motte de terre pour la soumettre à sa dissection.

Il éprouve une sensation de légèreté quand Jack s'envole et atterrit sur l'herbe luxuriante avec un sautillement élégant. Si les humains sont composés d'eau en majorité, les oiseaux doivent être faits d'air. Des os creux, des plumes, et du vent. Plus un farfadet qu'une gargouille, songe Heathcote.

Un insecte malheureux – perce-oreille, mille-pattes ou cloporte, pas le temps de voir – attire l'attention de Jack et, vif comme un serpent, le choucas frappe. Couic. Slurp. Gloups. Il continue ses explorations comme si rien d'inhabituel ne venait de se produire. Heathcote regarde l'oiseau rapporter de nouveaux trésors en surface : encore du papier alu, une capsule de bouteille, un mégot de cigarette ; des détritus laissés par la fête foraine qu'on a autorisée récemment à se tenir sur la propriété ; l'oiseau est un archéologue qui exhume les festivités passées. Il y a un léger claquement de bec sur du métal quand Jack découvre quelque chose de plus substantiel. Une petite pièce argentée émerge du terreau noir. Jack la retourne et la sonde avec son bec, un peu comme un prêteur sur gages pourrait mordre une pièce d'or pour évaluer sa qualité. Convaincu de sa valeur, Jack avance fièrement vers Heathcote et la glisse dans la manche de sa veste de costume maculée.

Heathcote ne touche pas tout de suite à la pièce, regardant l'oiseau revenir à son monticule de terre pour reprendre ses excavations. Il se souvient de son rêve de petit garçon, si éloigné de la réalité de la vie avec cette créature à tant d'égards. Et pourtant, à tant d'autres, pas si loin de la vérité : l'oiseau lui parle un langage secret, fait de plumes froissées, de regards furtifs et de cris perçants ; il lui enseigne des choses que personne d'autre ne pourrait savoir, à sa manière étrange, violente, magnifique ; et voilà que Jack lui apporte un trésor alors qu'il est très vraisemblablement fauché.

Heathcote fait glisser la pièce de sa manche jusqu'à sa main en coupe. Il la retourne, frotte les restes de terre. Une pièce de six pence argentée, brillante. Un objet merveilleux. Il la fait passer d'une main à l'autre, la fait apparaître et disparaître, la fond dans sa paume comme du mercure liquide et la fait ressurgir derrière son oreille, exécutant ses petits tours de passe-passe pour un public composé de lui-même et d'un oiseau.

Cette nuit-là, il rêve qu'il vole : il rêve de *plumes poussant derrière mes talons* et d'ailes qui jaillissent de ses omoplates. Il commence à soupçonner Jack de rêver de voler, lui aussi. Tous les jours quand ils sortent, il s'aventure un peu plus loin de son clocher humain, s'enhardit à mettre le cap sur l'estuaire du Tamar, où des colonies de freux et de choucas sauvages butinent les laisses de vase. Mais il revient toujours avant la tombée du jour à son perchoir au pied du lit, d'où il semble diffuser ses pensées directement dans la tête endormie de Heathcote.

Un soir au pub, Heathcote exhibe devant un visiteur sa pièce de six pence exhumée par le choucas. Bernie Skuse, un braconnier de Bristol, a dit : "*Je vais te dire ce qu'on faisait autrefois, petit. Aiguise le bord d'une pièce et mets-la sous sa langue. Ça va lui couper les tendons, et il se mettra à causer.*" Heathcote est horrifié. Il n'a aucune envie de faire parler anglais à son oiseau par la torture. Jack est parfait comme il est : intrépide, sûr de la meilleure manière d'être lui-même. Il envie à Jack cette assurance, cette certitude de sa place dans le monde. C'est une chose précieuse. Il ne veut pas soumettre l'oiseau à sa volonté. Il veut qu'il soit libre de suivre ses impulsions, où qu'elles puissent le conduire. Et c'est ce que fait le choucas : chaque jour, il décrit dans les airs des cercles de plus en plus larges, de plus en plus loin de l'humain assis au milieu de la pelouse qui attend le jour où son oiseau disparaîtra.

Je repose le recueil de poèmes sur mon bureau. Je le concède non sans réticence, ce n'est pas très éloigné de ce que je souhaite pour la pie. Pas forcément qu'elle s'en aille, mais qu'elle ait la liberté de choisir, qu'elle soit capable de voler de ses propres ailes et de suivre ses instincts. Yana approuve sans hésiter. C'est ce qu'elle dit depuis le début. Mais pas dans le jardin derrière la maison : trop de chats, trop de gens qui risquent de ne pas apprécier de voir une pie semi-sauvage se poser sur leur tête ou envahir leur foyer. Je pense à la prof de yoga d'à côté avec ses oreilles pleines de créoles rapportées de ses nombreux voyages en Inde ; au bon à rien deux maisons plus loin qui aime passer l'essentiel de ses après-midi à fumer des clopes nauséabondes sur le pas de sa porte ; à la famille de voisins qui préparent des steaks au barbecue – le plat préféré de Benzene – quand il fait beau le week-end et laissent souvent leur délicat bébé dormir au fond du jardin. La pie que nous avons élevée n'est compatible avec rien de tout ça.

– Et si on l'emmenait à la ferme quand on descend préparer le mariage ? dit Yana. Pour la relâcher là-bas ?

Je pense à la ferme avec ses champs remplis de délicieuses sauterelles, ses chênes centenaires rembourrés de mousse moelleuse, ses poulaillers pleins d'œufs frais, et son verger débordant de prunes et de pommes. Là-bas, le seul chat à des kilomètres à la ronde est le british shorthair grassouillet de ma sœur, Norman, aussi agile qu'un morceau de lard enveloppé de poils, qui n'attraperait un oiseau que s'il lui volait droit dans la gueule. Une pie pourrait mener une existence confortable là-bas : peut-être Benzene ne voudra-t-il pas voler trop loin, ne disparaîtra pas pour toujours. Je conviens, malgré quelques hésitations, que la ferme est le meilleur endroit pour relâcher l'oiseau ; mieux que la casse où on l'a trouvé, mieux qu'ici.

14

La pensée que Benzene pourrait bientôt nous quitter rend d'autant plus précieux le temps qui nous reste ensemble. Yana pardonne à la pie pour ses plantes massacrées et je me fiche que le dimanche soit devenu le jour du récurage de merde d'oiseau, parce qu'il ne reste pas beaucoup de dimanches. Quelques semaines seulement nous séparent de la date prévue pour notre mariage, le premier week-end d'août, et nous descendrons dans le Sussex un peu avant afin de commencer les préparatifs. Yana est déterminée à ce que nous faisions tout nous-mêmes pour le mariage. Ces derniers temps, elle coud, scie et martèle frénétiquement : des tables, des bancs, de longs coussins verts et une nappe magnifiquement colorée sont apparus comme par magie dans son atelier. Il y a d'autres éléments – une estrade, un dôme géodésique, la pièce montée, les bouquets de fleurs – qui doivent être assemblés "sur site", comme Yana appelle désormais ma maison de famille. C'est là que nous emmènerons l'oiseau. Il y a une sorte de logique symbolique : une union va être formée, une autre va peut-être se briser. Le sauvage échangé contre le domestique. C'est un moment vertigineux, en équilibre entre ce double précipice. Un mariage à célébrer et une pie à perdre, deux choses que je n'aurais jamais pu imaginer il y a deux petites années.

L'oiseau, évidemment, ignore que son sort est lié à notre date de mariage. Il n'en prend pas moins une part active aux préparatifs, coinçant son bec dans la machine à coudre de Yana et recevant la procession de visiteurs qui arrivent chargés de rouleaux de tissu et de babioles brillantes comme s'ils étaient venus lui rendre hommage. La société humaine semble être tout aussi intéressante à ses yeux que la société dans les arbres.

Le visiteur le plus populaire, et de loin, est Rupert, un ami marchand de bijoux qui débarque un après-midi particulièrement ensoleillé en traînant derrière lui une valise cabossée pleine de pierres et de métaux précieux. Benzene le dévisage, subjugué, tandis que nous nous installons sur le canapé afin de choisir quelque chose pour le mariage. À la grande joie de Benzene, Rupert scintille et tintinnabule à chaque mouvement. Chaque partie de son corps est enveloppée d'autant d'ornements qu'elle peut en porter : d'épaisses chaînes en or et en argent se bousculent à son cou et à ses poignets, chaque doigt porte autant de bagues que possible, des diamants étincellent aux lobes de ses oreilles, et un bijou argenté danse sur sa langue chaque fois qu'il parle. Benzene grimpe lentement sur le dos de sa main, apparemment hypnotisé. Les bleus complexes des plumes de ses ailes et l'éclat mordoré de sa queue éclipsent tout ce que Rupert peut sortir de sa valise. Rien, pas même les diamants, ne tient la comparaison. Ce qui nous complique drôlement la tâche pour faire notre choix.

Benzene émerge doucement de sa transe. Il fixe son bec autour d'une énorme pierre violette sertie sur une bague au doigt de Rupert et tire dessus. Je comprends soudain que, plus qu'hypnotisé, il était simplement paralysé par l'indécision.

– Non, très cher, tu ne peux pas l'avoir, dit Rupert. C'est de l'argent byzantin, ça vaut plus que ton nid.

Benzene poursuit son inspection, passant d'un doigt au suivant, cherchant les défauts de fixation, les maillons faibles. Ce qui est fascinant dans ce comportement, c'est qu'il est en plein dans le mythe. Les pies ont la réputation d'être des collectionneuses d'objets brillants. Mais il a été prouvé que cette réputation est infondée. C'est ce que démontre une étude menée à l'université d'Exeter il y a quelques années. De fait, les scientifiques ont découvert que les pies ont souvent une réaction craintive face aux objets brillants nouveaux et qu'elles ne les ramassent que très rarement.

Alors pourquoi Benzene remonte-t-il avec tant de détermination le long du bras de Rupert vers le diamant qui repose comme une goutte de rosée sur la peau molle de son oreille ? Élevé par des humains, il reflète en quelque sorte l'idée humaine de ce que doit être une pie. Soit ça, soit il est capable de lire nos désirs : d'où son appétit pour les cigarettes, les billets de cinq livres, les clés de cadenas de vélo et les bijoux hors de prix.

Rupert sourit quand la pie tire sur les bouts de métal suspendus à diverses parties de son visage. Je soupçonne que la plupart des passants de cette ville densément peuplée qui croiseraient sa route ne le prendraient pas aussi bien. Si Benzene doit voler de ses propres ailes, la ferme est clairement l'endroit où il doit aller.

Rupert pousse un petit cri quand l'oiseau tire un peu trop fort sur son piercing au nez et lui tend aussitôt un colifichet, une bague en alliage bon marché avec un motif de crâne. Nous avons tous été si distraits par les facéties de Benzene qu'il est finalement le seul à émerger de cette visite avec une bague. Il la retourne dans son bec, *clic clac*, et s'envole vers son nid-de-pie, où, toujours à contre-courant, il amasse une collection de petits objets brillants.

15

À quelle vitesse peut évoluer une pie standard ? Trente kilomètres-heure ? Quarante ? Certainement pas aussi vite que Benzene, qui fonce sans effort à cent kilomètres-heure, cent dix quand je me déporte sur la voie de droite pour dépasser un camion. Je conduis la vieille voiture de ma mère, une Fiat Multipla vert avocat, pour me rendre à la ferme. C'est un véhicule excentrique à bien des égards. J'aime à penser qu'elle apporte la joie partout où elle va, quoique je me demande parfois si le rire des gens devant son extérieur bulbeux et sa gamme de couleurs criardes n'est pas un peu narquois. Mais avec ses trois sièges à l'avant et à l'arrière, elle était parfaite pour emmener les enfants à l'école, et elle est parfaite aujourd'hui, dans ce trajet familial interespèces. En tout cas, aucune pie n'a jamais voyagé avec autant de panache.

Benzene est installé dans une cage de voyage attachée sur le siège entre Yana et moi, et regarde joyeusement la route et le ciel défiler à toute allure. Il n'a jamais vu de spectacle aussi incroyable que ce que nous croisons sur le chemin de la ferme : des pylônes électriques, des champs ondoyants, des moutons, des vaches, la ville de Croydon. De temps à autre, je retire une main du volant pour glisser un ver de farine vivant entre les barreaux, et je l'écoute pépier gaiement et l'engloutir.

Des corvidés sont alignés le long de notre trajet et nous regardent passer comme des spectateurs devant un défilé. Des pies sauvages se tiennent sur l'accotement avec leur queue de croque-mort, prêtes à emporter des déchets et des animaux écrasés ; des freux se pavanent devant la station-service tels des nobles vénitiens en chausses noires, attaquant des chips perdues avec leur bec en estoc ; une corneille noire est perchée sur un radar et prie pour des collisions. Maintenant que mes yeux se sont ouverts à l'omniprésence de la famille des corvidés grâce à la pie attachée à côté de moi, je m'aperçois que, où que nous allions, les corbeaux nous observent, prennent note de nos habitudes, de nos faiblesses, de nos tendances au gaspillage. Cette observation leur a permis de s'adapter à la force écologique la plus puissante et la plus destructrice de la planète : nous. Et pas seulement pour survivre – pour prospérer.

Cette intelligence, cette incroyable capacité à déchiffrer une autre espèce, nous a fait prendre du retard, beaucoup de retard. J'ai entendu parler de "l'heure du diable", les soixante minutes supplémentaires nécessaires aux jeunes parents pour passer la porte. Mais "l'heure de la pie" doit être une première. D'une manière ou d'une autre, sans avoir jamais été mise en cage de sa vie, Benzene semblait savoir exactement ce qui l'attendait lorsque j'ai émergé du sous-sol avec un vieux panier à chat. J'ai fini par le faire descendre du plafond avec un bijou fantaisie. Apparemment, son intérêt pour toutes les choses auxquelles les humains attachent de la valeur peut être utilisé contre lui, même si le diadème en strass était une maigre consolation lorsque j'ai refermé la porte de la cage sur lui.

Bien que connaissant maintenant depuis plusieurs mois cette créature brillante, inquisitrice et espiègle, je suis ébahi de constater qu'un cerveau aussi minuscule, contenu dans un crâne pas plus gros qu'une noix, peut abriter une telle imagination. Peut-être l'oiseau est-il capable de lire les intentions aussi bien que les désirs. Ou peut-être a-t-il simplement une peur instinctive de la nouveauté. Je ne sais toujours pas jusqu'où va la complexité d'un cerveau de pie.

Benzene est de nouveau chamboulé. Il saute sur la paroi de la cage et pousse des cris implorants. La vue de ses serres articulées comme des doigts autour des barreaux m'est insupportable. Tout en maintenant ma trajectoire, je remets la couverture sur la cage et plonge l'oiseau dans une obscurité apaisante.

Heathcote flotte comme un nuage au-dessus de ce voyage. Juste avant notre départ, je lui ai envoyé un nouvel e-mail. Son vieux camarade d'école, Peregrine Eliot, est mort. Je compatis, lui demande s'il va bien, lui dis que je comprends qu'il n'ait pas le cœur à venir à un mariage. Mais je négocie aussi un peu : il y a la cérémonie civile à Brighton le lendemain. Il pourrait sauter dans un train pour se joindre à nous. "Juste pour avoir une photo complète, écris-je. Aucune pression." Oiseau. Carreau de fenêtre.

Alors que nous quittons la route principale, je baisse les vitres et retire la couverture de la cage afin que la pie puisse jeter un premier regard à ce qui pourrait bien devenir sa nouvelle maison. Les pigeons ramiers font ployer les branches des cerisiers qui bordent l'allée. Un faisan mâle agite ses plumes de bronze verni dans les hautes herbes. Un pivert, vert sur vert, décrit une courbe sinusoïdale vers l'orée des bois. La pie n'en perd pas une miette.

Les pneus de la voiture crissent sur le gravier devant la maison et Yana et moi descendons et nous étirons. L'air est chargé de l'odeur du romarin qui pousse contre un muret de brique, de la lavande qui vrombit, et des roses rouges soyeuses dont les pétales se prélassent au bout d'une plante qui grimpe le long d'une annexe blanchie à la chaux.

Ma mère vient déjà à notre rencontre, talonnée par un bâtard au pelage sable. Les gens nous prennent parfois pour des frères et sœurs, à sa plus grande joie. Elle a les cheveux marron et les yeux noisette, comme moi, mais sa peau est un peu plus sombre. Elle nous prend dans ses bras à tour de rôle, puis elle jette un œil dans la voiture.

– Alors, faites-moi voir un peu, dit-elle. Mon premier petit-fils.

Je ne sais pas trop quoi penser de son attitude. Depuis que Yana et moi avons annoncé nos intentions de mariage, j'ai remarqué une espèce de pression qui va crescendo. Chaque visite à la ferme semble désormais impliquer la consultation obligatoire d'albums photos de bébés. On ne cesse de me tendre des bébés en chair et en os chaque fois qu'il y en a un en rab et on me dit à quel point ça me va bien. Et quand Misha, le père de Yana, est arrivé de Suède, je l'ai entendu porter un toast secret dans sa voix rocailleuse : "Aux bébés."

Les pies ont leur propre pouvoir sur les entrailles des femmes : si on en voit trois d'un coup, c'est une fille qui va naître, quatre pour un garçon. Une pie, tant pis, je rappelle à ma mère.

– Pas celle-ci, dit-elle avec une assurance irritante. Sa chambre l'attend.

Nous installons Benzene dans une petite chambre au milieu des escaliers. Sur mon ordre, nous attendrons après le mariage pour le libérer. Lâcher prise : pas mon fort. En prévision de l'arrivée de la pie, la pièce a été soigneusement bâchée – et remplie de jouets pour bébé.

– On s'est dit qu'il aimerait avoir quelque chose à faire pendant que vous serez occupés à vous marier, dit ma mère avec une lueur espiègle dans le regard, tout en tirant sur un cordon attaché à un canard en plastique, qu'elle agite devant la pie tandis qu'il cancane "Le Beau Danube bleu".

Après ça, nous nous asseyons à la table de la cuisine, passons en revue la liste des invités et discutons de qui d'autre aura besoin d'une chambre dans la maison. Une amie de Yana doit accoucher une semaine avant le mariage : il serait malvenu de la faire coucher sous la tente. Pareil pour ma grand-tante antédiluvienne.

– Quid de Heathcote ? demande ma mère.

Je lui ai montré sa réponse cryptique à notre invitation. Nous nous sommes creusé les méninges un moment sur la signification de l'homme en pyjama qui chasse la chouette et avons tous deux trouvé ça aussi frustrant et infructueux que d'essayer d'interpréter le rêve de quelqu'un d'autre. Mais il y a autre chose, quelque chose que j'ai gardé pour moi jusque-là.

– Je lui ai promis un lit à la maison, dis-je. Mais je ne suis pas sûr qu'il l'occupe.

Je lui ai promis une voiture pour l'amener jusqu'à la berge et le ramener, ainsi que tout ce dont il pourrait avoir besoin pour lui faciliter la vie. C'était la dernière fois que je l'ai vu en face à face, l'hiver avant l'arrivée de la pie, lors d'une de ses soirées poésie pouilleuses à Londres. Je n'avais pas été invité ; j'avais juste entendu qu'il y serait et j'y suis allé. J'ai été choqué de le voir en si mauvaise santé. Il avait besoin qu'on l'aide à monter les marches jusqu'à la salle et une fois là-bas il avait dû s'asseoir une demi-heure sur un canapé, la respiration sifflante, pour se remettre. Peut-être n'était-ce pas le moment idéal pour lui présenter ma fiancée et l'inviter à notre mariage – mais alors quand ? Je lui ai parlé des berges de la rivière, magnifiques l'été, d'un professeur anarchiste à qui il voue une grande admiration qui serait là aussi. Je ne l'ai pas précisé, mais j'avais invité ce professeur exprès pour que Heathcote ait un ami. Il pouvait juste passer pour une heure ou deux s'il le souhaitait.

“Pourquoi voudrais-je venir à un mariage dans la ferme d'une rock star ?” a sifflé Heathcote.

– Eh bien dans ce cas, dit ma mère en rayant son nom de la liste, on ne va pas lui réserver de chambre et, s'il finit par venir, il couchera dans le fossé.

Mon père, assis discrètement dans un fauteuil dans le coin, secoue la tête, mi-amusé, mi-outré. Il a à peu près le même âge que Heathcote et il est fait du même bois : ces bébés nés pendant ou juste après la guerre arrachés au sein de leur mère pour être envoyés en pension où la discipline prenait la place de l'amour. Nul doute qu'ils ont en commun certaines cicatrices émotionnelles, mais la comparaison s'arrête là. Dans ma vie tout du moins, David a été le parfait contraire de Heathcote : compétent, fiable, présent. Un homme calme, modeste, qui s'exprime, par la musique bien sûr, mais le plus souvent par de gentilles attentions. Je ne lui ai pas toujours rendu la pareille. Ça n'a pas toujours dû être facile pour lui de devoir rivaliser avec le père fantasmé qui vivait dans ma tête. Comment un simple mortel qui se gratte les fesses, se cure le nez, va chercher les enfants à l'école, monopolise la télécommande et prépare le dîner pouvait-il rivaliser avec le génie-sorcier-poète de mon imagination ? Uniquement en étant fiable et présent quand l'autre ne l'était pas. Encore aujourd'hui, je le soupçonne d'être secrètement satisfait chaque fois que le vrai Heathcote se comporte comme une grosse merde.

– Mais quel tocard, dit-il.

Et c'est vrai : Heathcote est un tocard et une merde, mais j'aimerais quand même qu'il vienne.

Nous ne sommes pas attablés depuis très longtemps lorsqu'un bruit de crécelle courroucé emplit l'air. Benzene a épuisé les possibilités de son canard musical et entonne maintenant une chanson de sa composition.

– Il s'ennuie là-dedans, le pauvre oiseau, dis-je. Je vais le chercher ?

Ma petite sœur emmène son chat prodigieusement gras dans une autre chambre et ma grand-mère replie son journal pour former une tapette à mouches à taille d'oiseau. En Chine, les pies sont vénérées. Le jour des pies est l'équivalent chinois de notre Saint-Valentin, mais cette partie de l'enfance de ma grand-mère à Shanghai – contrairement à son habitude de cracher des os sur la table et d'insulter les Japonais – ne semble pas avoir laissé de trace.

Parfaitement ignorant de tout ceci, Benzene débarque dans la cuisine sur le dos de ma main et agite la tête dans toutes les directions. Les oiseaux ne peuvent bouger leurs yeux indépendamment de leur tête comme nous, de sorte qu'ils doivent tendre le cou chaque fois qu'ils veulent voir quelque chose. Benzene dodeline de curiosité.

Ayant examiné la pièce à satiété, il bondit de ma main pour gagner la table et commence les présentations. Il s'incline, il bat des ailes, il pépie. Il défile sur la table comme s'il n'y avait rien de plus naturel. Jette quelques petits pois de mon assiette. Attaque la pierre de l'alliance de ma mère. Fait gargouiller le thé tiède de mon père dans son bec. Tout le monde est très enthousiaste. Ce n'est qu'un invité excentrique de plus.

La chienne, Doris, ignore soigneusement l'oiseau, ce qui me fait soupçonner – vu la manière dont elle a ignoré des poulets rôtis, des tartes et des gâteaux d'anniversaire par le passé – qu'elle envisage sérieusement de le manger en douce. Benzene la regarde par-dessus le rebord de la table et la chienne évite de croiser son regard, comme si elle s'inquiétait qu'il lise dans ses pensées. Ma mère la rappelle à l'ordre et lui passe une muselière.

L'oiseau atteint le bout de la table où ma grand-mère s'attaque à sa nourriture avec une mine légèrement contrariée. Pas de muselière qui tienne pour elle. Benzene cancane, s'incline, et sa queue siffle dans l'air comme une baguette de chef d'orchestre.

– Bonjour, horrible bestiole ! dit ma grand-mère.

Benzene prend ça pour une invitation et grimpe sur son poignet. Il éprouve la texture spongieuse de sa chemise de flanelle avec ses griffes, puis il plonge sa tête dans les plis. Il pousse un cri où transparaît une extase insondable. Les coins de la bouche de ma grand-mère se crispent, puis elle sourit malgré elle. Benzene n'est pas comme "ces autres pies", déclare-t-elle.

Il n'en faut pas beaucoup : un éclat d'or par-ci, un coup d'espièglerie par-là et, très vite, Benzene, le petit corvidé déluré, s'est intégré dans ce nouveau nid luxueux aussi aisément qu'un coucou. Une fois le mariage passé, nous le laisserons voler en liberté, mais, pour l'instant, il fait partie de la famille.

16

Le jour du mariage commence à peu près comme n'importe quel autre. Benzene me tire du lit à grands cris juste après l'aube. Je file dans le couloir sur la pointe des pieds alors qu'il réclame son petit-déjeuner d'une voix stridente, et j'espère être le seul dans la maison désormais pleine à craquer à avoir été réveillé par ses horribles croassements. Je remplis son bol d'asticots, découpe quelques fines tranches de bœuf, brouille un œuf grossièrement, rajoute une croûte de pain, un raisin, un bout de carotte. Puis je m'assieds avec lui un moment dans les poussières de l'aube. Le soleil filtre à peine à travers les branches du vieux chêne devant la maison. De petits oiseaux chanteurs sifflent et jasent tout en extrayant leur propre petit-déjeuner de l'écorce fissurée. Une corneille noire tout en haut des branchages croasse cinq fois. La pie engloutit un asticot tête la première dans son gosier.

Je lui parle d'un ton désinvolte pendant qu'il mange, je lui raconte le mariage, qui implique hélas qu'il va devoir rester enfermé presque toute la journée, mais ce n'est pas grave, parce qu'il s'envolera très bientôt par-dessus le toit et à travers les arbres.

Benzene grimpe sur ma tête d'un battement d'aile et je sens son bec racler mon crâne quand il cache dans mes cheveux quelques morceaux de viande de choix. Je ne sais pas pourquoi il fait ça. Ça ne peut pas être pour faire des réserves, parce qu'il revient rarement récupérer la nourriture ainsi cachée. J'aime à penser qu'il m'offre de petits signes de reconnaissance, mais sa fureur s'il me surprend à retirer ses trésors dément cette idée. Je secoue ma tête par-dessus la bâche et regarde Benzene qui cavale partout avec des couinements indignés pour ramasser la viande tombée.

Je sors de la pièce à reculons et ferme la porte. Aujourd'hui, la pie n'est pas le centre de l'attention, et il reste encore beaucoup à faire. Yana a un gâteau à terminer, des demoiselles d'honneur à habiller et à apprêter, des couronnes à tisser et à coller. Moi, je dois évacuer les derniers repas de la pie de mes cheveux et j'ai un témoin à briefer. Trois des sœurs de Yana arrivent après le petit-déjeuner dans un fourgon chargé de fleurs. Nous organisons une chaîne de production sur une longue table dans l'ancienne cour des écuries, et élaborons des bouquets et des couronnes de fleurs dans la chaleur montante.

Dans la cuisine, Yana réalise le glaçage du gâteau d'une main et brandit un pistolet à colle de l'autre. Les invités commencent à arriver et mes petits frères les orientent vers la rivière. Rupert, le marchand de bijoux préféré de la pie, débarque avec une pince d'orfèvre pour fixer de minuscules rubis aux chaînes en or que nous avons choisies à la place des alliances. Le professeur anarchiste s'engouffre dans la maison en gesticulant sans raison évidente et il faut l'écarter des canapés à moitié prêts.

Quelques minutes avant la cérémonie, Yana s'éclipse pour se changer. Elle revient, magnifique et étrange. Les motifs sur la soie noire de sa robe évoquent les recoins sombres d'un tableau de Jérôme Bosch. Des choses nous dévisagent au milieu des ombres : des chevilles au cou, des serpents rouge corail se disputent la place avec de grosses fleurs d'été. Un *memento mori* se dessine, pâle comme la lune, à son flanc. De vraies libellules scintillent dans ses cheveux. Alors que nous marchons sur le chemin baigné de soleil qui conduit à la rivière, des éclats de lumière dorée jaillissent dans ses yeux vert olive.

Une nuée de choucas s'égaille dans l'air quand nous passons devant leur champ. Deux pies virevoltent à travers les branches d'un marronnier. Une corneille agite ses ailes. La chaleur monte par vagues depuis le sentier, troublant l'air autour de nous, et, l'espace d'un instant terrifiant, tout paraît très irréel. Les demoiselles d'honneur derrière nous et l'assemblée d'amis et de membres de la famille qui tendent le cou à notre approche deviennent aussi éthérés qu'un nuage de fumée. Le monde semble aussi ténu qu'un rideau qu'on s'apprête à tirer – et quand il sera tiré, je me retrouverai seul dans ce champ. Je ferme les yeux, agrippe la main de Yana et, quand je les rouvre, le monde s'est solidifié.

Au bord de la rivière, nous nous tenons sur une berge en pente douce drapée de saules pleureurs. L'eau sombre d'un côté, les invités éblouis par le soleil juchés sur des bancs de guingois de l'autre, le sol d'une fermeté rassurante sous mes pieds. Ma petite sœur officie, nous bénit quand nous échangeons nos chaînes et nos vœux. Ayant retiré nos vêtements, nous plongeons dans la rivière, bras dessus bras dessous, et tout le monde, à l'exception de ma vieille tante, nous imite. L'eau glisse sur notre peau alors que nous nous élançons dans le courant. De fines vrilles vertes remontent du lit de la rivière pour nous chatouiller le ventre. Les nénuphars brandillent et les roseaux oscillent. Des grappes de lentilles d'eau s'écartent aussi facilement que les nuages. Yana fait la planche et contemple le ciel et je fais pareil ; je suis plus proche de voler que je ne l'ai jamais été.

Alors que nous nous rhabillons et que nous nous mettons à table – la peau qui brûle et la tête en feu –, je remarque la place vide pour la première fois. Le professeur anarchiste n'a pas l'air fâché d'avoir plus d'espace pour gesticuler. Je le regarde un moment remplir son assiette à ras bord de crevettes et entretenir son voisin, entre deux bouchées de crustacés grillés à la flamme, sur la nécessité de mettre un terme au capitalisme.

Bientôt les discours commencent. Le père de Yana alterne entre suédois, russe et anglais pour raconter une histoire alambiquée sur Yana qui faisait peur aux autres enfants à l'école ; la mère de Yana raconte qu'élever Yana et ses deux petites sœurs revenait à cohabiter avec un dragon à trois têtes ; ma grand-mère veuve fait pleurer tout le monde ; ma mère met tout le monde d'accord avec une blague. Plus tard, mon père joue une vieille chanson d'amour. Voilà, me dis-je, les seules personnes dont j'ai besoin à mes côtés.

Mais le lendemain, à l'état civil à Brighton, je me surprends à chercher encore la seule personne qui n'est pas là. Heathcote est absent : pas une ombre, pas un murmure. Je suppose que j'ai toujours su que ce serait le cas et je me sens bête de m'être autorisé à croire le contraire. Tandis que nous roulons lentement sur le bord de mer, en saluant tout le monde par la vitre de la voiture, j'essaie de le chasser de mes pensées pour de bon. Au moins, je me suis rappelé ce que Heathcote n'est pas – comme si j'en avais besoin. Le vrai papa qui fait des bises sourit de toutes ses dents et nous fait signe depuis le trottoir. Heathcote est autre chose.

Nous arrivons au parc de New Forest après la tombée du jour, serpentant dans les bois sur une route étroite et non tracée. Des douzaines de poneys dorment au bord de la route ; certains d'entre eux dorment même sur la chaussée, somnolant debout au milieu du bitume fatigué, les yeux grand ouverts. Les poneys gris luisent comme des fantômes dans la lumière des phares. Les arbres défilent devant nous. De vieux ifs ployés agitent leurs griffes. Des séquoias américains vigoureux et des peupliers noirs se dressent telles les colonnes d'un temple. Un fourré de rhododendrons nous engloutit tout entiers.

Le lendemain, nous marchons à travers cette grande masse vivante, respirante. Une résine indécente dégouline des crevasses des conifères. L'écorce est au bord de l'explosion, forte de siècles d'existence. Nous suivons les traces d'un cerf jusqu'à un tapis de fougères à hauteur de la taille, pataugeant dans ces ondes de verdures jusqu'à gagner une clairière de camomille au doux parfum. Nos pas réveillent les arômes des feuilles clairsemées. L'odeur sourde de la forêt, les effluves entêtants de la camomille, la richesse terreuse de la peau chauffée par le soleil. C'est presque trop.

Je vois que Yana est aussi grisée que moi. Elle effeuille paresseusement les pétales d'une fleur de camomille et évoque les origines de la lune de miel, m'expliquant pourquoi elle durait traditionnellement le temps d'un cycle lunaire. Mon sourire complaisant se fige sur mon visage et je me mets à froncer les sourcils.

– Qu'est-ce qu'il y a ? dit Yana. Tu ne veux vraiment pas avoir d'enfants ?

Je ferme les yeux. Je ne suis pas très doué pour les conversations difficiles et celle-ci s'annonce particulièrement coton. Si, pour Yana, les enfants suivent l'amour et le mariage aussi naturellement qu'une saison en suit une autre, quelque chose s'est bloqué en moi. Quand j'essaie de penser à avoir des enfants, tout ce que je réussis à convoquer est une boule de terreur muette. Je décroche et me concentre sur les bruits de la forêt. Un pigeon ramier siffle. Une branche craque. Quelque part dans le lointain, un enfant crie. Le silence entre nous crépite comme des parasites à la radio. Je jette un œil par-dessous mes paupières et trouve Yana qui me dévisage avec une certaine appréhension.

J'ai beau essayer, je n'arrive pas à mettre des mots sur mes sentiments. C'est comme si une créature ailée avait fondu sur moi pour m'arracher la langue. Je cherche des excuses et des diversions, mais Yana a une réponse du tac au tac pour chacune d'entre elles.

– Nous sommes tellement heureux comme ça, dis-je. Pourquoi risquer de tout changer ?

– Pourquoi, dit Yana, ne pas prendre le risque de partager ce bonheur avec quelqu'un d'autre ?

– Mais il va crier et chier et…

Yana hausse un sourcil :

– La pie.

Je replonge dans le silence. Tandis que je me frotte les tempes, Yana tire une cuillère de sa poche arrière et commence à creuser un cercle dans le terreau de la clairière où nous nous prélassons. Elle arrache une motte de camomille grosse comme la paume à la manière de quelqu'un qui ouvre une huître. De son autre poche, elle tire un bonnet de douche d'hôtel et enveloppe soigneusement son bout de nature volée pour la planter dans notre jardin. Elle est venue équipée. Je songe à quel point sa vie est dirigée vers la création, vers la génération. Elle a une certitude à propos du monde et d'elle-même qui me fait défaut.

– Je me sens toujours comme un enfant, je me lance, avant de laisser ma phrase en suspens, en me demandant ce que j'entends par là. Je ne suis pas un enfant, je suis un homme de vingt-sept ans, marié de surcroît. Ce que je veux dire, c'est que je ne me fais pas confiance. Je ne me sens pas responsable. J'ai magistralement échoué à m'occuper de ma propre personne, alors comment pourrais-je m'occuper d'un enfant ? Et s'il y avait un gène de l'abandon de bébé ? Et si les crises de folie impromptue circulaient dans le sang ? Et si je répétais les erreurs de Heathcote ? Et si je répétais les miennes ? Je ne dis rien de tout ça, bien sûr. Je suis à peine capable de formuler ces choses-là dans ma tête, j'arrive à peine à m'entendre penser par-dessus ces parasites crépitants qui, je m'en aperçois, ne viennent de rien qui soit entre Yana et moi, mais de l'intérieur, de l'œuf de peur incandescent sur lequel je suis tombé. La panique doit se lire sur mon visage, parce que Yana me prend la main.

– Ne t'inquiète pas, dit-elle doucement. Il n'y a pas à avoir peur.

Je pense à l'histoire que son père a racontée au mariage sur la fois où elle a montré le chemin à travers une forêt en pleine nuit quand elle était petite. Les autres enfants se cramponnaient les uns aux autres, mais Yana avançait seule dans le noir complet avec une lampe torche, guidée seulement par un puissant instrument interne qui ne semblait pas intégrer la peur. C'est incontestablement elle – mais ce n'est pas moi. Je secoue la tête et me réfugie derrière le silence.

17

Les portes sont ouvertes. La pie est sur mon poignet. Nous sommes revenus de notre brève lune de miel pour accomplir l'inversion du mariage : la rupture d'un lien. L'oiseau et moi franchissons le seuil. Il n'y a que de l'air entre lui et l'horizon. Des possibilités infinies s'étendent dans toutes les directions. L'oiseau aplatit ses ailes sur son corps, se recroqueville devant cette vastitude. Ses serres étreignent ma peau. Ce n'est pas ce à quoi je m'attendais. Je croyais qu'il jaillirait comme un pigeon de sa boîte. Hop, envolé, immédiatement anonyme. Qui peut différencier deux oiseaux de la même espèce ? Au bout du compte, je me retrouve à devoir l'encourager à s'envoler.

Je lui indique le long enclos des chevaux, le lac, les bois au-delà, et lentement Benzene se détend. Il s'ébroue comme un chien mouillé et ses plumes se gonflent. La tension quitte ses serres. Ses yeux sombres absorbent le paysage. Pour moi, ce paysage est aussi familier et réconfortant que le visage d'un vieil ami fidèle. J'ai l'impression de connaître chaque arbre du tronc à la cime, chaque haie en long et en large. Je le vois différemment aujourd'hui de quand j'étais enfant, et différemment aussi à travers les yeux d'un oiseau.

Au milieu de la pelouse, Yana a le bras tendu en l'air. Elle siffle. L'oiseau, voyant un point sûr entre ici et l'horizon, s'élance dans les airs. Son premier vol en extérieur depuis qu'il est tombé du nid. Je le regarde avec fascination voler en rase-motte au-dessus de la pelouse, des vagues chatoyantes de violet, de bleu et de vert ondulant de sa nuque à sa queue. Il se pose tel un faucon sur le poignet tendu de Yana, puis il pivote pour me faire face.

Pendant les premières minutes, c'est tout ce qu'il semble vouloir faire : des vols courts et bas d'un humain à l'autre, ne gagnant en assurance que progressivement quand il saute de Yana à moi, à ma mère, à mon père et à mes petits frères.

Ses cercles s'élargissent. Il s'envole plus haut. J'ai l'impression que je suis emporté avec lui, comme une ancre traînée au fond de la mer. Ce pourrait bien être un au revoir. Je sais que ça devrait l'être. Mais j'espère secrètement, égoïstement, qu'il ne partira jamais. L'oiseau n'est avec nous que depuis trois mois, et pourtant j'ai du mal à imaginer la vie sans lui.

Je siffle et il vole vers moi, plus boomerang qu'oiseau. Je le regarde avec émerveillement nicher sa joue duveteuse contre le dos de ma main. Il y a tant d'autres choses qui l'appellent. D'autres pies poussent des jacassements racoleurs, des hirondelles de fenêtre lancent des insultes depuis les pignons, des abeilles aguicheuses bourdonnent dans la lavande. Bien que j'aie passé du temps à Londres à l'entraîner à répondre à mes appels, avec tout ce bavardage concurrent il m'apparaissait hautement improbable qu'il écoute réellement. Je croyais qu'il serait perdu aussi sûrement qu'un ballon à l'hélium qui vous échappe des mains. Il semble tout bonnement impossible qu'un oiseau – véritablement libre dans la nature pour la première fois de sa vie – puisse être aussi satisfait de la compagnie humaine.

Il se pourrait simplement qu'il soit dépassé par les événements, que le choc de la nouveauté le pousse à se raccrocher à ce qui lui est familier. Tout est nouveau pour lui. L'herbe est une surprise. Il se pose sur la pelouse moins d'une seconde avant de décoller, alarmé par cette sensation inattendue. C'est bizarre et humide et ça semble vouloir l'avaler tout entier. Dans un massif de roses, il découvre son premier lombric. Le ver de terre est légèrement mordillé, puis recraché avec dégoût. Les fleurs, par contraste, sont une source continue d'émerveillement et de ravissement. Benzene court depuis mon épaule sur toute la longueur de mon bras pour atteindre une rose, qu'il déchire en morceaux. D'une manière ou d'une autre, sans qu'on le lui dise, il semble savoir qu'il a fait une bêtise et il bondit vers le ciel le bec plein de pétales.

Si je ferme les yeux, je peux presque sentir le vent s'engouffrer dans ses plumes. Son extase en apesanteur est, l'espace d'un instant, la mienne. Je sens plus que jamais le mouvement de deux forces opposées. Je veux qu'il parte. Je veux qu'il reste.

Quand je lève les yeux, l'oiseau s'est posé sur une des branches basses du prunier reine-claude qui pousse au milieu de la pelouse. Enfant, je m'asseyais sur cette même branche, trompant l'ennui de mes après-midi d'été avec un walkman pendant des heures entières. À cette époque de l'année, c'est un perchoir périlleux. Les fruits mûrs attirent les guêpes, qui creusent dedans et les vident de leur substance, regroupées dans un essaim poisseux. Un jour, emporté dans une rêverie béate, je n'ai pas remarqué qu'une demi-douzaine d'entre elles se faufilaient entre mes orteils, et j'ai baissé les yeux trop tard pour les voir laper avidement ma sueur, incapable de bouger jusqu'à ce qu'elles aient terminé.

L'oiseau tente d'en croquer une. Je siffle. Il lève la tête vers moi puis se détourne d'un air coupable, escaladant l'arbre par petits bonds jusqu'à parvenir à la branche la plus lointaine, oscillant comme un fanion noir dans la brise. Je siffle de nouveau et tends mon bras, que je tapote pour l'encourager. Enfin, il s'élance dans ma direction – puis il bifurque à la dernière seconde, fuse devant moi dans une nébuleuse noire et blanche. Je pivote juste à temps pour le voir s'élever au-dessus du chêne et du toit de la maison, puis hors de mon champ de vision. Pendant un moment, il disparaît. Je savais que c'était un risque. C'était même le résultat désiré. J'éprouve un mélange de tristesse et de satisfaction à l'idée de le savoir parti – même si cette sensation est vite remplacée par un soulagement coupable. Farceur devant l'Éternel, l'oiseau pointe le bout de son bec de derrière une cheminée. Il n'a pas découvert sa liberté, seulement un nouveau jeu : cache-cache. Il claque sa langue deux fois d'un air satisfait, et finit par voler jusqu'à mon bras tendu.

18

La pie ne cesse de disparaître et reparaître, disparaître et reparaître. Chaque fois, j'ai l'impression que le temps se replie sur lui-même. Deux hommes. Deux corvidés. Deux pertes. Alors que je poursuis Benzene tant bien que mal à travers champs, je vois Heathcote poursuivre son choucas en parallèle. Je ne sais pas ce qu'il a ressenti lorsque Jack a disparu. Son écriture, si claire et précise sur la majorité du poème, devient élusive et obscure, comme s'il essayait de cacher quelque chose, ou de se cacher de quelque chose. Voici ce que je sais. Un beau jour, Jack n'est plus revenu. Il s'est envolé un matin d'été et ça a été la dernière fois que Heathcote l'a vu – du moins, c'est ce qu'il écrit.

Heathcote, l'épaule délestée de son oiseau pour la première fois depuis des semaines, passe ses journées à scruter le ciel et les arbres en quête d'une trace de Jack. Le moindre point noir l'attire comme un aimant. Il pose à tous les gens qu'il rencontre lors de ses errances sinueuses dans la vallée la même question absurde : avez-vous vu un choucas ? *"Il vous a chipé quelque chose ?"* lui répond-on. *"C'est ce qu'ils font."* Et il s'aperçoit qu'en un sens, c'est ce qu'a fait le choucas. Essayant de combler le vide en forme d'oiseau dans son existence, il s'immerge dans les cris et le vacarme des rassemblements de choucas. *Les parlements péripatéticiens de la tribu des choucas. Éparpillés dans le champ, des tapis effervescents de mouchetures chatoyantes.* Il montre son visage à chacun des choucas, *espérant rafraîchir une mémoire aviaire.* Mais c'est sans espoir ; Jack a disparu.

Un ami indélicat lui fait remarquer qu'en apprivoisant l'oiseau, Heathcote a possiblement signé son arrêt de mort. *"Tu as mis sa vie en péril. J'ai entendu parler de quelqu'un qui avait recueilli un oiseau ; quand il l'a relâché, l'oiseau était tellement apprivoisé qu'il s'est posé sur le canon du fusil d'un chasseur. Il a fini en charpie, évidemment."* Rien de grave, ajoute l'ami : *"Bah, ce n'est qu'un oiseau."* Heathcote, troublé, imite alors un tout autre oiseau et plante sa tête dans le sable. Il se retire dans le mythe, brode des énigmes, collectionne les informations sur les choucas – et le tableau se brouille.

Comment a réagi Heathcote ? Il était troublé – le poème ne va pas plus loin dans sa vie émotionnelle. Après cela, son écriture perd en clarté, perd son sens même sur quelques strophes. *Les choucas aiment mon grand sphinx de quartz*, écrit-il à ma grande frustration. Une fulgurance absurde et tape-à-l'œil pour esquiver la vérité.

Une part de moi le soupçonne d'avoir été soulagé de se voir libéré de cette responsabilité. Mais je me demande quand même si Jack n'était pas une des seules choses qui le rattachaient à une sorte de réalité, une des seules choses qui lui donnaient l'impression d'être un type bien. Il écrit sur l'assurance naturelle du choucas, sur sa certitude de sa place dans l'univers, avec quelque chose qui confine à la jalousie, et vers la fin du poème, il cite Kafka : *Nous trouvons les relations avec les animaux plus faciles qu'avec les hommes. Les animaux sont plus proches de nous que les êtres humains.* Ces sentiments me semblent témoigner d'un homme isolé et perdu. Il est étrange, et perversement satisfaisant, d'imaginer Heathcote mécontent d'être abandonné – mais qu'a-t-il retenu de cette expérience ?

L'ami indélicat de Heathcote avait, je le soupçonne, raison. Port Eliot – un domaine de chasse aristocratique – n'était pas un endroit pour un oiseau qui ne connaît pas la peur. Ma mère se souvient avec horreur d'être réveillée un beau matin par les déflagrations des fusils devant la fenêtre de notre chambre, et des faisans morts tombant sur le tapis forestier. Peut-être que Heathcote s'y est mal pris. Si c'est le cas, mon premier instinct était le bon. Quoi qu'il ait pu faire, il faut que je fasse le contraire, même si les implications de cette conclusion sont dures à accepter.

À l'instar des choucas, les pies sont officiellement considérées comme des "nuisibles", ce qui signifie qu'on peut les exterminer dans une relative impunité. La ferme n'est pas un domaine de chasse. C'est quasiment une réserve naturelle. Mais, même ici, la voie n'est pas complètement libre.

"Il vaudrait sans doute mieux que l'oiseau reste encore avec vous quelque temps", nous dit le gérant de la ferme venu prendre une tasse de thé. Il était à la ferme voisine récemment. Ils élèvent de la volaille et du gibier et capturent les pies en masse avec quelque chose qu'on appelle un piège Larsen.

Ces pièges, bien que légaux, sont affreux. Une jeune pie – comme celle qui chasse joyeusement des mouches dans la cuisine à côté de nous – est placée au milieu d'une cage, où elle joue le rôle d'appât vivant, d'oiseau Judas, qui attire les autres dans le piège. Inutile de préciser que c'est une technique cruelle, où les oiseaux finissent parfois par mourir de faim, en dépit de la loi qui impose de relever les pièges régulièrement.

Malgré cela, je continue de faire voler l'oiseau. Les chances qu'il quitte la ferme et qu'il tombe ensuite dans un de ces pièges, semblent minces. Et une vie dans les arbres vaut la peine de prendre le risque.

Ainsi, les jours suivants, nous continuons d'essayer de le relâcher. Plusieurs matins, je me lève à l'aube et l'emmène dans les champs, en me fiant aux caquètements des pies sauvages. Nous parcourons le même sentier qui conduit à la rivière – rendu sec et poussiéreux par les jours de canicule ayant suivi le mariage – et j'imagine qu'une âme sœur pie l'attend quelque part. Benzene apprécie ces excursions. Il vole vers de nouveaux arbres, attrape des araignées dans les pignons de vieilles granges, et s'amuse à rapporter de petits bâtons. Mais il s'aventure rarement hors de mon champ de vision et, quand je me tourne pour repartir vers le corps de ferme, il n'est jamais bien loin.

La faune locale semble attirée par cette curiosité de la nature. Les oiseaux s'approchent plus près de la maison que jamais ; un rapace quelconque – peut-être un épervier – atterrit lourdement sur le portail du jardin tandis que nous déjeunons dehors et il nous examine froidement de son œil de tueur ; une nuée de corneilles se rassemble dans l'enclos pour débattre bruyamment de la situation de la pie. Les pies sauvages se perchent sur la clôture rustique qui sépare le jardin de l'enclos des chevaux et observent les escapades de Benzene. Il bondit sur le gazon, indifférent à son public aviaire, trop occupé à se faufiler derrière les humains en catimini pour leur tirer les chaussettes jusqu'à ce qu'ils le chassent, ou à forcer la chienne à courber l'échine.

La situation de la pie anime aussi nos conversations humaines. Le temps presse. Nous devons bientôt rentrer à Londres et, même si tout le monde ici semble apprécier la compagnie de Benzene, nous ne pouvons pas le laisser remplir le piano de viande crue et déchirer les pétales de toutes les roses.

Et puis un beau matin, tandis que nous marchons ensemble sur le sentier poussiéreux qui mène à la rivière, Benzene répond à la question pour nous. Il prend soudain son envol. La manœuvre me prend par surprise et je le perds de vue. Je commence à avoir l'habitude maintenant, et je sais d'expérience qu'il ne doit pas être loin, tapi sur le toit d'une grange ou immobile et silencieux dans la pénombre des branches d'un arbre.

C'est là que je finis par le repérer, qui me contemple du haut d'un frêne à une cinquantaine de mètres. Je marche lourdement vers lui, en sifflant et en me tapotant le bras, mais dès que je m'approche, il s'envole, passe d'arbre en arbre, toujours plus loin. Il m'entraîne hors du sentier pour se diriger, à ma grande inquiétude, vers la ferme des tueurs de pies supposés. Je franchis tant bien que mal des fossés, des hautes herbes et des ronces, je me griffe l'intérieur des jambes. Bientôt, Benzene abandonne les arbres et commence à voler droit vers les champs de tous les dangers. Je cours, mais il est trop tard. Cette fois, il a disparu pour de bon.

Je me traîne jusqu'à la maison. Je suis en nage, sale, égratigné, et proche des larmes. Une vision pénètre dans ma tête : une cage pleine de pies hurlantes qu'on descend dans une auge remplie d'eau et qui gargouillent et se débattent dans tous les sens jusqu'à mourir les unes après les autres, une masse informe de plumes mouillées et de becs béants.

Un cri familier m'accueille lorsque je pousse le portail du jardin. Benzene est perché sur le toit et arrache des plaques de mousse pour les jeter dans la gouttière. Encore une de ses ruses. Sa capacité à projeter des hologrammes. Chaque pie est Benzene et j'ai poursuivi la mauvaise à travers les arbres. J'avance jusqu'à l'entrée de la maison, grimpe sur un mur, et me hisse précautionneusement pour le rejoindre au niveau de la cheminée. Les finitions en plomb et les carreaux de terre cuite sont chauds au toucher – à l'instar des pattes de l'oiseau quand il saute sur mon bras. Il frotte sa tête contre mes phalanges – un signe d'affection, je crois. La campagne du Sussex s'étend devant nous. Il n'y a rien d'autre que de l'air entre lui et l'horizon. Mais il est là, avec moi.

19

Heathcote a envoyé un nouveau casse-tête. Le colis nous attend dans le couloir quand nous rentrons chez nous, enveloppé de papier marron marqué de son inimitable écriture cursive. À l'intérieur, je trouve deux objets soigneusement empaquetés dans du papier bulle. J'ouvre le plus petit des deux et ris jaune quand je vois de quoi il s'agit, à la fois amusé et horrifié par cet humour macabre. Dans ma paume se trouve une réplique miniature du Cénotaphe, le mémorial de guerre le plus sacré de Grande-Bretagne, avec un drapeau britannique sur le côté et l'inscription "Aux morts glorieux" devant. Le vrai Cénotaphe se trouve à Whitehall, à quelques encablures du Parlement, une sombre tour de pierre grise au milieu de la chaussée. Le mot cénotaphe signifie "tombeau vide", et celui-ci, destiné à honorer ceux qui ont perdu la vie lors de la Première et de la Seconde Guerre mondiale, en est venu à représenter plus encore pour beaucoup de gens. Aujourd'hui, il est l'épicentre d'une culture du souvenir élaborée. Une sorte de dieu séculaire auquel les responsables politiques font des offrandes télévisées annuelles.

Voilà un drôle de cadeau de mariage, c'est le moins qu'on puisse dire. Je ne vois pas quelle joie il est censé apporter à Yana, une Ukraino-Suédoise qui se hérisse ostensiblement si j'ose ne serait-ce que fredonner les premières mesures de l'hymne national. Quant à moi, j'y vois un message en même temps qu'une blague tordue. Heathcote doit essayer, indirectement, de me dire quelque chose, mais il est difficile de savoir quoi exactement. Peut-être souhaite-t-il me rappeler ce qui s'est passé la dernière fois que j'ai essayé de l'intégrer à ma vie, il y a sept ans.

Le Cénotaphe miniature en main, je remonte le temps. J'ai de nouveau vingt ans. Je roule dans les rues de Jericho, à Oxford. Le bout de papier avec l'adresse de Heathcote, punaisé au panneau en liège de ma chambre depuis tant d'années, est maintenant patafixé au tableau de bord de la voiture. Je n'ai pas cessé de chercher Heathcote depuis notre dernière rencontre. J'ai perdu beaucoup de temps à le chercher dans des endroits où il n'est pas. Sur Internet. Au téléphone. Dans les rayons poussiéreux de ma bibliothèque universitaire. J'y ai trouvé ses pièces de théâtre, mais aucune trace de lui. En vacances l'été, j'ai finalement décidé d'aller le chercher là où il est, en suivant ce bout de papier défraîchi jusqu'à sa porte.

Je parcours lentement la rue. À ma droite, une rangée de garages aux portes d'un noir mat. À ma gauche, la maison où je sais qu'il habite. Il doit se trouver quelque part derrière cette fenêtre poussiéreuse au rez-de-chaussée, presque à portée. Quelque chose dans cette pensée m'affecte profondément ; le fait de sa présence facile et de sa proximité entre en conflit avec ma propre expérience de son inaccessibilité. La rue se brouille et vacille quand de chaudes larmes coulent sur mes joues. J'essaie de les repousser, mais en vain. Une digue dont j'avais pratiquement oublié l'existence vient de céder.

Je ne sais même pas vraiment pourquoi je pleure. Je ne comprends pas comment tout ça a encore du pouvoir sur moi. Comment le rien, une absence, une absence qui a été comblée, peut-il encore laisser une trace ? Comment peut-il me réduire à ça ? C'est pourtant ce qui est en train de se passer. Exactement comme quand j'avais douze ans. Une espérance compliquée. Un sentiment de culpabilité et de honte. Un oiseau qui frappe sa tête contre un carreau de fenêtre. Heathcote a toujours été une force perturbatrice dans ma vie. Les vingt dernières années ont été marquées par ses disparitions subites, dont je me suis toujours tenu responsable. Je n'ai pas été assez intéressant, ou pas assez intelligent ; ou peut-être me suis-je entaché à jamais en me laissant adopter par une famille aisée. Je suis mauvais, d'une manière ou d'une autre ; voire nocif. Au plus profond de moi, ce que je veux vraiment c'est qu'il m'enlève ces idées de la tête, qu'il m'explique que c'était sa faute et pas la mienne. Encore un désir d'envol : laisser derrière moi ma culpabilité. Je continue mon chemin sur la route nébuleuse. Il ne faut pas qu'il me voie dans cet état.

Je réessaie le lendemain. Cette fois je parviens à me contenir en passant devant la maison. Je gare la voiture, en sors, et marche lentement dans la rue. Je ne suis plus la même personne qu'il a vue la dernière fois, ce garçon de douze ans enjoué et généralement heureux, simplement désireux de faire la connaissance de l'homme nimbé d'une aura magique qui lui avait donné la vie. Je suis un jeune adulte, grand, maigre, un peu paumé, un peu perturbé. Je veux toujours connaître Heathcote, je suis toujours charmé par lui, mais cette fois je cherche aussi des réponses.

Sa demeure est située dans une rue calme de maisons mitoyennes. Son petit jardin est entouré d'une palissade blanche à la peinture à peine écaillée. Des roses trémières blanches et mauves ont poussé entre les fissures du béton, oscillant lentement dans la douce brise estivale. La porte est blanche aussi et, je le remarque avec gêne, légèrement entrouverte. Je frappe et entre, ignorant complètement ce que je vais découvrir de l'autre côté. J'ai envoyé un e-mail à Heathcote pour lui dire que j'étais en ville, et je lui ai demandé si je pouvais passer, mais je n'ai pas eu de réponse. Je ne crois pas que la porte soit ouverte en prévision de ma venue.

Je pénètre dans un couloir sombre avec des peintures à l'huile surchargées et oppressantes accrochées au mur. Devant moi, un obscur escalier de bois, dont chaque marche est encombrée de piles de livres et de lettres.

– Qui est là ? demande une voix rêche.

– C'est Charlie, je réponds. Ton fils.

– Ah oui, dit la voix. Bien, euh… Va dans la cuisine, je descends.

Je suis les instructions de la voix et traverse un salon bordé de livres jusqu'à la cuisine, qui est lumineuse et pleine de mouches. Il y a des signes manifestes de la présence d'un chat. Sa nourriture semble avoir été disposée par terre et non dans un bol. Dehors s'étend un long jardin à l'aspect sauvage où des éruptions anarchiques de vert envahissent le sentier et produisent une parodie d'ordre.

Je commence à soupçonner Heathcote de s'être enfui par la fenêtre lorsque je l'entends enfin descendre les marches d'un pas lourd. Il semble s'être ratatiné de deux ou trois têtes depuis la dernière fois que je l'ai vu, un effet de perspective maintenant que je le dépasse en taille. Il a clairement grossi, en revanche. Sa panse forme un renflement sous une chemise noire à la propreté douteuse, surplombant la ceinture en cuir qui maintient son pantalon en velours côtelé marron. Il est plus gris, aussi, sa crinière plus cendre que charbon. Ses yeux n'ont pas changé, cependant, vifs et brillants comme du jais derrière ses lunettes rondes.

De la poche de sa chemise, il tire un billet de cinq livres, et il le tend devant lui avec ses deux mains en avançant vers moi, tel un exorciste brandissant une bible. Il déchire le billet lentement et soigneusement. D'abord en deux, puis en quatre, puis il pose les fragments dans la paume de ma main et referme mes doigts dessus. Quand je les rouvre, les fragments déchirés ont formé un billet de cinquante tout neuf.

– Et voilà, dit Heathcote, pourquoi je ne fais pas confiance aux banques.

Il me regarde avec une certaine nervosité tenir le billet dans la main, lisant clairement dans mes pensées tandis que je me demande si c'est vraiment censé compenser vingt cadeaux d'anniversaire et de Noël en retard avec un seul.

– Je… euh, il faut que je le récupère, en fait. Je suis un peu raide.

Autour d'un thé et de biscuits, nous bavardons – ou plutôt, Heathcote bavarde. Comme la dernière fois, il est plein de magie et d'histoires, ce qui est charmant un moment. Mais très vite, je commence à me sentir embobiné. Je ne suis pas venu ici pour écouter une anecdote savamment élaborée sur la fois où il a enfermé un des assistants réalisateurs de Derek Jarman dans un cabinet de toilettes pendant trois jours. J'ai l'impression d'entendre des histoires qu'il pourrait raconter à n'importe qui, des histoires que je le soupçonne d'avoir déjà racontées de nombreuses fois. Elles n'ont absolument aucun lien avec notre situation. Comme avec ses tours de magie, il suit un scénario bien ficelé, fanfaronne et se défile en même temps, m'envoie une fois de plus de la poudre aux yeux.

Une énorme mouche bleue bourdonne en l'air entre nous. Je claque mes mains pour l'écraser mais elle prend la tangente, pour revenir voleter bruyamment dans nos oreilles. Heathcote, pour la première fois depuis mon arrivée, fait montre de préoccupation.

– Il ne faut pas la tuer, dit-il en se levant pour me montrer un attrape-mouche plus humain qu'il a fabriqué avec deux passoires et un bras extensible.

Il suit la trajectoire de vol de l'insecte un moment, puis il propulse le bras et les passoires se referment sur la mouche, l'enfermant dans un globe de maille métallique. Il ouvre la porte de derrière, fait sortir délicatement la mouche dans le jardin, et nous la regardons tous les deux revenir aussitôt vrombir dans la maison.

Je flaire l'occasion de reprendre contrôle sur la conversation et décide de commencer par le tout début. Pourquoi Heathcote est-il passé du jour au lendemain d'un père attentionné et aimant à un détraqué incohérent – qu'est-il arrivé cette nuit-là dans ce cottage d'éleveur porcin en Cornouailles ?

– Comment ça, qu'est-il arrivé ? dit Heathcote. Il ne s'est rien passé. C'était ta mère. J'en ai eu assez d'elle, alors je suis parti. Elle était jeune et jolie et très insistante et j'étais attiré par elle, j'imagine, mais au bout d'un moment, bah…

J'essaie d'encaisser. Pas de dépression. Heathcote, un vieux bouc en rut qui s'est lassé. Ma mère, une folle. Il y a quelque chose qui cloche.

– Et moi ? je dis.

– Eh bien, tu étais un accident.

Ce n'est pas nouveau pour moi, bien sûr. Mais la manière dont Heathcote assène cette information me fait perdre le fil de mon interrogatoire. Pourquoi, semble demander sa logique, devrait-il assumer la moindre responsabilité pour un accident ? Voici un homme qui n'accepte aucun reproche, n'offre aucune explication plus élaborée. Heathcote n'a pas non plus l'air d'avoir le moindre désir de poursuivre la conversation. Son bavardage s'étiole et il finit par me dévisager en silence, ses yeux me suppliant de partir.

Je sors dans la rue bien plus désorienté qu'à mon arrivée. Je n'ai pas reçu l'absolution que j'espérais. Ma mère m'a menti toute ma vie. Non, ce n'est pas ça. Heathcote me ment. Ou alors il a feint la dépression pour échapper à l'horreur de la vie de famille. Qu'y avait-il chez nous d'aussi intolérable ? *C'est moi. C'est ma faute.*

Je ne peux pas expliquer exactement pourquoi, mais cette rencontre me fait partir en vrille. Ma mère est fascinée d'apprendre que je suis allé rendre visite à Heathcote et elle vient à la pêche aux détails, mais de nouveau je découvre que je n'ai pas grand-chose à dire. Je me sens vidé. Je cherche les sentiments en moi et découvre que je n'en ai absolument aucun.

Ce qui se passe ensuite est difficile à comprendre. La partie rationnelle de mon cerveau fait une très longue coupure ; hélas pour moi, la partie qui gère la mémoire ne l'imite pas. C'est comme observer un accident de voiture au ralenti. Une auto-immolation psychologique commence, elle semble progresser avec des étapes définies et de plus en plus destructrices avant l'effondrement total.

D'abord vient le néant. Le vide. Mon sentiment de vacuité métastase en trou noir, comme si un univers entier avait été aspiré hors de moi. De retour à l'université après l'été, je découvre que je n'arrive à m'intéresser à rien. Je cesse complètement d'aller en cours. Dans les TD obligatoires, quand j'arrive à venir, j'ai du mal à aligner deux phrases. Je suis conscient que quelque chose est allé de travers, mais je suis apparemment incapable d'y faire quoi que ce soit. À vrai dire, je ne réussis qu'à empirer la situation. J'essaie de combler le vide, de créer du sentiment, mais je ne parviens qu'à passer à travers le trou noir et à entrer dans un espace inconnu.

L'étape suivante : la phase maniaque. C'est un lieu que je ne peux revenir visiter sans payer un lourd tribut. Je commence à perdre contrôle. Mes pensées et mes actions sont en décalage avec la réalité. Mon comportement devient aléatoire et erratique. J'essaie encore d'améliorer les choses, mais chaque fois je ne réussis qu'à les empirer. Je sais que tout ceci est lié à Heathcote. Que si je parvenais à le faire venir à moi, d'une manière ou d'une autre, la normalité régnerait de nouveau. Je deviens obsédé par l'idée de le faire venir à ma fête d'anniversaire pour mes vingt et un ans. Je lui envoie des e-mails insistants – s'il vient, écris-je, tout sera pardonné. Heathcote ne semble pas considérer qu'il ait quoi que ce soit à se faire pardonner.

Le jour de mon anniversaire, je suis debout depuis quarante-huit heures, et je me pointe au restaurant avec plusieurs heures de retard. Ma mère est choquée de voir mon état. Je ne suis pas beaucoup rentré à la maison depuis l'été et le changement est saisissant. Ma relation avec les drogues – déjà intime – est devenue fusionnelle : quelque chose proche de l'autodestruction. Je me fais du mal. Ma peau a pris une teinte jaunâtre. J'ai des poches énormes sous les yeux. J'ai perdu du poids. Les mots qui sortent de ma bouche sont incohérents. Je passe l'essentiel du dîner à me cacher sous la table. C'est grave, mais ce n'est qu'une répétition générale de ce qui va m'arriver.

En même temps que mon comportement se fait plus chaotique, il en va de même de mes pensées. Il est évident que je suis en train de craquer, mais ce n'est pas ce que je ressens. Je me sens immensément puissant. Surnaturellement puissant. Et peut-être le suis-je vraiment. Peut-être ai-je réellement le pouvoir de causer des accidents par la simple pensée ; peut-être suis-je réellement roi d'un empire invisible. Ou peut-être s'agit-il des signes caractéristiques d'une psychose narcotique naissante que je suis totalement incapable de voir.

Cet hiver, il y a une vague de manifestations étudiantes contre le gouvernement. Mon université et des douzaines d'autres sont occupées ; les étudiants prennent le contrôle des bâtiments et les squattent pendant des semaines entières pour protester contre le projet du gouvernement d'augmenter les frais d'inscription. Les règlements sont jetés aux orties et je suis attiré par ce chaos comme un chaton par une pelote de laine. Inutile de dire que je suis loin d'être un cadeau pour le mouvement étudiant. Je viens aux réunions ivre ou défoncé, je mange toute la nourriture du collectif, provoque la police sans raison et émets des suggestions qui n'aident personne : condamner toutes les portes de l'université avec des clous ; mettre le feu aux bureaux administratifs. Les étudiants sobres et sains d'esprit autour de moi se préparent pour l'importante manifestation qui va avoir lieu à Londres en cousant des banderoles et en peignant des pancartes. Moi, je rase les cheveux autour de mes tempes pour permettre aux particules spatiales de suralimenter mon cerveau. Je suis, ai-je décidé, l'arme secrète du mouvement.

Au moment de la manifestation, quelques semaines avant Noël, je suis proprement dérangé. Je n'ai jamais eu pire aspect, jamais été aussi mal de ma vie, mais, paradoxalement, je ne me suis jamais senti aussi bien. Je me sens fantastiquement vivant. Fringant et immortel. Possédé par une énergie maniaque et un objectif messianique. Je suis convaincu que j'ai la capacité de terrasser le gouvernement, peut-être même de raser et de rebâtir l'État britannique tout entier. Je peux renverser les règles par la simple pensée, et j'ai des éclairs d'inspiration auxquels on ne saurait désobéir. Ce matin, au service de cette mission chaotique, je me suis faufilé à l'arrière d'une ambulance en quête de morphine ; j'ai essayé de kidnapper un universitaire à la face de rat avec un couteau à fruit ; et j'ai réveillé un ami d'ami avec une tronçonneuse cassée en exigeant des œufs au bacon. La routine, quoi. Je suis maintenant dans le métro pour Westminster et j'agite sous le nez des autres voyageurs les dents tranchantes d'une pince chirurgicale volée, expliquant avec force bruit et excitation que je vais au Parlement pour arracher les dents de Nick Clegg. À partir de là, la situation dégénère pour de bon.

Dans ma poche, j'ai une boîte d'anxiolytiques prescrits sur ordonnance, des comprimés bleus puissants, que j'avale en continu avec des lampées de cognac de cuisine. Une partie de moi doit avoir conscience que je dois m'arrêter, mais les cachets ne semblent pas me calmer – c'est même plutôt le contraire. Malgré le manque de sommeil, le manque de nourriture, l'alcool et toutes les drogues, j'émerge de la station en courant. Je déboule dans une franchise de Pizza Express, saisis un œillet jaune sur la table de quelqu'un et le jette par terre. La révolution, j'informe les clients et le personnel, a commencé.

Je ne m'arrête pas pour voir l'effet de mes paroles sur les gens. Ne doutant pas un instant qu'ils envoient balader leurs tabliers et leurs serviettes pour se précipiter dans la rue, je cours en tête vers Parliament Square. Je n'ai pas oublié mon rendez-vous dentaire avec le chef des Libéraux-Démocrates. À mes yeux, le Parlement scintille tel un grand phare sur une mer d'émeraude, telle une flamme sur une colline. Est-ce à cause des drogues ? Du manque de sommeil ? Le reflet distordu du monde dans un esprit fragmenté ? Impossible à dire. J'avance au pas de charge, criant et délirant, et la foule s'écarte miraculeusement devant moi comme si j'étais Moïse. Les doubles rangées de la police anti-émeute, elles, n'en font rien. Je rebondis contre leurs boucliers et leurs matraques avant de retomber dans la foule. Je cours dans tous les sens. Cette énergie ne va pas me quitter. Je tente un raid solitaire sur l'abbaye de Westminster. J'essaie de mettre le feu à la Cour suprême. J'arrive à Whitehall et c'est là que je la vois, la clé que j'ignorais chercher, un gros bouton de pierre s'élevant au milieu de la route avec des manettes et des drapeaux fixés sur les côtés. Cet objet, je le sais, a un grand pouvoir, et je peux exploiter ce pouvoir pour faire disparaître le Parlement. Le fait qu'il s'agisse du Cénotaphe, le plus sombre des mémoriaux aux morts britanniques, ne me traverse même pas l'esprit. Tout ce qui me préoccupe, c'est ma propre mission urgente. Je cours vers le monument à toute allure, bondis sur le côté et saisis l'épais drapeau. Je me pousse comme si je descendais en rappel et oscille violemment d'avant en arrière, sautant et hurlant, parfaitement convaincu de faire quelque chose de bien. À mon insu, un photographe de presse mitraille la scène.

Ce n'est que le début. À mesure que le jour tombe, la manifestation sombre dans l'obscurité. Des groupes masqués fracassent les vitrines de commerces appartenant à des fraudeurs fiscaux. La police anti-émeute fracasse des crânes. Un policier à cheval traîne une amie par les cheveux et la jette sur un trottoir. Le prince Charles essaie de traverser la ville en Rolls-Royce pour se rendre à l'opéra et se retrouve encerclé. Je lui fais un signe de la main par la fenêtre et je jure devant Dieu qu'il me rend mon geste. Je saute sur le capot d'une de ses voitures de sécurité et adresse le salut royal à la foule. C'est *moi* le roi.

Avec le Cénotaphe miniature dans ma main, j'éprouve un résidu de cette sensation de chevaucher le monde ; une gerbe de flammes dans le cortex. J'avais l'impression de voler, de vivre un rêve d'envol, sans aucune barrière entre la pensée et l'action. Quelque chose s'est déchiré ce jour-là, et la déchirure n'a pas encore complètement cicatrisé. Je pose l'objet sur la table. Un cadeau de mariage légèrement déplaisant. Mais peut-être Heathcote pense-t-il simplement que j'éprouve un élan irrésistible vers les monuments aux morts. Ce serait certainement plus logique que la vérité, que j'ai moi-même encore du mal à déchiffrer. Comment rationaliser l'irrationnel ? Comment réconcilier une perte de contrôle aussi extrême avec l'idée que l'on est un être humain raisonnable ? Penser que j'ai fait toutes ces choses est effrayant. Ce qui l'est encore plus est le fait que la part de moi qui s'en est rendue coupable est toujours là, quelque part, au repos.

Le lendemain de la manifestation, ayant réussi tant bien que mal à rentrer chez moi, j'ai essayé de donner une explication à mon père. J'ai essayé d'être honnête. J'avais du pouvoir, mais ce pouvoir a fait long feu. Le problème venait des drogues, lui ai-je dit – elles interféraient avec mon pouvoir. Il avait juste l'air triste. Petit et triste et un peu effrayé. Une photo de moi suspendu au flanc du Cénotaphe avait fait la une des journaux, sans qu'on m'ait encore identifié. Les gens étaient outrés. Ils ne voyaient pas les choses comme je les avais vues. Tout ce qu'ils voyaient, c'était un étudiant-manifestant chevelu qui attaquait sans raison un mémorial de guerre. Il n'a pas fallu longtemps pour que quelqu'un me montre du doigt. Alors les vannes se sont ouvertes. "Les gens veulent ta mort, m'a dit ma mère, contemplant l'écran de son ordinateur d'un air vide. Et... Ils veulent la mienne, aussi." Des lettres et des colis au contenu alarmant ont commencé à arriver à toutes les adresses associées à mon nom : mon ancienne école, mon université, ma maison de famille. Une tache noire. Une crotte de chien emballé dans du papier cadeau. De la poudre blanche. Des menaces de mort. Des malédictions. Le souhait que toute ma famille meure du cancer. Qu'on me hisse sur un mât en Afghanistan et que ma mère ait l'utérus déchiré pour l'empêcher de produire d'autres bâtards. J'avais mis une cible sur toutes nos têtes. Et puis la police est venue frapper à la porte.

Je regarde l'inscription sur le Cénotaphe miniature et je me demande, pas pour la première fois, si je n'ai pas simplement mal lu. Ce n'étaient pas les morts glorieux – The Glorious Dead – que je voulais attaquer à ce moment-là, mais le Glorious Dad – le père glorieux. Peut-être. Si tout ça n'était qu'une sorte de manœuvre tordue pour attirer l'attention de Heathcote, une ultime tentative désespérée de l'impressionner, elle a échoué. Il s'est soigneusement tenu à l'écart de la zone sinistrée. C'est encore David qui m'a récupéré, qui s'est tenu à mes côtés pendant le procès, et qui est venu avec ma mère me rendre visite en prison. Qui est ton papa ? Après tout ça, j'avais enfin ma réponse.

Le prochain objet à émerger de cette boîte de Pandore de cadeaux de mariage est assez beau. C'est une assiette fabriquée par la sœur de Heathcote – un membre de ma famille dont, jusqu'à maintenant, j'ignorais quasiment l'existence. Au centre de la terre cuite vernissée, il y a un motif peint à la main – un homme assénant une masse sur le capot d'une voiture familiale. La haine de Heathcote envers les voitures est bien documentée. Il a écrit un livre entier dessus et les gens qui le connaissaient à l'époque où il vivait à Londres ont souvent des histoires de lui qui vole, détruit ou vandalise des voitures quand je discute avec eux. Si le Cénotaphe miniature était vaguement censé représenter un aspect de moi, ceci est indéniablement une représentation de la nature sauvage de Heathcote. Le fait que le Heathcote sur l'assiette attaque un bien de famille, avec porte-bagages sur le toit et strapontins pour les mouflets supplémentaires, semble éloquent.

Les deux cadeaux sont clairement empreints de signification personnelle – mais pour ce qui est du message général, j'ai toujours du mal à voir. Peut-être Heathcote essaie-t-il de me montrer les similarités entre nous. Peut-être est-ce un avertissement. Je frémis à cette idée.

Après l'épisode du Cénotaphe, je me suis aperçu qu'il me fallait une purge. Mettre des choses dans mon corps – des drogues pour l'essentiel – ne m'avait pas aidé, mais peut-être que sortir quelque chose le pourrait. J'avais clairement quelque chose de mauvais en moi dont il fallait que je me débarrasse. J'avais ce fantasme d'aller dans la Somme et de m'entailler le poignet pour faire un sacrifice de sang aux morts à la guerre, ou de me faire flageller devant le Cénotaphe par une paire de parachutistes – après ce que j'avais fait, je savais qu'il ne serait pas difficile de trouver des volontaires. Une partie de moi désirait la punition, mais, à part quelques cas d'automutilation sans conséquence, ces impulsions demeuraient dans le monde de l'imaginaire. Il fallait que je trouve un autre moyen de me purger. Au bout du compte, j'ai juste enfoncé une aiguille dans une veine et j'ai rempli une seringue de sang. Avant qu'il coagule, j'en ai utilisé pour écrire une lettre très brève, que j'ai postée à Heathcote avec la seringue presque pleine. Les lettres rouges étalées sur la page énonçaient un message simple : "Reprends ton sang."

C'était ma version d'un traitement. Pas entièrement efficace, je dois l'admettre, mais c'était le mieux que j'aie pu trouver à l'époque. Renvoyer le problème à sa source. C'était aussi la note sur laquelle s'est achevée ma dernière tentative d'intégrer Heathcote à ma vie. Si ses cadeaux sont vraiment un avertissement, peut-être devrais-je en tenir compte. Il y a un terrain instable où nous nous retrouvons tous les deux. Des brèches se dessinent : pour moi et peut-être pour lui aussi. Je me demande pour la première fois si je suis pour Heathcote ce que ce Cénotaphe miniature est pour moi : le rappel d'une perte de contrôle honteuse et effrayante. Et une menace implicite : les choses peuvent encore partir en vrille. Je décide d'exclure Heathcote une fois de plus – pas de sang cette fois ; je vais juste le remettre dans sa boîte.

En tous les cas, un casse-tête plus pressant danse sur la table basse devant moi, frappant et inspectant le Cénotaphe miniature avec un bec couleur ébène. Benzene est revenu parmi nous. C'est, je l'espère, une preuve tangible que Heathcote et moi avons des destinées différentes. Son petit oiseau s'est envolé – allant peut-être au-devant de sa mort. Le mien, au contraire, refuse de partir.

20

Des marques de bec dans le beurre. Une plume dans l'évier. De la viande et de l'argent glissés entre les pages d'un roman. La pie prend de nouveau ses aises – cette fois, peut-être, pour de bon. Nos tentatives de relâcher l'oiseau se sont avérées aussi futiles que celles de libérer un cerf-volant. Nous continuerons d'essayer, même si je ne suis plus du tout certain que ce soit la bonne chose à faire. Il pourrait être lié à nous pour la vie.

Cette pensée en tête, je me plonge dans les livres. Les humains et les corvidés peuvent-ils vivre ensemble en harmonie ? Cette question revêt désormais une importance vitale. À quoi ressemblent les histoires comme celle-ci ?

Il y a beaucoup d'exemples célèbres et inattendus de cohabitation entre les hommes et les corbeaux – mais de relation heureuse ? Je ne sais pas trop. Il apparaît que Heathcote n'est pas le seul écrivain à avoir vécu avec un oiseau charognard. Lord Byron voyageait accompagné de nombreux animaux, dont une corneille apprivoisée. Le pauvre oiseau se traîne d'une infortune à la suivante à travers les pages des journaux du poète qui ont survécu. D'abord il devient boiteux après que quelqu'un lui a apparemment marché sur le pied – imitant ainsi le pied bot de son propriétaire sans pour autant lui inspirer de compassion, puisque Byron lui inflige ensuite une correction pour avoir "volé les victuailles du faucon". Pour paraphraser Lady Caroline Lamb, Byron était fou, méchant et dangereux pour les corneilles. Charles Dickens partageait sa maison londonienne avec un corbeau parlant, qu'il adorait, mais cet oiseau a connu une fin tragique après avoir mangé une bonne partie d'un escalier et un pot de peinture au plomb. Et Truman Capote a été chassé de Sicile comme un sorcier à cause de son corbeau apprivoisé, Lola, qui a fini par se jeter de son balcon à Rome pour atterrir à l'arrière d'un camion et disparaître, laissant Capote cloué sur place, à refouler ses larmes.

Alors que Benzene prend de plus en plus ses aises chez nous, je cherche des fins plus heureuses, mais sans grand succès. La sagesse populaire européenne prévient qu'il faut éviter de permettre aux corvidés de s'approcher de trop près des maisons. Une pie à la fenêtre, c'est la mort ; un choucas sur le toit ou dans la cheminée, c'est la mort ; une corneille à proximité d'une habitation humaine, c'est la mort. Et souvent l'infortune semble voler dans leurs traces. En remontant l'histoire encore plus loin, je tombe sur une femme du nom de Molly Leigh qui partageait le quotidien d'un choucas dans l'Angleterre du XVIIIe siècle. Des accusations de sorcellerie ont suivi, et, à sa mort, on lui a planté un pieu dans le cœur et son choucas a été enfermé vivant dans son cercueil. On raconte que Marie-Antoinette fréquentait une corneille apprivoisée ; elle la laissait manger du gâteau dans la paume de sa main, et regardez comment elle a fini. Élève des corbeaux, met en garde un proverbe, et ils te crèveront les yeux.

Je délaisse les poètes disparus et les livres de mythologie et commence à chercher des réponses dans le monde matériel. La vérité est que nous vivons déjà tous avec des corbeaux, que cela nous plaise ou non. Avec leur esprit vif et leurs habitudes alimentaires aventureuses, les corvidés – surtout les corneilles, les pies et les choucas – sont capables de prospérer en milieu urbain. La population humaine en pleine expansion a son ombre aviaire. Selon certaines estimations, il y a aujourd'hui plus de corvidés sur terre qu'à n'importe quel moment de l'histoire de notre planète. Dans certaines villes, on estime qu'il y a un couple reproducteur pour deux ménages, ou, pour le formuler autrement, une corneille pour cinq humains. Et ce nombre va grandissant. Les corvidés urbains s'en sortent mieux que leurs homologues campagnards : leurs œufs sont plus nombreux à parvenir jusqu'à l'âge adulte. Les corvidés aiment tellement les villes qu'ils sont même prêts à faire la navette. Des études menées aux États-Unis montrent que les corneilles rurales peuvent parcourir jusqu'à trente kilomètres par jour pour se rendre au travail, et au Groenland, les corbeaux ne reculent pas devant les cent quarante kilomètres qui séparent une décharge de la suivante. Les villes, paradoxalement, sont devenues des havres de nature, du moins pour les espèces capables de tirer leur subsistance des déchets humains, ce qui est clairement le cas des corvidés. Cette surabondance de nourriture, couplée aux strictes lois anti-chasse de la plupart de nos villes, a créé une exponentielle de corvidés.

La pie tombée de son nid pour atterrir dans mes mains n'est finalement pas si insolite. Des corvidés malades et blessés se retrouvent bien souvent sur le chemin des humains, et parfois les humains les recueillent. C'est sans doute un autre avantage de la vie en ville : l'accès gratuit aux soins.

Sur Internet, j'ai commencé à infiltrer les marges d'une communauté d'amoureux des corvidés composée de gens qui ont ramassé ces oiseaux par terre avant de découvrir, pour une raison ou une autre, qu'il était très difficile de les reposer. J'ai trouvé un geek timide des Midlands qui partage son temps entre la remise en état de consoles de jeu rétro et les soins prodigués à ses freux, corneilles et pies handicapées ; un soigneur animalier de High Wycombe qui donne la becquée à la table du repas à sa corneille parlante, Yum Yum, à base de vers de farine et de rognures d'ongles de pied ; une personne en fauteuil roulant en Israël qui a dressé sa corneille mantelée en animal d'assistance pour lui faire attraper des objets sur les étagères les plus en hauteur ; un jeune fan de heavy metal en Russie dont la pie lui rapporte des pièces de monnaie sur commande ; et une dame dans le Staffordshire qui fait rôtir une dinde à Noël pour sa colonie de corneilles – et qui s'y tient chaque année depuis la disparition de son mari. Il y a même un espace numérique où ces férus d'oiseaux viennent traîner en masse : le forum des corbeaux. C'est là que je trouve des conseils plus utiles que tout ce que Byron, Dickens ou Heathcote ont à m'offrir. Il semble exister de nombreuses manières différentes de vivre avec des membres de la famille des corvidés. Il y en a qui vaquent librement dans la maison, d'autres qui vivent dans des volières, d'autres qu'on emmène voler librement dans des champs en plein air le week-end, et d'autres encore qui vont au pub et passent leurs vacances au camping avec de drôles de petits harnais. L'histoire de Benzene n'est pas forcée de connaître une fin tragique.

Ceci étant dit, la vie avec les corvidés semble être universellement bruyante et chaotique. Les débats du forum se concentrent sur des sujets comme les meilleures marques de nourriture pour chien susceptibles d'attirer des nuées de corneilles noires dans votre jardin, à moins qu'elles ne préfèrent des bols de foies de poulet, ou bien sur les goûts des choucas en matière d'œufs (brouillés, sans sel ni poivre, avec les coquilles écrasées et mixées, apparemment), ou encore sur les jouets les plus adaptés aux grands corbeaux (les puzzles pour enfants niveau maternelle semblent dans leurs cordes).

Benzene ne s'est pas beaucoup intéressé à mes recherches lorsque j'avais le nez fourré dans mes livres. Mais maintenant que des photos et des vidéos d'oiseaux surgissent sur l'écran de mon ordinateur, il danse sur mon clavier. Je lui passe la vidéo d'une autre pie – George, un oiseau particulièrement avancé pensionnaire d'un zoo en Alaska – en train de gazouiller avec un de ses gardiens, et Benzene colle sa tête à l'écran, regarde et écoute avec grand intérêt avant de se décider à passer à l'assaut, assénant des coups de bec répétés sur l'image du pauvre George. Une corneille qui bondit sur le bord d'une baignoire peu remplie et saute en bombe avec une gigantesque éclaboussure lui inspire davantage de respect – de révérence, même, devant une telle maîtrise.

Sur le forum des corbeaux, je rencontre une femme aimable qui vit avec sept pies.

– Comment vous vous en sortez ? je demande.

– On ne peut rien avoir de joli chez soi, tape-t-elle sur son clavier maculé de fientes. Tout finit caché, détruit ou souillé.

Je montre notre échange à Yana. Elle ne trouve pas ça particulièrement drôle. Yana aime les belles choses et n'apprécie pas ma suggestion d'acheter quelques douzaines de cloches en verre de différentes tailles pour protéger nos plantes d'intérieur et nos babioles du bec inquisiteur de la pie. Depuis notre retour de la ferme, Benzene fait une fixation sur les précieuses orchidées de Yana. Rien ne semble donner plus de plaisir à l'oiseau que de voler dans notre chambre à l'aube, déchirer une orchidée par les racines, puis d'éparpiller les copeaux de bois et le terreau dans le tiroir à sous-vêtements de Yana. Et mes blagues sur le fait que nous n'avons pas besoin de bébé parce que nous avons une pie n'ont pas l'air de faire passer la pilule.

Comment vivre avec un tel spécimen ? L'énergie de la pie est inépuisable ; son goût pour la destruction apparemment illimité. De désespoir, je me tourne vers une autre membre de la communauté pour demander conseil.

– Pourquoi vous ne lui achetez pas un iPad ? suggère-t-elle.

Le jour où je trouve Yana dans le salon, de chaudes larmes de frustration le long de ses joues, en train de couvrir la pie d'insultes pendant que celle-ci effectue un tour d'honneur avec une fleur dans le bec en trophée, est le jour où nous convenons que l'oiseau doit commencer à passer plus de temps dehors. La sagesse collective du forum des corbeaux confirme mon instinct selon lequel laisser une pie apprivoisée voler en toute liberté dans Londres est la garantie d'un désastre. Mais pourquoi ne pas construire une volière ? Un espace extérieur soigneusement délimité où il pourra passer du temps, où les dégâts qu'il pourra faire n'auront pas d'importance. Et puis, le week-end, nous l'emmènerons à la ferme pour qu'il vole librement, espérant qu'il partira, espérant qu'il reviendra.

C'est ainsi qu'une sorte d'arcade pour corvidé émerge à côté de la maison. Je suis d'avis de recouvrir tout le jardin derrière la maison mais Yana, fort raisonnablement, s'y oppose. La pie, dit-elle, peut avoir le bout de jardin situé entre la cuisine et la clôture des voisins, qui devrait suffire à ses besoins. Un de mes petits frères vient nous donner un coup de main, et avec son aide un après-midi nous suffit à mener le projet à bien. Mon frère et moi étendons du grillage galvanisé sur une structure en bois que nous passons à Yana, qui transforme le tout en toit incliné, puis en murs, puis en portes. On dirait un peu que nous avons construit une prison pour notre parterre de fleurs : les fougères ploient sous le grillage, et deux plants de ricin lustrés lèvent les mains en signe de reddition. Je compte les pas sur les dalles. Cette volière est nettement plus longue et plus large que n'importe quel cachot humain, et comparée à la taille de l'oiseau, elle est immense – on est plus proche du manoir pour pie que de l'univers carcéral. Cependant, vu à quel point je m'identifie psychologiquement à cet oiseau, il serait presque étrange que je ne me sente pas un peu mal à l'aise de l'installer dans quelque chose qui ressemble à une cage.

Benzene me regarde avec une certaine inquiétude déplacer les meubles de "sa" chambre et les passer à Yana par la fenêtre de la cuisine. Exit sa table à manger, ses perchoirs, ses jouets, le petit bouddha en plastique dont il a arraché les bras, et la plaque de cuisson qu'il utilise comme baignoire. Au fond d'un panier en osier, soigneusement enfouis sous un torchon sale, je découvre une de ses cavernes aux trésors. Je m'interromps un instant. Je me sens vaguement coupable, comme si mes doigts parcouraient le journal intime d'un ami. La curiosité finit inévitablement par l'emporter. Je ferme la porte pour que l'oiseau ne me prenne pas la main dans le sac et je retourne le panier.

Des galets. Des briquets. Des pièces de monnaie. Des vis en cuivre. Des épingles à nourrice. Il a la même sensibilité esthétique qu'un garçon de huit ans. De la corde et de la cire à cacheter. Je reprends certaines choses dont j'ai besoin, puis j'emporte le panier dans la volière.

Benzene lui-même est plus difficile à transférer. Il se tient devant la fenêtre ouverte et se balance avec hésitation comme quelqu'un au bord d'une piscine froide. Je me hisse devant lui et descends lentement dans la volière.

– Regarde, lui dis-je. Il n'y a rien à craindre. Allez, viens !

Je tends la main. L'oiseau se crispe. Les plumes ainsi collées au corps, il paraît reptilien : un lézard trempé dans du pétrole brut. Il bondit, les serres en avant, et se pose sur mon index en crispant ses pattes chaudes. Sa tête fait de petits mouvements saccadés tandis qu'il examine chaque aspect de ce nouvel environnement. Je le guide d'un bout à l'autre de la volière. Il incline la tête dans tous les sens en scrutant le sol et le ciel pour s'assurer qu'il n'y a pas de prédateurs alentour, à la manière de quelqu'un qui cherche à faire sortir de l'eau de ses oreilles. Enfin, il décide que l'endroit est sûr et il saute de mon doigt pour partir en exploration. Je quitte la volière et ferme la fenêtre derrière moi. Yana pousse un soupir de soulagement.

Exit la pie.

21

En dépit de toutes nos bonnes intentions, nous avons échoué dans les grandes largeurs à expulser l'oiseau. Il lui suffit de tapoter au carreau avec une mine suppliante et l'un de nous – le plus souvent moi – finit inévitablement par craquer et le laisser entrer. Même lorsqu'il est manifestement satisfait dehors, comme en ce moment, à traquer les araignées dans les fougères et à crier sur le voisin par-dessus la clôture du jardin, il m'arrive souvent de lui faire signe de venir me rejoindre à l'intérieur. La vue de l'oiseau derrière des barreaux me crispe les muscles et provoque un tambourinement désagréable dans ma poitrine. Même si c'est ce que les experts du forum nous ont recommandé, je ne peux me défaire de l'impression que nous commettons une erreur. Plus qu'une erreur : je me sens piégé, comprimé de toutes parts, et seulement en partie à cause de Benzene.

Mon attention passe de l'oiseau au cadeau de mariage de Heathcote, le Cénotaphe miniature, désormais installé au-dessus d'une pile de papiers sur mon bureau. Lui aussi dégage quelque chose de tordu. Étant un des seuls cadeaux de Heathcote qui ne soit pas un de ses recueils de poèmes dédicacés, il est précieux en un sens, mais il ne m'inspire pas vraiment des pensées joyeuses. Après l'incident du vrai Cénotaphe, je me suis retrouvé derrière les barreaux. Pas dans un asile psychiatrique, où j'aurais sans doute dû aller, mais dans une prison haute sécurité pour adultes. Bien avant d'y arriver, j'étais parvenu à un état d'agitation nerveuse. Nombre des lettres et des messages que j'avais reçus de la part d'inconnus pendant les huit mois précédant mon arrestation et mon procès racontaient par le menu ce qu'ils espéraient qu'il m'arrive en prison. "Ton cul va ressembler au drapeau japonais", croassait un de mes correspondants. Je faisais jeune pour mon âge et, à vingt et un ans, j'allais être un des plus jeunes détenus de la prison. Je m'étais dit que je me fabriquerais une arme et que je l'utiliserais si nécessaire, mais j'avais le pressentiment que je n'aurais aucune chance. J'avais une force physique limitée et des traits un peu féminins – d'ailleurs, on me prenait souvent pour une fille. Je me réconfortais avec la pensée que le suicide était une issue de secours accessible en permanence.

Le juge m'a déclaré coupable, évidemment, et après qu'il a prononcé une peine de seize mois, on m'a menotté et conduit à travers une porte qui s'était ouverte derrière moi pour rejoindre la cellule située sous le tribunal. Les gardiens attendant en contrebas m'ont applaudi au ralenti à mesure que je descendais les marches, maigre, pâle et terrifié. Ils semblaient avoir un plaisir pervers à m'accueillir. Le premier élément marquant après le fourgon pénitentiaire, après avoir été englouti par la gueule béante de la prison, est qu'on est forcé de se déshabiller intégralement. De se pencher en avant. De décalotter. De soulever son pénis. Puis sa langue. Sans carapace. Vulnérable comme un escargot sans coquille. Les vêtements de prison : une fine combinaison grise, sans poche. Puis un bref examen médical. Suicidaire ? "Pas encore."

La frontière entre passé et présent est fine et perméable. L'aile de la prison bat dans le présent. L'odeur de fumée de cannabis dans l'air, les sirènes, les cris, le martèlement des bottes sur les escaliers métalliques. Le grillage tendu entre les coursives pour rattraper ceux qui sautent. Un gardien de prison gifle un détenu chauve au visage ; un autre pique un somme sur une chaise pendant qu'il est censé surveiller un prisonnier suicidaire; un détenu frappe ses poings en continu sur un téléphone. Une pensée: je suis mort. Le seul objet pointu dont je dispose est un stylo Bic. Je le garde en coupe dans une main, ou glissé dans l'élastique de mon pantalon, en permanence, même la nuit. Je ne sais pas trop à quel point un Bic pourra m'être utile. Je ne suis pas sûr d'avoir le cran de crever un œil avec un stylo, mais, quand bien même, sa présence est mon seul réconfort. Les gardiens de prison m'accueillent à leur manière. L'un d'entre eux m'arrête en chemin alors que je vais chercher mon déjeuner. Il veut que je sache qu'il a le pouvoir d'effectuer une fouille corporelle dès que l'envie lui prend. Plus tard, un autre me fait signe. "Viens avec moi, dit-il. Il y a quelqu'un qui veut faire ta connaissance." Il m'enferme dans une cellule avec un tueur avéré. "Il m'a demandé de te briser la nuque", dit le tueur, souriant avec sa bouche mais pas avec ses yeux. Ses yeux sont froids et gris comme du plomb. Il y a un silence qui me paraît très long. Je mesure l'espace entre nous, soupèse mes options. Il n'y en a aucune. "Et tu… Et tu vas le faire?" je me force à demander. Son sourire s'élargit encore un peu et il me tape sur l'épaule. "Bien sûr que non, dit-il. Je déteste ce trouduc." Un mois plus tard, je suis transféré dans un établissement au régime de sécurité plus souple où, me dit-on, la vie sera plus facile. À mon arrivée, un détenu hurle qu'il assassinera le premier qu'on mettra en cellule avec lui. Un gardien me pousse à l'intérieur et ferme la porte à clé. Mon nouveau compagnon de cellule me fusille du regard, ne prononce pas un mot jusque tard dans la nuit, quand sa voix gronde dans le noir. "Je vais te bouffer ton putain de nez, espèce d'enculé." Je cherche mon stylo à tâtons et me redresse comme un ressort, prêt comme jamais. Il y a une pause, puis sa voix résonne de nouveau: "Papounet t'aime, dit-il. Papounet est triste sans toi." Il se met à ronfler. Il parle en dormant. Aucun lieu, aucun moment n'est sûr : assis sur les toilettes avec le pantalon sur les chevilles, un homme cagoulé surgit avec un énorme couteau ; endormi dans mon lit, je me réveille nez à nez avec un golgoth qui a déjà purgé seize ans de sa peine de perpétuité et me toise en exigeant une pipe.

Tout n'était pas si mal, bien sûr. Il y avait des drogues en prison, et j'ai obtenu un diplôme en arts appliqués. Un tueur en série dans ma classe m'a aidé à trouver le bon rouge pour les giclées artérielles d'un tableau d'Otto Dix que je recopiais. C'est sans doute grâce à lui que j'ai eu le diplôme, même si, chaque fois qu'il s'emparait d'un cutter ou d'une paire de ciseaux, il m'était assez difficile de me concentrer. À en croire un livre sur les tueurs en série que j'ai déniché dans la bibliothèque de la prison, il avait décapité un prêtre à la hache et poignardé une douzaine d'autres victimes à mort. Il y a eu aussi des moments de grâce et de beauté. Des cas de gentillesse et de tendresse inattendues auxquels je me raccrochais, en faisant de mon mieux pour renvoyer l'ascenseur. Mais le bon est facile à oublier ; c'est le reste qui continue de laisser une empreinte.

Le matin de ma libération est arrivé cinq jours après mon vingt-deuxième anniversaire, le jour de l'anniversaire de Heathcote, curieusement, même si cette coïncidence était la dernière de mes préoccupations. Je n'arrivais pas à croire qu'on me laissait sortir. Je n'avais passé que quatre mois derrière les barreaux. Le reste, je devais le purger chez moi, avec un bracelet électronique à la cheville, puis en conditionnelle. La liberté par gradation. Certains des gardiens n'avaient pas l'air ravis de me relâcher. Durant les jours précédant ma libération, la fréquence à laquelle ma cellule était saccagée par des officiers effectuant des inspections surprise a sensiblement augmenté. Mon compagnon de cellule, celui qui parlait dans son sommeil, et qui s'est avéré être un récidiviste relativement loquace, m'a mis en garde contre la puissante gravité de la prison : "Si tu y es allé une fois, il est beaucoup plus facile d'y retourner une deuxième. La prison t'attire comme un aimant." Il y avait, poursuivait-il, des moyens d'y remédier. Des superstitions à respecter. Ne mange pas le petit-déjeuner sinon tu reviendras pour le thé. Et quand tu pars, quoi que tu fasses, ne regarde pas en arrière – sinon c'est la garantie de revenir. "Et si tu reviens, dit-il, je te jure que je te boufferai ton putain de nez pour de bon." Il m'a tendu un cadeau de départ : un étui à briquet en bois qu'il avait fabriqué avec des allumettes, avec en relief un serpent enroulé autour de la lame d'une dague. Le symbole de la guérison, mais pas pour lui. "La prison coupe profond et laisse du venin dans ton cœur." Je l'ai remercié et je suis parti.

Par une lumière froide de novembre, mes parents m'attendaient dans une voiture aux vitres teintées. Ils étaient fous de joie de me retrouver. D'une certaine manière, toute cette histoire avait été plus difficile pour eux qu'elle ne l'avait été pour moi. Il n'y a aucune limite aux horreurs que peut inventer l'imagination. Et j'étais resté fermé comme une huître. Dans mes coups de fil et mes lettres à la maison, j'avais présenté une image de la prison aussi radieuse que possible, en partie pour les protéger, en partie parce que j'avais décidé de ne jamais admettre que cet endroit avait la moindre emprise sur moi. Si j'y croyais, ça deviendrait vrai. Alors que la voiture s'éloignait de la prison, je me suis tourné pour regarder en arrière.

L'oiseau pousse un cri métallique et je bondis de mon bureau. Quelque chose ne va pas. Je me précipite à la fenêtre. Benzene vole à la poursuite d'un bourdon qui a eu l'impudence de vrombir dans son domaine. Je le regarde lui ôter la vie d'un claquement de bec, fourrer le cadavre dans l'espace entre deux pavés, et poser délicatement une feuille par-dessus la tombe. Il n'y a aucun problème. Il se porte comme un charme. Et pourtant, la vue de l'oiseau derrière ce grillage déclenche une alarme silencieuse dans ma tête. Il n'en faut pas beaucoup.

Je n'avais rapporté aucune cicatrice de la prison – du moins, aucune qui soit visible. La solidarité entre détenus compte plus que le mépris des gardiens, et j'ai eu la chance que les persécuteurs potentiels n'aient jamais tenté de me mettre au pied du mur quand je hérissais le poil. La gueule béante m'avait recraché intact. Mais pas inchangé. Sur le chemin du retour, nous nous sommes arrêtés sur une colline qui domine la campagne. Je me suis dressé dans le vent et j'ai attendu la grande bourrasque de liberté et de délivrance. Mais rien n'est venu. Je me sentais aussi gris et vide qu'une cendre de cigarette. Pas de sentiments, pas de délivrance – peut-être parce que je n'étais pas vraiment parti. C'est ma mère qui l'a remarqué en premier. La manière dont mes yeux fusaient dans tous les sens, sans jamais se poser, anticipant les attaques en permanence. J'avais une nouvelle perspective sur la vie, qui impliquait une vigilance constante à 360 degrés, et une nouvelle devise : la paranoïa te maintient en vie. C'était comique, vraiment. J'avançais en crabe dans les escaliers et les ascenseurs de manière à voir arriver d'éventuels assaillants des deux côtés, je décrivais des zigzags dans la rue, je me cachais derrière des lampadaires, je marchais aussi proche que possible d'autres gens pour qu'il soit plus difficile de me tirer dessus, j'examinais chaque personne qui venait vers moi pour déterminer si elle constituait une menace, et je me préparais mentalement à l'éventualité de devoir planter mon Bic, toujours caché dans ma main droite, dans sa gorge ou son œil. J'avais l'impression d'être surveillé en permanence. “On dirait un fou, a observé tristement un ami venu me rendre visite. Arrête de demander pourquoi tout le monde te regarde. C'est pour ça qu'on te regarde."

Si une partie de ma psychose narcotique impliquait la conviction que je pouvais exploiter le pouvoir des symboles, les symboles avaient désormais un pouvoir fâcheux sur moi. L'été suivant ma libération, la Grande-Bretagne a accueilli les Jeux olympiques et célébré le jubilé de diamant de la reine. Les rues étaient pleines de gens heureux agitant des drapeaux et portant la croix de saint Georges. À mes yeux, chacune de ces personnes était un tueur en puissance. Tout ce qui avait trait au nationalisme britannique, au Cénotaphe, à la commémoration de l'Armistice, aux forces armées, était une mise en garde. Rouge comme danger. Toutes les voitures avec des coquelicots sur le pare-chocs allaient me renverser. Tous les hommes avec des sweat-shirts aux couleurs de l'Angleterre étaient des membres d'organisations d'extrême droite qui allaient me poignarder dans les reins. La revanche des symboles. Certains diraient qu'il y a là une certaine justice.

Évoluant avec un tel niveau de tension, ma notion du danger, qui dicte les réflexes de combat ou de fuite, s'est complètement détraquée. J'alarmais mes amis et ma famille en plongeant sous la table dans les cafés et les restaurants, ou en courant à la porte pour gagner la rue, effrayé par des choses qu'ils ne pouvaient voir, réagissant à des événements qui s'étaient produits des mois auparavant.

J'aurais sans doute dû aller chercher une aide quelconque – pour mon bien et pour celui de mon entourage. La fuite est une réaction relativement inoffensive ; le combat un peu moins. De la même manière que le moindre détail pouvait me faire partir en courant dans la rue, mon tempérament commençait à m'échapper de manière nouvelle et très déplaisante. Je ne reconnaissais pas la personne qui hurlait au contrôleur vaguement tatillon qu'il allait lui arracher ses putains de globes oculaires pour les utiliser comme boules de geisha – mais c'était indubitablement moi. Moi qui criais comme un possédé, comme quelqu'un qui aurait dû être dans une camisole de force, incapable de m'arrêter. Moi qui courais aussi vite que mes jambes pouvaient me porter pour échapper à la police ferroviaire. La prophétie de mon ancien compagnon de cellule a failli se réaliser très rapidement – et ce n'était pas un incident isolé. J'avais du mal à appréhender ce genre d'explosions. Elles ne collaient pas avec l'histoire à laquelle je voulais croire. Alors je les ai isolées dans une bulle, et j'ai fait de mon mieux pour prétendre qu'elles ne s'étaient pas produites. J'aurais dû parler de tout ça à quelqu'un. Mais cela aurait exigé que je reconnaisse que quelque chose n'allait pas, et c'était impensable. Plus jamais je ne montrerais de vulnérabilité ou de faiblesse. Je me suis convaincu – contre toute évidence – que j'étais plus fort que l'autorité. *J'ai plongé mon regard dans l'abîme, et l'abîme a flanché le premier.* Les souvenirs qui ne rentraient pas dans ce tableau, je les récrivais purement et simplement. En y repensant, j'ai réussi à me convaincre que je pouvais presque goûter à la bouffée euphorique de liberté et de délivrance que je m'étais attendu à ressentir en haut de cette colline sur le retour de la prison. Mais il n'y avait aucun sentiment. Une puissante gravité me maintenait cloué au sol.

Selon un ami bien intentionné mais peu observateur, j'avais effectué une catabase classique : le voyage d'un héros mythique dans les Enfers où le héros défie la mort et revient avec une sagesse divine. J'aimais bien cette analogie, mais j'ai dû perdre ma portion de sagesse divine en cours de route. La vérité, c'est que tout ce que j'avais rapporté des profondeurs était une paranoïa délirante et un caractère imprévisible.

Ces cadeaux des Enfers ne m'ont pas quitté pendant les années qui ont suivi. Ils se sont ossifiés jusqu'à devenir des habitudes. Ce n'est que récemment que j'ai commencé à admettre à contrecœur que j'avais peut-être un souci. Qu'il n'est pas sain ni normal de garder un couteau de la taille de mon avant-bras sur ma table de chevet, un autre à côté de la porte d'entrée, et de la porte de derrière, et sur mon bureau, et dans la salle de bains. Que ce n'est pas sympa pour le facteur de l'interroger à travers la boîte aux lettres chaque fois qu'il passe. Que le grondement d'un fourgon ou un coup frappé à la porte – ou la vue d'un oiseau derrière un grillage – ne devraient pas entraîner une sensation de panique physique. Yana a joué un rôle majeur dans ce changement. Sa patience a porté notre couple à bout de bras. Mais ce sont les moments où elle a perdu patience qui m'ont aidé à voir les choses telles qu'elles étaient vraiment, quand elle a été horrifiée ou gênée par une de mes actions, fuir ou combattre.

Pour autant, cette prise de conscience n'est pas non plus d'une très grande aide. Je m'éloigne de la fenêtre, m'installe à mon bureau et essaie de me concentrer, mais en vain. L'alarme silencieuse retentit et je n'ai pas la clé pour l'éteindre. J'aperçois de nouveau le Cénotaphe miniature et, avec un juron, je le fourre dans un tiroir hors de ma vue. Dehors, l'oiseau fait du vacarme. Je me lève d'un bond, descends et me hisse à travers la fenêtre de la cuisine. L'oiseau me dévisage depuis une branche au-dessus de ma tête. Je tends la main et il se laisse tomber dessus, un poids rassurant qui m'ancre dans le présent. L'alarme silencieuse s'éteint.

22

À la ferme, Benzene va et vient. Par la porte, par la fenêtre, entre les arbres dont les feuilles brunissent et se flétrissent à mesure que l'automne s'installe. Les saisons changent, mais l'oiseau reste. Comme le reste de la famille, son coin préféré est la cuisine. C'est là qu'il trouve ma grand-mère à sa place habituelle au bout de la table, avec une tasse de thé gunpowder froid à la main et les journaux du samedi déployés devant elle. Le visage pigmenté au carotène d'un milliardaire vedette de téléréalité, le candidat à la présidentielle Donald Trump, lui rend son regard sur toutes les unes. Il a encore sorti une horreur dans son improbable course à la Maison-Blanche : fermer les frontières, envoyer valser le climat, enfermer le Mexique derrière un mur.

– L'Américain typique, stupide et moche, marmonne ma grand-mère.

Elle n'a jamais pardonné à l'Amérique pour la Corée, où elle a travaillé comme traductrice pendant la guerre. Elle se souvient encore de l'odeur de la chair humaine brûlée par le napalm – semblable à du rôti de porc.

Sans lever les yeux de son journal, elle frappe sa main sur la table si fort que toute la vaisselle tremble.

– Je t'ai eue, saleté, dit-elle en propulsant une mouche morte au sol d'une pichenette.

Ma grand-mère est une championne du tuage de mouches. Après le grand succès de la campagne de Mao contre les oiseaux, la Chine s'est retrouvée avec un petit problème d'insectes. Selon ma grand-mère, la campagne contre les mouches avait pour but de le régler. Elle a accueilli cette campagne-là avec plus d'enthousiasme, et elle a dépassé son quota à plusieurs reprises, remportant même une médaille pour ses efforts. Ce que les autorités ne savaient pas, c'est qu'elle élevait les mouches elle-même à partir d'un serpent en décomposition qu'elle gardait sous son lit. Le serpent était doré, de même que les mouches qui en émergeaient, un détail qui lui a valu encore plus d'éloges. Benzene est charmé. Lui aussi est un passionné de mouches. Il traverse la surface scarifiée de la table en bois et bondit sur son avant-bras, avec force courbettes et caquètements révérencieux. Je ne l'ai jamais vu aussi flagorneur. Elle lui adresse un grand sourire – ayant depuis longtemps décidé de faire une exception à sa haine éternelle contre les pies.

– Quel petit oiseau astucieux, dit-elle. Tu crois qu'il peut parler ?

Les pies peuvent parler. Tous les corvidés en sont capables, mais Benzene n'a pas encore dit un mot.

Ma grand-mère réfléchit un moment, puis elle voit les journaux devant elle.

– Fuck Trump, dit-elle. Fuck ! Trump !

– Trump ! crie l'oiseau. Trump ! Trump ! Trump !

– Hum, dit ma grand-mère. Écoute, Benzene. Fuck Trump ! Fuck Trump ! Fuck, fuck, fuck Trump !

– Trump ! hurle Benzene, exultant d'avoir prononcé son premier mot humain. Il plastronne sur la table, agitant sa queue en l'air et lançant des "Trump !" à mon adresse, à Yana, à la chienne qui gémit et quitte la pièce, à ma petite sœur qui pousse des cris d'horreur.

Après cela, c'est comme si on avait actionné un interrupteur. De retour à Londres, il passe des heures debout sur le robinet devant le miroir de la salle de bains à débiter d'interminables monologues de pie, des versions dopées à l'hélium de conversations surprises à la volée dans lesquelles des fragments de mots sont presque, mais pas tout à fait, reconnaissables. Bientôt, un nouveau mot parfaitement identifiable émerge de ce charabia. “Allez !” me lance l’oiseau un matin à l’aube tandis que je lui sers des asticots. “Allez ! Allez ! Allez !”

Trump est, bien sûr, un mot sur lequel tout le monde cogite. L’oiseau retourne ce nom sans relâche dans son bec, une girouette pour les angoisses du monde ainsi que pour les miennes. J’ai beau essayer – et j’essaie, chaque matin et chaque soir –, je n’arrive pas à le persuader d’ajouter le préfixe “fuck”.

C’est l’autre mot de l’oiseau qui me plonge dans des abîmes de perplexité, cependant. “Allez” peut communiquer beaucoup de choses : l’impatience, l’incrédulité, l’exaspération, voire l’hostilité. Les fois où j’ai dit “Allez” à l’oiseau – en essayant de le chasser de la chambre ou me désespérant de trouver un nouveau morceau de viande caché dans mes cheveux – ont sans doute englobé toutes ces inflexions. Mais la manière dont il le recrache ce mot, avec son intonation haut perchée et enjouée, lui confère un côté joyeux. “Allez !” dit l’oiseau, en dansant sur mon bureau. “Allez !” dit-il, invoquant quelque chose en moi avec un mot d’encouragement.

PLUMES DE SANG

23

L'hiver a été une saison de changements inattendus ; des changements à l'aune desquels je bénis la capacité de Benzene à dispenser des mots d'encouragement. Donald Trump a fait une entrée désastreuse à la Maison-Blanche, et, quelques degrés en dessous sur l'échelle du désastre, l'oiseau qui criait son nom a été interdit de vol. Il a disparu à la ferme pendant la période de Noël et les experts du forum des corbeaux m'ont sèchement prévenu qu'il allait au-devant d'une mort certaine dans la nature. Selon eux, il est tellement domestiqué, tellement humanisé, que sa survie, même dans un endroit aussi fertile que la ferme, serait peu probable. Il ne doit plus voler en extérieur, pour sa propre sécurité. Cette information est perturbante. Nous pensions bien faire lorsque nous avons recueilli cet oiseau. Mais peut-être que ce n'est pas aussi simple. S'ils disent vrai, il pourrait devoir rester avec nous toute la vie, qu'il le veuille ou non. Une pie en captivité peut vivre plus de vingt ans. Ce n'est pas ce que j'imaginais lorsque Yana a passé la porte avec cette boîte en carton.

Toutefois, le changement le plus drastique de tous – du moins dans la version de l'univers dont je suis le centre – est que nous avons convenu avec Yana d'essayer d'avoir un enfant. Je sais que c'est une décision rationnelle. J'ai envie d'avoir un enfant un jour, et l'argument de Yana selon lequel plus nous attendons plus il risque d'y avoir des complications est difficile à réfuter. Intellectuellement, je suis partant – émotionnellement, pas tant que ça. La vérité, c'est que je laisse encore ma boussole interne être régie par la peur. Par les scénarios du pire. Par les catastrophes imaginées. La possibilité que Yana puisse me quitter si je dis non – alors qu'elle ne l'a pas évoquée un seul instant – me paraît une catastrophe bien plus immédiate que la catastrophe distante et théorique que pourrait causer un bébé. Les pensées concrètes sur la réalité de la paternité m'échappent. Cette boule de terreur incandescente est exactement là où je l'ai laissée, en travers de mon chemin. Si bien que je me suis donné jusqu'à juillet, autour de l'anniversaire de Yana, pour mettre mes complexes en sourdine. Nous sommes en février. Ça me laisse donc moins de six mois. Peut-être que c'est un objectif optimiste pour une vie entière d'émotions à disséquer, mais le compte à rebours est lancé. Rien de tel qu'une date butoir pour vous mettre le feu sous le bout des doigts.

C'est dans cet esprit que je pars voir Heathcote ce soir. Il s'est montré curieusement attentionné depuis le mariage. Le Cénotaphe miniature n'était qu'un avant-courrier. Des livres (les siens, bien sûr), des invitations à ses lectures, et de gentils mots sur des choses que j'ai écrites ont suivi. Dans ma colère, je les ai balayés du revers de la main comme autant de tentatives égoïstes de soulager sa conscience coupable – et peut-être le sont-elles en partie, mais il fait clairement des efforts, il fait de son mieux pour essayer de recoller les morceaux.

Son invitation la plus récente est arrivée avec un exemplaire de son nouveau livre, un recueil de poèmes anti-américains avec en couverture une image effrayante de Donald Trump en énorme porc. Avant le départ, je l'ouvre au hasard et lit un passage à Yana à haute voix.

L'affaire de l'Amérique, ce sont les affaires
Et son affaire numéro un, c'est la guerre.
Utilisant Hollywood pour colporter ses valeurs
Il fait du monde sa putain.

– Il était vraiment obligé d'abandonner sa famille pour écrire des trucs pareils ? dit Yana en secouant la tête.

La carte qu'il a écrite est touchante, cependant, et j'éprouve un pincement de culpabilité à me moquer de lui, et à avoir ignoré ses ouvertures précédentes. Il ne signe plus "papa", j'ai remarqué. Peut-être que cette fois, nous serons enfin en mesure d'avoir une vraie conversation. Aujourd'hui plus que jamais, alors que je suis moi-même face à la possibilité de la paternité, je ressens le besoin de savoir ce qui s'est passé. Pourquoi a-t-il disparu ? Qu'est-ce qui l'a poussé à partir ? Et puis, il y a le mystère du choucas. Comment a-t-il pu s'occuper d'un oiseau, quand il a échoué avec un bébé ?

En chemin pour la rencontre, dans un obscur club de Soho, ma détermination commence à flancher. Je pense à la définition populaire de la folie, qui consisterait à faire toujours la même chose et de s'attendre à un résultat différent. Par le passé, essayer de discuter avec Heathcote me faisait le même effet qu'une conversation avec la pie. Peu importe ce que je pouvais dire, les mêmes mots usés m'étaient trompetés en retour. J'ai l'impression de savoir exactement comment va se passer cette soirée. Heathcote va lire un certain nombre de mauvais poèmes. Puis nous aurons une conversation brève et gênante qui sera interrompue en permanence par ses admirateurs pouilleux. Je lui proposerai d'aller boire un verre dans un endroit plus calme, ou bien je l'inviterai à passer nous voir la prochaine fois qu'il sera en ville, ou encore je lui demanderai si je peux lui rendre visite. Il trouvera une excuse en vitesse avant de s'en aller. J'ai une envie soudaine de descendre du train à la prochaine station et de rentrer chez moi, mais Yana m'en empêche.

– Il faut au moins que tu essaies, me dit-elle. Ce sera pire si tu n'essaies pas.

Nous descendons à Tottenham Court. Dehors, il fait un temps infect comme seule Londres en fin d'hiver peut en offrir. Une bruine visqueuse, du brouillard et des vapeurs, des morceaux détrempés du *Evening Standard* qui collent aux chaussures des passants comme du papier toilette. Nous coupons par une rue de traverse et marchons sur des pavés mouillés jusqu'à un bar à cocktail exigu et suffocant au croisement. Alors que nous franchissons le seuil, je me prépare à l'inévitable. Le public habituel se matérialise devant moi. Des poètes ratés qui vivent aux crochets de leur copine et des vieux coqs qui se croient importants parce qu'ils ont été assis à côté de Germaine Greer en 1968. Les ouailles habituelles de Heathcote. Mais Heathcote lui-même est absent.

– Il ne vient pas, dit un de ses disciples lorsque je demande où il est. C'est ce type là-bas qui va faire la lecture à sa place.

Il hoche la tête en direction d'un acteur entre deux âges qui porte une cravate à pois.

– Du Heathcote tout craché, ça, je marmonne. Jamais là quand on a besoin de lui.

– Ce n'est pas tout à fait ça. Il est mourant. Vous ne le saviez pas ?

Je suis toujours au comptoir en essayant de digérer ça quand une femme que je n'ai jamais rencontrée s'approche de moi. Petite quarantaine, mince, nerveuse, un visage à la forme de cœur familière avec un menton pointu et des pommettes saillantes. L'œil intelligent. Une parfaite inconnue que j'ai pourtant l'impression de déjà connaître.

– Bonjour Charlie, dit-elle. Je suis China. Ta sœur.

Les détails familiers de son visage revêtent maintenant les atours de l'évidence. Je vois ce menton pointu, ces pommettes, ce visage en cœur tous les jours dans le miroir. China. Ma grande sœur. Enfant, je les idéalisais, elle et mon autre demi-sœur, Lily, je racontais à mes amis mes deux sœurs “perdues de vue”, comme si nous avions été tenus éloignés par une sorte de tragédie romantique plutôt que par choix. Séparés à l’orphelinat ou disparus en mer ; tout sauf la vérité, qui était qu’aucune des deux n’avait envie – ou ne se sentait capable – de me voir. J’avais déjà du mal à jongler avec tous les frères et sœurs aînés que j’avais autour de moi ; mais la pensée que ces deux-là me ressemblaient un peu plus était séduisante. J’ai essayé de contacter China par le passé. Je ne me suis pas acharné, parce que Heathcote me paraissait être le premier obstacle à franchir. Mais à l’occasion, quand je rencontrais des gens qui disaient la connaître, je demandais une adresse e-mail ou un numéro de téléphone. “Il faut que je voie avec China”, me répondait-on – et et ça en restait là.

Nous nous étreignons maladroitement. Elle est mince, fragile comme un oiseau, nous sommes de la même espèce. Je remarque que sa veste est détrempée et j’ai l’impression qu’elle attend dehors depuis un moment dans l’espoir que je me décide à partir. Nous nous regardons en silence pendant un moment, chacun se demandant quoi faire.

– Il faut juste que j’aille saluer quelqu’un, dit China. J’en ai pour une minute.

Je la regarde, incrédule, s’éclipser dans la foule.

– Est-ce qu’elle a un autre frère perdu de vue à qui elle doit aller dire bonjour ? je siffle à Yana.

– Oh arrête, dit-elle. Elle a clairement le trac.

Quand ma nouvelle sœur aînée revient, nous n’avons que quelques minutes avant la rencontre – quelques minutes pour rattraper vingt-sept ans. C’est un grand vide à combler et seules les informations les plus basiques sont échangées. China. Avocate. Trois enfants. Ouest de Londres. Le courant ne passe pas immédiatement. Je me sens un peu dupé : je suis venu interroger mon père, et c’est ma sœur qu’on me présente à sa place. Et, tiens, au fait, le père est mourant.

– Comment va Heathcote ? je me force à demander.
– Pas très bien, dit China. Pas bien du tout.

Il n'y a pas le temps pour en demander plus. On baisse les lumières et l'homme à la cravate à pois se lève et se racle la gorge. Nous échangeons nos numéros et convenons de nous revoir bientôt.

24

Je mets deux semaines à envoyer un message à China. Une partie de moi espère qu'elle sera la première à rompre le silence, une autre craint qu'elle ne me réponde pas si je lui écris. Je n'arrive pas à comprendre pourquoi il lui a fallu tant d'années pour venir me dire bonjour – ni ce qui a pu changer pour qu'elle ait envie de me voir maintenant. Dans un coin de ma tête, j'entends la voix nasale du type à la lecture de Heathcote : "Il est mourant. Vous ne le saviez pas ?"

Manifestement, quelque chose a cédé, parce que lorsque je finis par trouver le courage de lui envoyer un message, sa réponse est amicale au possible. Bientôt, je me retrouve invité à dîner avec elle, ses trois enfants, et notre autre sœur, Lily.

En arpentant la longue rue de l'ouest de Londres où habite China, je me rends compte que je me suis trouvé à quelques minutes de chez elle des centaines de fois. Un club de boxe où je m'entraînais trois ou quatre fois par semaine à une époque est situé à quelques pas de là. Elle a même pu me voir faire mon footing sur la rue principale le samedi matin, à la tête d'une bande de gamins chahuteurs dont on m'avait confié la responsabilité, allez savoir pourquoi. Une de mes demi-sœurs adoptives vit à quelques rues de là, ainsi que deux amis proches. C'est comme si nous avions vécu nos vies dans des dimensions parallèles – dans une proximité invisible.

Franchir le seuil de chez ma sœur pour la première fois est comme pénétrer dans une galerie des glaces. Je traverse un couloir encombré de vélos et de chaussures de foot pour rejoindre la cuisine où quatre bouilles espiègles en forme de cœur, le menton anguleux, me regardent avec des expressions qui vont de l'innocence enfantine à l'indifférence adolescente, avec un drôle de mélange de suspicion et de tristesse chez China.

La cuisine de China me paraît très familière, elle aussi : un buffet en bois plein à craquer de mugs ébréchés, de boîtes à biscuits cabossées et de cartes postales ; des plantes d'intérieur grimpant le long du mur du fond au-dessus d'un canapé boiteux ; des dessins d'enfant partout sur les murs – une sorte de style bohème chaotique mais chaleureux. Une peinture à l'huile où je reconnais la patte de Heathcote est accrochée au-dessus d'une table à manger en bois à grain fin. Un champ de coquelicots en papier tels qu'on en porte en mémoire des morts à la guerre avec des canettes de Coca écrasées en guise de pétales, un message pas très subtil sur le capitalisme de la catastrophe. Dessous, le benjamin de China, un petit garçon avec une crinière de cheveux blonds, colorie des capsules de bouteilles avec un stylo doré.

– Je fais un trésor pour mon coffre aux trésors, dit-il en brandissant une de ses pièces dorées. Tu veux le voir ?

Lily arrive en retard, agitée, avec son petit ami dans son sillage. Elle arrive tout droit d'Oxford où elle rendait visite à Heathcote – ou "papa" comme elles l'appellent avec China. À l'instar de China quand je l'ai rencontrée, elle semble nerveuse et circonspecte. Lily m'adresse le genre de salutation qu'on réserve à un gamin du quartier venu réclamer son ballon après l'avoir catapulté à travers le toit de votre serre. Je passe en revue mes différents crimes, essayant de trouver ce que j'ai bien pu faire pour la contrarier. Peut-être qu'une de mes tentatives maladroites d'attirer l'attention de Heathcote a attiré la sienne à la place. Ou peut-être le simple fait de mon existence est-il difficile à vivre pour elle. Je suis l'infidélité de son père faite chair, après tout.

Lily est la sœur que je suis quasiment certain d'avoir déjà rencontrée. Sauf erreur, nous avons déjà croisé le fer secrètement et anonymement sur Internet. C'était un drôle d'épisode. J'avais dix-sept ans et je cherchais des traces de Heathcote en ligne. Un des sites où je revenais sans cesse était Wikipédia, l'encyclopédie participative qui permet à tout le monde de soumettre ou de modifier des pages. J'ai vu la page de Heathcote passer d'une ébauche de quelques phrases à une petite biographie, à mesure que les gens ajoutaient anonymement de petits détails ici et là, des éléments que j'ignorais sur la vie haute en couleur de Heathcote. Un jour, un contributeur a ajouté des détails sur sa vie de famille ainsi qu'une liste de ses enfants – moi inclus. Et puis, peu de temps après, quelqu'un est venu m'effacer de la liste des enfants. J'avais beau me connecter sans relâche pour rétablir mon nom, ce même utilisateur revenait oblitérer mon existence, m'effaçant symboliquement de l'histoire. J'ai soupçonné Heathcote d'être derrière tout ça, jusqu'à ce que je localise l'adresse IP pour découvrir que la personne qui avait passé tant de temps à m'effacer de la famille l'avait fait depuis un ordinateur au bureau où travaille Lily.

Mal à l'aise, Lily gigote sous la lumière crue du plafonnier tandis que China lui colle un verre de blanc dans la main. Je l'examine attentivement en me demandant si c'était vraiment elle à l'époque, mais le moment me paraît mal choisi pour remuer de vieilles plaies, maintenant que nous avons une plaie beaucoup plus vive à affronter. Lily nous explique que Heathcote est à l'hôpital depuis une semaine avec un déficit en oxygène et une mauvaise circulation ; des complications liées à son emphysème à un stade avancé. Le tableau est déroutant. J'ai l'impression qu'il est en proie aux sortes de défaillances aléatoires que les personnes très âgées connaissent juste avant de mourir, les dernières marches de l'escalier en colimaçon que tout le monde descend en titubant vers la mort avec une infirmité croissante. Mais il n'a que soixante-quinze ans. Je pense à mon père, qui a à peu près le même âge et qui est fort comme un bœuf. Et à ma grand-mère, qui a largement dépassé les quatre-vingts ans et qui est toujours capable d'attraper des mouches en plein vol entre ses doigts. Heathcote ne peut pas être en train de mourir.

– Il est gravement malade, dit Lily, mais il ne veut rien faire. Il est dans le déni complet. Le médecin lui répète depuis des mois qu'il doit rester actif, mais il passe son temps assis dans sa chambre – et voilà le résultat.

Je n'arrive pas à comprendre. Soit il vit ses derniers instants, soit ça s'arrangera avec un peu d'exercice.

China nous sert un poulet rôti et les deux sœurs se plaignent affectueusement de l'attitude désespérante de Heathcote par rapport à... à peu près tout, semble-t-il. Leur mélange d'amour et de désolation est fascinant pour moi. J'ai devant moi la réponse à la petite énigme coupable que j'entretiens dans ma tête depuis aussi loin que remontent mes souvenirs. À quoi aurait ressemblé ma vie si Heathcote était resté pour être mon père ? J'ai souvent pensé que ça aurait été un peu comme d'avoir été élevé par Fagin, dans *Oliver Twist*. Il m'aurait appris à faire les poches des passants avec un défilé infini de mouchoirs de soie et la vie aurait été une joyeuse farandole de crimes. Ou bien il aurait été comme Merlin, révélant les mystères de l'alchimie et du vol dans les airs. Ou Sirius Black, le sorcier fou et criminel échappé de prison pour protéger son filleul orphelin. Une partie de moi se raccroche encore à l'idée d'un vieil homme espiègle doté d'un charme et d'une sagesse surnaturelles.

À ma grande surprise, je découvre que la vie en tant qu'enfant de Heathcote n'était pas faite que de magie et de malice. À travers les yeux de China et Lily, j'ai un aperçu de la réalité d'avoir eu comme père un homme aussi instable mentalement. Heathcote ivre emboutissant une camionnette de poissonnier avec une de ses filles à côté de lui et riant comme un possédé tandis que des maquereaux argentés s'envolent de leurs boîtes; être réveillées le soir de Noël par un tremblement de terre et trouver Heathcote dans la cave en train de fracasser un mur porteur à la masse pour essayer d'entrer dans une pièce imaginaire; le soulagement lorsqu'on l'a enfermé dans un lointain hôpital psychiatrique qu'on ne pouvait rejoindre qu'en bus une fois par semaine. Même le choucas semble avoir recelé son lot de mauvaises surprises.

– Je détestais ce sale piaf, dit Lily. Il m'attaquait chaque fois que je passais le voir.

Apparemment, personne n'a rien d'autre à dire sur Jack Daw. Je repense à toutes les histoires qu'on m'a racontées au fil des années sur Heathcote, l'anarchiste excentrique. Ces histoires – Heathcote ivre qui vole une voiture devant le commissariat de Notting Hill Gate, qui s'immole par le feu ou qui fauche le dîner de Noël chez Harrods – me l'avaient toujours rendu plus sympathique. Mon père imaginaire n'était pas entravé par les lois qui gouvernent les mortels. Jusqu'à aujourd'hui, je n'ai jamais réfléchi à quel point ce devait être perturbant, à quel point ce devait être contrariant, de grandir sous la férule d'un homme pareil, à la fois si fragile et tellement destructeur.

Avec cette prise de conscience vient un accès de colère inattendu. Pas contre Heathcote, mais contre mes sœurs. Il aurait été pratique, quand j'étais un adolescent paumé, d'avoir quelqu'un avec qui échanger mes impressions, me dis-je en agrippant mon propre verre de vin. Nous aurions pu collaborer au lieu de jouer les uns contre les autres. C'est irrationnel, et parfaitement injuste. Ce n'est pas leur faute si nous ne nous sommes pas rencontrés. Heathcote a veillé scrupuleusement à ce que nos orbites ne se croisent pas.

Ces retrouvailles ne pouvaient pas être simples. Les charmants enfants de China et ses deux chats font retomber une partie de la tension, et je trouve mon amertume diluée par chaque nouvelle gorgée de vin. Mes nouvelles sœurs marchent sur des œufs avec leurs histoires horribles sur Heathcote – surtout devant les enfants –, mais je me doute qu'elles ont traversé des moments bien plus difficiles que moi. Je ne trouve pas en moi le cœur à rester fâché contre elles très longtemps.

Il serait exagéré de dire qu'un seul d'entre nous se sent à l'aise à un quelconque moment de la soirée. Mais à la fin du repas, il est indéniable que quelque chose a commencé à se former entre nous. Pas de la confiance, ni de l'amour, mais une mission partagée entre China et Lily pour laquelle je suis à mon tour recruté : aider Heathcote. Juste avant mon départ, China me touche le coude.

– Tu devrais aller le voir si tu peux, dit-elle. Vraiment, tu devrais.

À l'étage du bus à impériale qui me ramène chez moi je réfléchis à l'exhortation de China tandis que la ville défile dans une nébuleuse déprimante. Toute ma colère envers Heathcote a fini aux oubliettes maintenant qu'il est si dangereusement mal en point. J'aimerais l'aider, si c'est possible. Mais que puis-je faire ? Et si, me murmure une petite voix blessée, il refusait de me voir ?

Le lendemain matin, je suis réveillé par un familier : "Allez ! Trump !"

Je souris. J'ai pensé toute la nuit à la suggestion de China d'aller voir Heathcote. Il m'est difficile d'imaginer ce que je pourrais lui offrir, à part de la culpabilité, mais maintenant je crois que je sais.

Après avoir mis dehors l'oiseau et son affreux petit-déjeuner, je m'assieds pour écrire, raconte à Heathcote que j'ai enfin rencontré mes sœurs et qu'elles m'ont appris qu'il allait mal.

– Je pourrais venir te rendre visite, si tu le souhaites ? écris-je. Je pourrais peut-être aussi emmener la pie, si ça pouvait te remonter le moral ?

Je pense à la pie qui *trumpette* dans sa cuisine crasseuse et attrape des mouches au vol, apportant un éclair de couleur et de vie dans le monde agonisant du vieil homme. Nous n'aurons pas à aborder d'autre sujet que les oiseaux, s'il n'en a pas envie. Toute la pression serait envolée.

La réponse de Heathcote arrive par e-mail quelques jours plus tard.

> Merci pour cette carte épatante et pour ton inquiétude. Oui, petit pépin quand je lisais une diatribe anti-Trump dans un hangar glacial. L'hôpital John Radcliffe m'a rechargé les batteries et m'a fait passer le contrôle technique. Me revoici d'aplomb. Hélas, il y a un affreux chat sauvage ici, donc les oiseaux sont contre-indiqués. Viens en été, quand il fera moins humide et moche, bises, H.

"Un petit pépin ?" je marmonne.

– Content de lire que tu vas un peu mieux, réponds-je. Je serais heureux de venir te voir quand tu voudras. On pourrait aller se promener à Jericho un de ces jours – ou prendre un taxi pour n'importe quel endroit qui te plaît – si ça peut te faire du bien ?

Silence radio. Je suis dupé une fois de plus. Une semaine à l'hôpital n'est pas un pépin et me dire de venir en été est simplement un moyen lâche de me dire de ne pas venir du tout. Mais je me laisse persuader. C'est une histoire séduisante qu'il me vend. Il ne se meurt pas, il n'est même pas vraiment malade. Il est plus spirituel et vivant que jamais, il attend simplement le retour du soleil pour que nous puissions boire un thé dans son jardin et parler d'oiseaux.

25

Ça commence par un sifflement. L'espace d'une seconde, je crois qu'un chat est entré et se prépare à la guerre. C'est le même bruit : un sifflement furieux qui vient du fond de la gorge, poil hérissé, crocs sortis. Si c'est un chat, il va être expulsé à travers la fenêtre par la peau du cou. Une seule morsure suffit à zigouiller un oiseau ; même s'il échappe aux mâchoires du félin, les bactéries finiront le travail. Mais il n'y a pas de chat à la ferme ce week-end. Le gros Norman, le british shorthair corpulent de ma petite sœur, a été envoyé chez des amis. En fait, il s'avère que c'est l'oiseau qui est la source de ce chahut – et il semble que ce soit mon père qui ait inspiré ce chant féroce.

Benzene est juché sur le réfrigérateur, où il a passé beaucoup de temps lors de ce séjour. C'est le poste d'observation idéal, un nid-de-pie d'où il peut observer les allées et venues de la maisonnée. Il a passé l'essentiel de la matinée à farfouiller là-haut au milieu des flacons de vitamines, ne descendant qu'à l'occasion pour picorer les doigts de ma mère qui essaie de lire son journal ou pour attraper un bout de toast sur une assiette ; aussi indépendant qu'à l'ordinaire.

Mais quand mon père le provoque en jetant un œil dans le frigo, Benzene est transformé. Il siffle comme une oie et agite le bout de ses ailes d'une manière curieusement aguicheuse. Mon père a l'air perplexe.

– Qu'est-ce qu'il veut ? demande-t-il.

Benzene, frustré, se met à tourner en rond, puis il détale à l'arrière du frigo pour récupérer un trésor précieux, un ressort argenté provenant d'une horloge cassée. Il le brandit au-dessus de la tête de mon père et l'agite de la manière la plus enjôleuse possible tout en poussant des cris stridents, puis il se retire dans l'espace poussiéreux au-dessus du frigo, essayant clairement de l'attirer par là.

– Je crois que ça signifie que j'ai de la concurrence, dit ma mère.

Le printemps s'est bel et bien installé à la ferme. Dans les bois, les premières jacinthes sauvages lancent des pousses en éclaireuses à travers le paillis frétillant. Les crocus ont surgi miraculeusement du sol et se font arracher la tête par les écureuils. Des fleurs pâles se sont déposées sur les pointes cassantes des prunelliers comme une poussière de cendres sur de la roche volcanique. Et dans la cuisine, une pie énamourée essaie désespérément de séduire mon père septuagénaire.

Le chant-sifflement reprend chaque fois que mon père passe devant le frigo. Nous ne savons pas exactement ce que l'oiseau attend de lui, et nous nous relayons pour tenter d'apaiser cette insatiable divinité domestique. Une lamelle de bœuf, un ver de farine, une mouche morte, un radis : tous sont repoussés. Ma mère, qui pour des raisons connues d'elle seule essaie d'enseigner à la pie le secret du feu, va jusqu'à lui tendre une allumette enflammée. L'allumette est jetée à son tour derrière le frigo, ce qui provoque un frisson d'inquiétude. C'est Yana qui finit par découvrir le fin mot de l'histoire.

– Je crois qu'il veut que tu construises un nid avec lui, dit-elle. Essaie de lui donner un bâton.

Dans la nature, les pies ont tendance à construire leur nid là où les branches se rencontrent tout en haut des grands arbres, ou, à défaut, au milieu de buissons d'aubépine ou de houx. En milieu urbain, elles font volontiers usage de structures artificielles : on a observé des nids sur des pylônes électriques, des poteaux télégraphiques, des grues, des postes d'aiguillage, et même à l'intérieur d'usines. Les pies utilisent l'aura menaçante de l'homme à leur avantage : en zones rurales, on les a vues construire le nid tout près d'habitations humaines, là où les corneilles dévoreuses d'oisillons n'osent pas s'aventurer. Mais un nid perché sur un frigo, ce doit être une première.

Mon père – toujours serviable – ouvre la fenêtre et casse une tige séchée de la vigne qui grimpe sur le mur extérieur. Quand il s'avance, Benzene feule, bat des ailes et finit par laisser échapper un long couinement perçant, le bec grand ouvert, enchanté que quelqu'un l'ait enfin compris. Il attrape la tige et commence à déblayer l'espace autour de lui pour son projet de chantier. De vieux tubes de crème solaire pleins de toiles d'araignée et des flacons d'huile de foie de morue valsent par terre tandis qu'il pose ses fondations. Ou bien qu'*elle* pose ses fondations ? Notre hypothèse selon laquelle Benzene est un mâle semble avoir pris du plomb dans l'aile.

– J'ai toujours trouvé qu'il avait des yeux féminins, dit ma mère.

Comment sait-il – ou elle – quoi faire ? Pour d'autres compétences d'oiseau, comme apprendre à voler ou chercher de la nourriture, il a eu besoin de notre aide. Là, c'est de l'instinct pur. Il a dû naître avec le mode d'emploi glissé dans un coin de son insondable cerveau aviaire. Quelque chose dans l'air – le printemps, les phéromones de mon père ou les deux – l'a poussé à l'ouvrir.

N'ayant eu jusque-là qu'un intérêt passager pour les bâtons, principalement les baguettes quand nous essayons de manger chinois, Benzene développe désormais une véritable passion. Il crie des instructions rauques et nous courons tous chercher des matériaux de construction, revenant avec des pailles en carton, des brochettes, des allumettes, des cuillères en bois et des mikados. Seule Yana a le réflexe d'aller dehors pour ramasser de vraies brindilles.

Tout ce que mon père propose à Benzene est reçu avec un bec béant de gratitude. Avec le reste d'entre nous, il se montre plus circonspect. Yana lui tend une brindille en offrande, qu'il retourne dans son bec, soupèse selon un mystérieux système d'évaluation. Pas assez bien, décrète-t-il, et il le crache de côté. Ma mère s'y essaie, et elle est pareillement rejetée. "Ce n'est pas une pie, c'est une groupie", se plaint-elle. Ça devient une compétition. Qui peut passer le test de l'oiseau ? Il semble privilégier les bâtonnets longs et fins, mais ce n'est pas non plus une garantie de succès. Ma petite sœur ne reçoit que des claquements de bec furieux en réponse à ses efforts, et elle file dans sa chambre, furibonde. Ma mère s'en sort un peu mieux. Il devient vite manifeste que Benzene préfère que son matériau lui soit fourni par des hommes, mais comment est-il (ou elle) capable de déterminer notre genre alors que nous avons eu tant de mal avec le sien, cela dépasse mon entendement. Je me rassieds et observe cette étrange communion entre pie et homme tandis que mon père lui tend en silence un bâton après l'autre.

La pie est largement en avance sur moi en matière d'instinct de procréation. Je suis toujours pétri de craintes, à la fois normales et pathologiques. Mais je commence doucement à prendre conscience d'une chose que j'avais sous les yeux depuis le début. Je suis obsédé par l'idée du sang corrompu ; j'ai peur d'être destiné à suivre les traces de mon père biologique ; d'être défectueux par nature, comme la pie du folklore née avec une goutte de sang du diable sous la langue. Et si, au contraire, la personne qui nous a élevé était plus importante que celle qui nous a créé ? Mon père passe un nouveau bout de bois à la pie. Toujours calme, toujours là, toujours prêt à aider. Ni un homme parfait ni un père parfait, mais tout de même au-dessus du lot. C'est clairement ce que pense l'oiseau : il caquète et gazouille et n'est pas gêné par l'incongruité qu'il peut y avoir à bâtir son nid dans une cuisine avec un humain grisonnant. Si même un oiseau peut adapter sa nature – et l'adapter si drastiquement –, pourquoi ne le pourrais-je pas moi-même ?

Malgré tout, force est de reconnaître que les frigos font de piètres emplacements pour un nid. Ils sont beaucoup trop lisses. Et la méthodologie de l'oiseau est difficile à comprendre. Il éparpille au moins autant qu'il assemble, tant ses tentatives de plier des brindilles sur la surface réfractaire du frigo sont hasardeuses. Au bout d'un moment, et après moult cris, il réussit à former un cercle approximatif. Et voilà. Fini pour la journée. Il bondit en bas du frigo et reprend ses affaires habituelles deux fois plus vite qu'à l'ordinaire, comme pour rattraper le temps perdu. Il y a une pile de papiers soigneusement ordonnés sur la table qu'il doit urgemment inspecter. Une composition florale qu'il doit dépouiller séance tenante. Ça fait un bail que personne n'a picoré l'anus du chien. Et quid de toutes ces mouches ?

Il est toujours difficile de nous arracher à la ferme. Encore plus maintenant que la pie a décidé d'y faire son nid. Mais laisser une créature au comportement potentiellement territorial et agressif sur le frigo dans la pièce la plus fréquentée de la maison ne serait un cadeau pour personne. Quand il est temps de partir, je recueille délicatement Benzene entre mes mains et Yana embarque son nid squelettique dans un sac. Les échecs de nidification font partie des aléas de la vie quand on est un oiseau et j'espère qu'il trouvera la force de reprendre son ouvrage dans un autre emplacement, comme le font ses homologues sauvages quand leur arbre tombe ou qu'ils sont poussés dehors par les corneilles.

De retour en ville, je perds une journée entière dans l'atelier de Yana à construire une réplique en bois du frigo de mes parents. Pour une raison ou une autre, je me suis mis dans la tête que le seul endroit où cette pie-là fera son nid est en haut d'un frigo. Quand je rentre à la maison, Yana est dehors avec Benzene. Elle me dévisage par la fenêtre d'un air atterré tandis que j'exhibe fièrement l'énorme et affreuse boîte en bois que j'ai traînée par la porte. Plein d'enthousiasme, j'articule en silence : "Frigo !" Elle lève les yeux au ciel et me montre une branche au-dessus de sa tête où Benzene est niché telle une perle noire dans un bol de brindilles grossièrement assemblées. Bien sûr, les oiseaux préfèrent les branches aux frigos, me dis-je. Ça tombe sous le sens.

Yana tend le bras et repositionne une longue tige souple tandis que l'oiseau pousse des cris et effectue des ajustements énergiques. Le nid, je m'en aperçois, n'est pas entièrement de conception piesque. Yana n'a pas pu s'empêcher d'apporter de petites améliorations ici et là, ajoutant des tresses et des nœuds qu'aucun n'oiseau – pas même quelqu'un d'aussi futé qu'un corvidé – ne pourrait espérer reproduire. La scène me fait sourire. Je n'oserais jamais dire à un oiseau comment construire son nid, mais Yana n'a pas ce genre de réserve. Je laisse ma boîte inutile par terre et passe par la fenêtre pour rejoindre le monde de la pie.

– Ça signifie que c'est clairement une femelle, dit Yana alors que je passe un nouveau bâton à l'oiseau. Dans la nature, tout ce que font les mâles, c'est apporter des matériaux pour le nid. Les femelles sont les architectes et les décoratrices.

Je détecte une note de fierté dans sa voix. Jusqu'ici, j'étais le seul à me projeter sur l'oiseau, à m'identifier à lui à un point très vraisemblablement malsain : l'oiseau comme rejeton abandonné, adopté, prisonnier, entité paranoïaque. Maintenant que c'est une bâtisseuse et une mère en puissance, c'est au tour de Yana de voir son reflet dans les yeux noirs de la pie.

– C'est triste de penser qu'elle n'aura sans doute pas la chance d'avoir des petits, dit Yana.

Je marmonne mon assentiment. Voilà en substance la teneur de nos conversations sur la possibilité d'avoir des enfants à nous ces temps-ci. Yana me tend une branche et je me ratatine en silence. Je la soupçonne de penser que j'ai accepté de commencer à essayer cet été uniquement pour ne plus avoir à en parler – et elle n'a pas entièrement tort. Mais, à ma manière, je fais la part des choses de mon côté. Le nid de la pie est une idée de la famille aussi imprécise et foutraque que la mienne ; une idée expérimentale maintenue dans un équilibre précaire par de frêles brindilles et de la bave d'oiseau.

26

À mesure qu'avril s'épanouit pour laisser place à mai, le nid de pie devant notre cuisine devient de plus en plus dense et complexe. Benzene prend ce qu'elle trouve : des pailles, des touillettes de café et des baguettes chinoises dépassent dans des angles étranges de l'entrelacs de brindilles et de mousse qui forme un ziggourat approximatif. Elle est, comme je le redoutais, devenue farouchement protectrice de son territoire, et semble convaincue que son domaine personnel n'englobe pas seulement sa volière, mais aussi notre cuisine et notre salon. Les hommes sont les seules créatures qui peuvent évoluer librement dans le royaume de la pie ; nombre d'entre eux, d'ailleurs, sont activement amadoués. Benzene cherche à séduire nos amis mâles de passage en agitant la queue et le bout de ses ailes pour les entraîner jusqu'à son nid, où elle fait de son mieux pour les conquérir avec un appât à humain : un vieux billet de train, une clé volée ou un bout de papier alu ; des objets dont les pies pensent manifestement que nous raffolons.

Les femmes ont moins ses faveurs. Benzene les chasse de son espace aérien avec un niveau de virulence que je ne croyais pas possible chez une créature qui pèse moins qu'une balle de cricket. La dernière amie à avoir essayé de poser le pied dans notre cuisine au printemps, une artiste au visage arrondi un peu délicate, est partie en poussant des hurlements, avec une pie meurtrière suspendue à sa frange et essayant de marteau-piquer ses doux yeux noisette à travers ses doigts. L'oiseau consent à quelques exceptions notables. Yana, ses sœurs, ma mère et ma grand-mère sont heureusement encore considérées comme des membres de la famille – mais toutes les autres femmes, aux yeux de la pie, sont *persona non grata*.

Dehors, les corneilles et les pies qui fréquentent les jardins de notre rue livrent bataille avec une égale ferveur. La mangeoire à échelle de corvidé que j'ai érigée est devenue une zone farouchement contestée, étant à la charnière entre deux territoires en guerre. Le couple de corneilles qui a construit son nid tout en haut d'un érable sycomore la considèrent clairement, ainsi que les bouts de viande, de pain et d'œuf qui apparaissent miraculeusement dessus la plupart des matins, comme leur garde-manger privatif. Les pies sauvages, qui nichent quelque part hors de vue à quelques jardins de là, estiment que le monde est une salle au trésor commune dont tous peuvent bénéficier. Chaque fois que je pose de la nourriture dehors, elles déboulent tels des braqueurs de banque en mobylette pour s'approprier la plus grande part possible du butin. Elles disposent généralement de cinq à dix secondes avant que la longue griffe de la loi fonde sur elles dans un piqué vengeur, et toute la troupe s'égaille alors dans les buissons de sureaux du jardin derrière le nôtre, les queues scintillantes des pies juste hors de portée des coups de bec des corneilles.

L'an dernier à la même époque, Benzene était un œuf dans le nid d'un couple d'oiseaux sans foi ni loi, comme ceux-là ; puis un oisillon nourri de restes volés ; puis, pour des raisons inconnues, elle a été jetée par-dessus bord. Sans la sœur de Yana qui l'a recueillie, elle ne serait pas en vie. Et sans Yana qui l'a ramenée à moi, ma vie serait tout à fait différente. M'occuper de cette créature pendant l'année qui vient de s'écouler m'a fait sortir de moi-même, m'a fait voir que l'inconnu ne recèle pas que des catastrophes ; on y trouve aussi de la beauté. Ces jours-ci, quand je quitte la maison, je m'aperçois que je regarde de moins en moins par-dessous mon épaule et de plus en plus en haut des arbres. Bien sûr, être réglé sur la fréquence des pies génère de nouvelles formes de stress. Chaque fois que j'entends un de leur cri de crécelle quand elles sont en alerte, mon cœur tambourine. Mais au moins je m'inquiète pour quelque chose qui n'est pas moi. Tout cela, je décide, appelle une célébration.

Yana refuse de prendre part à l'organisation d'un anniversaire d'oiseau. Elle est beaucoup trop occupée – et bien trop digne – pour se livrer à quelque chose d'aussi frivole. Quant à moi, mon travail tourne au ralenti et j'ai très peu de dignité à préserver, si bien que je m'y attelle à corps perdu. Benzene n'est pas un individu difficile à satisfaire. Ses goûts médiévaux sont assez simples. Elle aime la musique, elle aime les hommes, et elle aime consommer de petits animaux encore vivants. Je lui prépare un peu de tout ça, en commandant une boîte de ses vers de cire préférés et en plaçant des mouches bleues brillantes et des scarabées d'un noir luisant dans de la gélatine transparente pour créer une friandise pour oiseau qui est à la fois curieusement belle et parfaitement repoussante.

Le jour J, la pie délaisse son nid et se perche joyeusement sur le dossier d'une chaise, caquetant tandis que nous chantons "joyeux anniversaire". Je souffle la bougie pour elle et elle plonge affreusement son bec dans la gelée, projetant des mouches et des bouts de gélatine sur toute la table. Mon père joue une chanson pour elle ; ma petite sœur lit un poème ; un ami de la famille, un vénérable professeur de littérature du nom de John, fournit malgré lui le sex-appeal. Cet homme de lettres plutôt réservé est trop poli pour réagir autrement qu'en citant Shakespeare lorsque Benzene dépose amoureusement ses mouches et ses scarabées d'anniversaire dans sa manche et tire l'ourlet de son pantalon vers son nid avec insistance.

Pour les non-entomophages parmi nous, ma grand-mère et moi préparons un plat chinois et, pendant le repas, elle nous fait passer une photo sortie des tiroirs où elle pose avec le moineau qu'elle a essayé de sauver lors de la campagne contre les oiseaux. J'ai toujours cru que ce sauvetage avait été un succès, que l'oiseau avait repris son envol – mais non, il est mort, et bien que soixante ans aient passé, ma grand-mère a toujours l'air affectée. Peut-être pour cette raison, Benzene lui accorde ses faveurs à elle seule parmi toutes les femmes présentes, venant se lover dans le creux de son bras et réclamant les bouts de porc croustillants au bout de ses baguettes. La seule attention que reçoit ma mère de la part de l'oiseau est un pincement féroce en punition de lui avoir refusé une cigarette. Et quand Sarah, la femme de John, commet l'erreur de toucher amoureusement la joue de son mari, Benzene fond sur elle comme une calamité et arrache ses lentilles de contact avec une précision chirurgicale. Un coup de semonce interespèces a été tiré.

Si l'on fait abstraction de ma mère, qui se frotte le dos de la main et fusille la pie du regard, et de Sarah, accroupie le visage livide derrière ma grand-mère avec une paire de lunettes de piscine, et peut-être aussi de John, qui essaie discrètement de retirer une infâme bouillie de gélatine et de fragments d'insectes de sa manche avec une petite cuillère, c'est un joyeux tableau de famille. Le soleil d'après-midi ruisselle sur les toits, la queue de l'oiseau est une baguette magique d'émeraude et d'or tissant des charmes dans l'air. Le visage de Sarah reprend des couleurs et elle pardonne même suffisamment à l'oiseau pour prendre une photo de ses écailles brillantes. Ma mère lui offre à contrecœur sa cigarette pas encore allumée.

Alors qu'une seule pie est censée porter malheur, c'est le contraire qui s'est produit. Cet oiseau, avec son bec perpétuellement inquisiteur, a dévoilé un trésor oublié.

Je ne cesse de repenser à la dernière conversation que j'ai eue avec Yana sur les enfants. Quid du bruit, du désordre, des dépenses, des désagréments ? Elle a désigné la pie. Quand je pense à la vie sans cette créature bruyante et bordélique, est-ce le coût des asticots qui me vient à l'esprit en premier ? Je dois reconnaître que non. Avec elle, c'est le positif qui reste. La première fois qu'elle a parlé. La première fois qu'elle a sauté dans mon bain et éclaboussé partout sur ma poitrine. La fois où elle a secrètement rempli une génoise de mouches estropiées avant de regarder ma petite sœur la manger. Le moment que nous sommes en train de vivre.

27

Peu après l'anniversaire de Benzene, Yana part un mois à New York pour le travail, ce qui me laisse seul avec l'oiseau. Le début de la deuxième année de Benzene est un miroir de la première. J'ouvre en grand la fenêtre de la cuisine, m'attendant à la voir débouler éperdue de reconnaissance, mais elle se contente de couiner des ordres pour que je vienne la nourrir dans son nid comme un bon partenaire est censé le faire. Elle ne veut même pas rentrer pour la nuit. Elle reste tapie dans l'obscurité à surveiller ce qu'elle a construit.

Lorsque je poste une photo de sa construction sur le forum des corbeaux, les experts nous félicitent tous les deux. Un nid est apparemment le signe d'un oiseau véritablement heureux. La pie pourrait même pondre un œuf, me disent-ils. Elle n'en fait rien. Elle continue simplement à entasser des bouts de bois et à essayer d'attirer les hommes de passage sur sa branche.

Nous continuons comme ça un bon moment. Elle essaie de me former au rôle de pie mâle et je suis ses instructions autant que me le permet ma condition d'humain. Tous les matins, le soleil se lève à travers les nouvelles feuilles d'érable et de sureau. Ses rayons s'infiltrent comme les vrilles d'une vigne à travers les interstices du nid de l'oiseau, ajoutant un éclat verdoyant à sa queue lustrée. Je lui donne des vers et des morceaux de viande tandis qu'elle reste assise en silence dans l'attente d'un œuf. Elle se lisse les plumes et arrange ses coussins de mousse dans des configurations encore plus confortables.

Et puis, un matin, je remarque qu'elle commence à détruire plus qu'elle ne crée. La même énergie frénétique qu'elle a appliquée à son travail de construction est maintenant dirigée vers la démolition. Chaque journée apporte son nouvel acte de vandalisme. Des mottes de mousse sont jetées par terre. Des tiges arrachées à la structure pendent comme des tendons déchirés. J'essaie de l'arrêter, ou au moins de réparer ce qu'elle détruit, mais dès que je renforce un mur, elle se met à en abattre un autre. Comme si j'essayais de construire un barrage sur une rivière avec des poignées de sable.

Un des experts ès corvidés avec qui je corresponds me rassure, c'est un comportement parfaitement normal. Elle est encore jeune, dit-il. Elle y arrivera l'an prochain. Mais il est difficile de ne pas y voir un mauvais présage. Surtout quand une tragédie semble aussi avoir affecté les corneilles de l'érable au-dessus. Leur nid abandonné est aussi déchiqueté que celui de la pie. Pas évident d'expliquer à Yana dans notre conversation Skype saccadée pourquoi je trouve tout cela si perturbant, sinon que ces éléments s'inscrivent dans l'angoisse plus large que la situation soit en train de m'échapper.

En arrière-plan, une catastrophe humaine se profile. Dans le temps qu'il a fallu à l'oiseau pour bâtir et détruire son nid, Heathcote s'est discrètement effrité. Il ne l'admet pas auprès de moi, bien sûr. Ses e-mails sont plus enjoués et dénués d'informations émotionnelles que jamais. À en croire sa version de la réalité, il a dû passer à l'hôpital une ou deux fois pour un petit rafistolage, mais rien de grave. La vraie grande nouvelle, c'est qu'une compagnie radicale monte une courte pièce de théâtre qu'il a écrite sur les squats et qu'il m'exhorte à aller voir, et qu'une autre de ses pièces, sur le pouvoir du chant, est montée au Brighton Dome. Celle-là aussi, il faut que j'aille la voir, m'écrit-il, m'obligeant à accepter des billets gratuits. La seule fois où il avoue se sentir "un peu faible" est quand je lui demande si je vais le revoir bientôt. Malgré ses e-mails badins, j'ai l'impression que son temps est compté. Il n'arrête pas de repousser. "Le plus tard serait le mieux, m'écrit-il. Quand j'aurai repris des forces."

Mes sœurs, qui se sont adoucies depuis ce dîner tendu à la fin de l'hiver, maintiennent un dialogue parallèle. Dans leur monde à elles, Heathcote se raccroche à la vie du bout des doigts. Il a été emmené deux fois à l'hôpital en urgence. Il a subi un pontage qui n'allait pas sans risque. Il est possible qu'il doive se faire amputer d'une ou deux jambes. Son pontage fuit et il a besoin d'une nouvelle opération tout aussi risquée. Il est, me dit China, de plus en plus fragile. Vers la fin du mois de mai, elle insiste pour que j'aille lui rendre visite – et le plus tôt serait le mieux.

Le nid de la pie est désormais en lambeaux : quelques bouts de bois cassés qui pendent dans des angles tristes. Benzene semble avoir complètement oublié son existence. Elle tape à la fenêtre de la cuisine pour reprendre son orbite habituelle autour de ma tête. Je la fais entrer et nous chassons ensemble les mouches qu'elle cultive dans le salon. Je ne sais pas si son programme d'élevage de mouches est intentionnel ou pas, mais les résultats de sa stratégie consistant à cacher des bouts de viande dans la maison et de les laisser pourrir sont probants. Ce jour de début d'été vibre de chaleur et de vrombissements d'insectes ; une demi-douzaine de mouches récemment écloses foncent tête baissée dans le carreau de la fenêtre. En les voyant, la pie se déplace avidement vers le bord de ma main. Elle connaît le topo. Tel un chasseur de gibier s'enfonçant dans la forêt à dos d'éléphant, elle m'utilise comme une sorte de plateforme mobile pour tuer, m'exhortant à élever ou baisser la main derrière les mouches qui tentent désespérément de se fondre dans le verre. Le treillage de leurs ailes dépasse de son bec comme dans un dessin animé un instant avant qu'elle les gobe tout entières.

Les mouches me font souvent penser à cette rencontre désastreuse avec Heathcote, quand je me suis pointé chez lui en quête de réponses et que je suis parti en me sentant aussi vide et inutile que sa machine à attraper les mouches en douceur. Notre relation a changé depuis lors. Nous en avons une, au moins, même si elle est distante et relativement malhonnête. J'ai changé, moi aussi, mais je ne suis pas sûr que ce soit le cas de Heathcote. Je suis à peu près certain de ce qui se passera si je lui propose de venir lui rendre visite. Alors je décide de ne pas essayer. Je vais y aller, point. Ce n'est sans doute pas ce qu'il souhaite mais peut-être, maintenant que son corps s'effiloche, que c'est ce dont il a besoin. Quand China m'apprend qu'elle va faire la route jusqu'à Oxford pour le voir, je demande à l'accompagner. Je ne sais pas si c'est davantage pour lui ou pour moi, mais il faut que je le voie avant qu'il s'éteigne complètement.

28

À mesure que les jours s'allongent, la contribution discordante de la pie au concert matinal arrive de plus en plus tôt. Elle me tire du lit en réclamant son petit-déjeuner avec son chant courroucé à six heures du matin, puis cinq, et puis mon esprit endormi se met à incorporer naturellement les caquètements de l'oiseau dans mes rêves. Alors que la cacophonie de Benzene résonne entre les murs, j'enfonce un oreiller sur ma tête et marmonne une phrase où il est question d'attraper des corvidés dans des filets à papillons. C'est le moyen qu'a trouvé mon cerveau d'activer le rappel d'alarme sur le réveil de la pie. Elle hurle encore quelques insultes à travers la porte, puis elle part s'affairer dans la maison. Brosse à dents dans les toilettes. Fiente sur le bureau. Orchidées en morceaux. Bouchée de bagel becquetée à travers la cellophane. Je me réveille tard, les yeux collés, et je remonte la piste de destruction au rez-de-chaussée, où je la trouve en train de ruminer tranquillement sur sa branche devant la fenêtre ouverte de la cuisine. Je brouille rapidement un œuf, avec les coquilles écrasées et tout ce qu'il faut, et je le sers dans un bol avec un pilon de poulet et une poignée de vers de farine. Pas le temps pour mon propre petit-déjeuner aujourd'hui. Je vérifie une dernière fois que la pie a tout ce qui lui faut pour la journée, puis je pars en courant vers la station de métro.

Il n'est que neuf heures, mais la température grimpe déjà à l'heure où j'arrive devant l'appartement de Lily, et mon dos ruisselle de sueur. Mes deux sœurs sont déjà là et m'attendent dans la rue à côté du monospace rouge cabossé de China. Je pantèle une excuse et nous voilà partis. Avec la radio allumée, du sable séché au plancher, le cendrier qui ne ferme plus et le macadam qui oscille sous l'effet de la chaleur, j'ai la drôle d'impression d'embarquer pour des vacances en famille. Les Cornouailles ou le sud de la France pourraient être des destinations aussi probables qu'un hôpital à Oxford. Sauf que la famille avec laquelle je me trouve, ces deux sœurs, sont des quasi-étrangères. L'homme que nous allons voir – notre père – est sans doute autant un étranger pour moi. Tandis que je regarde défiler les rues de l'ouest de Londres, je me demande qui je connais le moins. Heathcote vit et respire dans ma tête depuis toujours, une sorte d'épouvantail animé construit à partir d'anecdotes de seconde main et de rencontres volées. China et Lily n'ont jamais été que des noms pour moi et, à part les petites histoires que je m'inventais à leur sujet, elles entrent dans ma vie comme des pages entièrement blanches – ce qui me permettra peut-être de les connaître en tant que vraies personnes, comme ça n'a jamais été le cas avec Heathcote.

China engage sa voiture sur la Westway, l'artère congestionnée qui jaillit de Londres vers Oxford. J'ai encore tant de questions à leur poser à toutes les deux – sur leur enfance, sur leur quotidien avec Heathcote, sur notre relation actuelle –, mais le moment ne me semble toujours pas propice. Elles comblent le silence avec le même mélange de tendresse et d'exaspération que j'ai remarqué la première fois que je les ai rencontrées toutes les deux. Heathcote refuse d'écouter le médecin, n'apprend pas de ses erreurs, est infichu de changer.

– Est-ce qu'il sait que nous venons tous les trois ? je pense soudain à demander.

– Je lui ai dit qu'on se connaissait tous et qu'on venait le voir, répond Lily à l'arrière. Il a pleuré.

– Pleuré… en bien ?

Son visage se tord dans une grimace.

Le service où a été admis Heathcote est situé au sixième étage de l'hôpital John Radcliffe. Par les fenêtres, on voit les plaines de l'Oxfordshire se fondre dans l'horizon. La chaleur est montée d'un cran – cette journée est une des plus chaudes jamais enregistrées pour un mois de mai – et le paysage paraît volatile. Dans les champs, d'énormes engins agricoles labourent la terre, soulevant d'immenses nuages de poussière. Des milans royaux montent et descendent au gré des courants thermiques, fondant sur les terres de l'hôpital pour attraper des pigeons éblouis par le soleil qui boivent aux tuyaux d'écoulement.

Heathcote est calé bien droit sur une chaise bleue en plastique moulé à côté de son lit, près de la salle des infirmières. Il porte sa sempiternelle chemise noire qui ressemble à un vieux sac. Elle est maculée de crasse et couverte de pellicules, mais sinon il n'a pas l'air en si mauvais état pour un mourant. Ses cheveux, même à soixante-quinze ans, forment une épaisse tignasse au-dessus de sa tête, d'un gris acier austère au lieu des longues boucles noires chaotiques de sa jeunesse, le Heathcote de mon imagination. Derrière ses lunettes de vue, il a les yeux d'une de ces tortues centenaires des Galápagos : vénérables, sages et souriants.

– Bonjour, papa, disent China et Lily.

– Bonjour, Heathcote, dis-je.

China et Lily se penchent toutes les deux pour l'embrasser sur la joue et je les imite, effleurant des lèvres sa peau parcheminée. Heathcote semble agréablement surpris. C'est, m'aperçois-je, une première. Je ne le sais pas encore, mais cette journée sera celle des premières.

Si la confrontation avec tous ses enfants réunis le réconforte, le terrifie ou le fait trembler de culpabilité pour avoir été un père lamentable, Heathcote n'en laisse rien paraître. Il n'émet aucun commentaire sur la situation. China et Lily dirigent habilement la conversation, ce qui fait retomber une bonne partie de la tension. Avec elles comme tampon entre nous deux, notre relation semble plus simple qu'elle ne l'a jamais été.

Heathcote n'a pas vraiment envie de parler de sa santé. Le travail semble être tout ce qui l'intéresse. Le moindre recoin de la chambre est encombré de piles de journaux, de livres cartonnés, de carnets à reliure de cuir et de poèmes annotés de sa calligraphie inimitable. Il évoque sa pièce au Brighton Dome, me raconte comment elle mêle le chant des oiseaux à la vibration éternelle de l'univers. Il demande à China si elle peut récupérer de la documentation chez lui. Il écrit un nouveau poème épique – *The Red Dagger* (La Dague rouge) –, une épopée en forme de célébration de la rébellion, depuis la révolte des paysans de 1381 jusqu'à l'époque moderne. Au moins, me dis-je, il est cohérent : naissance ou mort, peu importe, le travail passe toujours avant tout. C'est sa vie ; ou sa manière d'éviter la vie.

Heathcote a toujours recours à son vieux sac à malice, au propre comme au figuré. Une petite pochette usée bleu marine est posée au sommet d'une de ses piles de livres. Tandis qu'il bavarde avec China, je la prends machinalement et défais le fermoir : de grosses pièces brillantes aimantée en tombent, un des innombrables tours de magie de Heathcote. Sans que je sache pourquoi, le fait que je touche ces pièces le met aussitôt en détresse.

– Attention avec ça, s'écrie-t-il sèchement, une note de panique dans la voix. Elles coûtent cher.

Je les repose soigneusement et Heathcote est immédiatement pris de remords.

– Désolé, marmonne-t-il. C'est juste que j'ai dû économiser mon argent de poche pendant très longtemps pour les acheter.

China et Lily le rabrouent et me regardent en levant les yeux au ciel. Mais, à partir de là, je remarque qu'il a un numéro ou un artifice dans sa manche pour chaque personne du service. Il se souvient du prénom des infirmières et des aides-soignants avec une envolée théâtrale, baragouine une maxime druidique en gallois pour l'infirmière de Cardiff, amuse le technicien qui vient réparer son respirateur avec un petit discours sur les origines de l'oxygène. Tout cela me rappelle les histoires qu'il me racontait quand j'avais douze ans sur la fois où il avait fait usage de sa magie pour charmer un barbier turc qui, croyait-il, allait lui couper la gorge. Maintenant, il joue vraiment sa vie avec ses performances. Pas étonnant qu'il n'ait pas aimé que je trifouille ses pièces, ces talismans protecteurs.

Le déjeuner arrive sur un plateau : sandwichs, soupe et gâteau de semoule. Heathcote a une soudaine envie de pisser. Il a tout un attirail de pots de chambre jetables éparpillés parmi ses papiers et il en attrape un sans la moindre gêne. Nous nous levons tous pour lui laisser un peu d'intimité. La médecin veut nous parler dans son bureau, de toute façon. Le service étant en accès libre, je tire le rideau de plastique bleu devant lui au moment de partir, un geste anodin qui manque de le tuer.

Derrière le rideau, il ne peut être vu. Depuis sa chaise, il ne peut pas atteindre l'alarme d'urgence posée sur son lit. Avec ses poumons fatigués et son cerveau engourdi, il ne peut pas crier pour demander de l'aide. C'est le patient du lit d'en face qui repère la flaque de sang – si sombre qu'elle en est presque brune – qui s'écoule sous le rideau tiré.

Nous ignorons tout cela alors que, dans une petite pièce au calme, la médecin nous explique la situation délicate dans laquelle se trouve Heathcote. Il a impérativement besoin d'une opération pour réparer son pontage, mais elle n'est pas sûre que le reste de son corps soit assez solide pour survivre à l'opération. Une infirmière tape à la porte et interrompt notre conversation.

– Pardon, docteur, dit-elle, mais un patient se trouve mal.

La phrase me paraît assez cocasse : qui ne l'est pas ici ? Puis nous entendons "Du sang en urgence pour M. Williams !" et nous nous précipitons dans le couloir.

Le service jusque-là endormi est en pleine éruption. Il en va de même de Heathcote. Il a explosé comme une grenade de peinture. Sa chemise, sa chaise, les draps du lit dans lequel il est maintenant allongé sont tous détrempés. Une petite mare de sang recouvre le sol. Les allées et venues de l'équipe médicale ont laissé des empreintes de pas rouges et collantes et des traces de glissade. Deux infirmières aux avant-bras puissants s'efforcent de contenir le peu de liquide qui reste en lui, en appuyant de toutes leurs forces sur les vaisseaux sanguins de son entrejambe avec des gants en latex violet. Nous sommes promptement écartés.

Difficile de dire combien de temps on nous maintient en orbite, gravitant autour de son lit comme trois lunes. Je dois sortir pleurer plusieurs fois. Dans un bureau vide, où je contemple à travers les vitres curieusement teintées la façade grise déprimante de l'hôpital ; dans les toilettes, les mains cramponnées au lavabo ; dans le couloir, le dos tourné à mes sœurs, où je feins d'examiner une affiche sur la santé et la sécurité, les yeux humides. Les larmes me prennent toujours par surprise. Surtout maintenant, face à cet homme qui a fait si peu pour les mériter.

Heathcote n'est pas mort, pas cette fois, mais sa mine cadavérique est assez effrayante. Ses bras filiformes, ses jambes décharnées, même ses pieds monstrueusement gonflés sont barbouillés de rouge. Le sol est collant quand nous nous approchons du lit.

– Je voulais juste pisser, plaisante-t-il. Pas pisser du sang.

Il n'a de cesse de s'excuser auprès des infirmières pour la pagaille qu'il a semée, de les remercier de maintenir la pression sur ses vaisseaux qui fuient de toute part, mais son charme ne lui permettra pas de s'en tirer ce coup-ci. La spécialiste au pied de son lit nous explique la situation en détail. Si Heathcote n'est pas opéré immédiatement, il mourra ; il existe un risque important que l'opération elle-même le tue ; et même si l'opération est un succès, ce ne sera qu'une solution temporaire.

– Je ne veux pas vous effrayer, dit la spécialiste. Je suis simplement honnête avec vous. Il vous reste sans doute moins d'un an.

– Oh, dit Heathcote.

Tandis qu'ils se préparent à l'emmener, je m'aperçois soudain que ça pourrait être la fin. La dernière fois que je le vois vivant. Si je veux quoi que ce soit – des réponses, un apaisement, une tentative de réconciliation –, j'ai intérêt à me bouger.

– Juste au cas où il se passe quelque chose, lui dis-je, je veux que tu saches que je t'aime.

Je ne suis même pas sûr de le penser. J'espère juste que c'est une phrase réconfortante pour un vieil homme avec un poids sur la conscience. Il est aimé, pardonné, je ne lui voue nulle rancune.

Il lève vers moi des yeux surpris, puis il sourit et m'adresse un clin d'œil.

– Oui, dit-il. Moi aussi je t'… hmmm.

Je secoue la tête, incrédule. C'est un cas désespéré. Malgré tout, il tend la main vers moi tandis qu'on l'emporte sur un brancard en salle d'opération et je la prends. Ses ongles sont sales et ses articulations sont tordues, mais sa peau est douce au toucher. C'est une main compétente. Bien utilisée. Leste. Encore une première, me dis-je ; et peut-être une dernière aussi.

Lily, China et moi sortons dans les jardins de l'hôpital et nous installons sur un bout de gazon pelé à l'ombre d'un châtaigner. China coupe anxieusement un donut en morceaux tandis que nous attendons l'appel. Nous ne parlons pas beaucoup. Je me sens engourdi et distant. L'appel arrive plus tôt que prévu, bien plus tôt. Lily répond. Il est vivant.

29

Les oiseaux sont-ils capables de lire les émotions humaines ? Je soupçonne que oui. J'ai pleuré pendant le plus gros du trajet de retour de l'hôpital : dans le train et dans le métro, en silence, seul. Tout ce sang. Son sang. Mon sang. Qui colle sous les pieds. Heathcote impuissant et vulnérable comme je ne l'ai jamais vu, mais essayant toujours de se raccrocher à un vestige de pouvoir avec sa magie et ses mots. Un pincement de culpabilité derrière les larmes aussi : peut-être que c'est nous qui l'avons fait exploser comme ça. En le mettant sous pression. Je pense aux coccinelles et au liquide jaune nauséabond qu'elles exsudent quand elles se sentent prises au piège. Ce n'est pas de l'urine, c'est du sang qui jaillit : un saignement réflexe, l'ultime défense.

Benzene m'attend de pied ferme quand je rentre chez moi. Pauvre créature. Elle déteste être dehors à la nuit tombée. Plutôt que de se percher sur une branche comme un oiseau normal, ou de se réfugier dans la boîte que je lui ai construite, elle est sur le rebord de la fenêtre et attend qu'on lui ouvre. D'ordinaire, elle s'envole sur son perchoir d'un air indigné sans même couiner un bonjour si on la laisse dehors après l'heure. Mais ce soir, c'est différent. Elle se pose sur mon avant-bras et appuie sa tête contre ma peau, en pépiant doucement. Elle tolère même quelques douces caresses du dos de mon ongle contre le fin duvet noir de son poitrail.

Ses yeux ont un reflet pâle violet-gris quand elle ouvre et referme ses membranes nictitantes, une deuxième paire de paupières semi-transparentes. Leur fonction première est de protéger : un bouclier pour les yeux qui lui permet de chasser en gardant sa vision intacte. Mais certains spécialistes du comportement animal estiment que ces membranes sont aussi utilisées pour communiquer des émotions : une sorte de morse pour pies. Benzene cligne longuement, doucement.

Le matin, les affreux braillements de la pie me réveillent peu après l'aube. Peut-être les oiseaux ne sont-ils pas si doués pour les émotions humaines, finalement. Je titube hors de ma chambre pour trouver une unique plume de vol noire posée sur le seuil. Il y en a une autre, une semi-plume aux frondes délicates, au milieu de l'escalier. Elle est tellement légère que ses filaments semblent bouger au ralenti quand je la ramasse, telles les branches d'une forêt aquatique oscillant dans un doux courant. Un objet d'une beauté délicate.

Benzene a un œil jaloux pour la beauté, elle aussi. Elle m'arrache la plume de la main et s'envole vers sa volière, pousse un caquètement joyeux quand elle atterrit sur une branche et entreprend de déchiqueter la plume avec son bec. Elle s'arrête pour se gratter : une nouvelle plume se détache de son corps, tombant sur le sol comme à travers un rideau de glycérine.

Sa mue annuelle a commencé. Ça ne se fait pas d'un coup. Elle est un phénix à consumation lente. Pendant les mois qui suivent, les vieilles plumes abîmées vont tomber au fur et à mesure. Des excroissances dures et blanches contenant les nouvelles vont forcer le passage à travers sa peau. Des plumes de sang, comme on les appelle. C'est un processus désagréable, voire douloureux. Elle donne des coups de bec et se gratte compulsivement. Mais, une pointe de plume violet pétrole après l'autre, elle va renaître.

30

Le lendemain de l'explosion de Heathcote, je dois m'envoler pour la Grèce où a lieu le mariage de ma sœur adoptive aînée Sara, laissant Benzene aux bons soins d'une des sœurs de Yana. Je suis ébranlé de sauter si brutalement d'une famille à l'autre, d'une situation familiale extrême à une autre, et une part de moi reste à quai. Le soir de mon arrivée sur l'île, il y a un cocktail au coucher du soleil sur une terrasse devant les ruines d'un amphithéâtre. Les senteurs âcres du village flottent dans l'air, l'odeur puissante des figuiers chauds et des ruelles pisseuses se mêle aux lourds relents de crottin d'âne, de moteurs de mobylettes, de romarin et de thym. Dans l'amphithéâtre, des chèvres agitent leurs clochettes en bondissant de marche en marche, s'arrêtant pour grignoter les herbes qui poussent entre les vénérables blocs de pierre. Tous mes frères et sœurs – les sept avec qui j'ai grandi, j'entends – sont là. Mes frères sont en costume de lin, sirotant des bières ; mes grandes sœurs évoluent comme des méduses dans leurs amples robes ; Sara savoure chaque instant. Je me sens comme le spectre de Banquo au banquet de Macbeth ; pas vraiment présent, un peu grave.

Pendant les temps calmes de ce mariage célébré sur une semaine, je me retrouve projeté en permanence dans l'unité de soins intensifs, une pièce aussi froide, immobile et bleue que le fond de l'océan, la bouche de Heathcote ouverte dans un grand sourire édenté comme un mangeur de plancton. De ce moment, c'est tout ce que je veux voir. Je m'efforce de porter des œillères pour cacher la détresse humaine de l'hôpital autour de nous, mais un père emmenant son nouveau-né voir sa mère comateuse ne cesse d'ébranler mes défenses. Je me sens morose – mais pas exactement de la même manière que China et Lily, me semble-t-il. Je connais à peine cet homme, ce qui est à la fois un poids et un facteur de légèreté ; une liberté coupable. Je suis inquiet de n'être là qu'en touriste, tel un voyageur qui tombe sur une tragédie familiale et décide de s'arrêter pour la regarder avec des yeux de merlan frit. Je ne peux m'empêcher de me demander si la tristesse que j'éprouve est personnelle, ou si je me sens comme ça après avoir vu un vieil homme perdre quelques litres de sang quelque part entre ses jambes. Je reconnais vaguement dans cette inquiétude une énième variation de l'éternelle question : qui est cet homme et qui est-il pour moi ? Que suis-je pour lui ?

Il devient bientôt manifeste que Heathcote est le seul à se réjouir. Il éprouve une jubilation délirante, narcotique, enfantine. Sans son dentier, son visage s'est recroquevillé sur lui-même et, de profil, il ressemble à une vieille noix de cajou flétrie. Il baragouine des propos à peine cohérents, puis reprend son souffle en sifflant et une infirmière accourt pour ajuster le masque à oxygène sur sa bouche. Les machines autour de lui émettent des bips réguliers et rassurants et affichent de légères pulsations sinueuses. Je n'ai jamais vu quelqu'un aussi heureux d'être en vie. Le sinistre pronostic de la médecin – une condamnation à mort, en vérité – est momentanément relégué au second plan. Il nous sourit comme un enfant qui vient de jaillir d'un carton, comme quelqu'un qui pense qu'il peut tromper la mort pour toujours.

Et peut-être en est-il capable. Entre les poissons grillés et les vœux de mariage, je reste en contact avec l'autre famille. Lily semble considérer que son état s'améliore. Il pourrait être capable de rentrer bientôt chez lui, écrit-elle. L'image de Heathcote aussi vulnérable, ensanglanté, et édenté comme un oisillon, me pousse à vouloir faire tout mon possible pour l'aider. Je propose de dégoter une aide-soignante ou une infirmière à domicile pour qu'il soit à l'aise et en sécurité chez lui, et demande si je peux faire des recherches pour l'aider à finir son poème épique sur la rébellion. À ma grande surprise, Heathcote ne s'oppose à aucune de ces propositions. Au cours de la dernière semaine, une révolution semble avoir eu lieu dans notre relation. Quand je lui envoie un e-mail pour suggérer en marchant sur des œufs une nouvelle visite à mon retour, sa réponse est immédiate et inédite : "Avec plaisir ! écrit-il. J'ai hâte de te voir."

En un sens, j'ai moi aussi oublié la condamnation à mort du médecin. En Grèce, je découvre une légende locale au sujet d'un pêcheur d'éponges du nom de Jonas qui avait plongé tout droit dans la panse d'un requin et qui avait survécu pour raconter son histoire. Je rapporte l'histoire à Heathcote sur une carte postale que j'envoie, plein d'optimisme, à son domicile. "Avec un peu de chance, écris-je, quand cette carte te parviendra, tu seras toi aussi hors du ventre de la bête."

31

À mon retour de Grèce, je prends la direction d'Oxford. Sur la route, les milans royaux semblent se masser au-dessus de la voiture. Je suis seul cette fois, et personne ne m'empêche de tendre le cou tout en conduisant pour mieux les apercevoir. Ils volent en groupe, leurs silhouettes massives planant au-dessus du pare-brise telles des créatures préhistoriques. Dans Shakespeare, les milans royaux sont des oiseaux de mauvais augure. Ils survolent le champ de bataille dans *Jules César*, attendant de se repaître du cadavre des soldats tombés au combat. Cassius les décrit, avec leurs collègues corvidés, comme "un dais fatal". Dans mon esprit, en revanche, ils sont symboles d'espoir et de renouveau, de retour des Enfers. Après avoir été en état de quasi-extinction au Royaume-Uni au début du XXᵉ siècle, ils y ont été réintroduits au début des années 1990, et aujourd'hui quiconque prend la M40 en direction d'Oxford peut jouir du spectacle de ces puissants oiseaux de proie qui tournoient au-dessus de l'autoroute. Ils sont, je décide, un bon présage.

Tandis que je place mes espoirs dans les milans, Heathcote semble considérer que sa régénération viendra du raisin noir. Quelqu'un lui a dit qu'un certain composant de la peau des raisins noirs pourrait enrayer sa maladie, et c'est donc tout ce qu'il m'a demandé d'apporter. Je n'y crois pas, et en même temps j'ai terriblement envie d'y croire, si bien que j'ai passé la matinée à chercher non pas seulement des raisins, mais toutes sortes de fruits rouges. Le siège passager est rempli de cerises en vrac, de barquettes de fraises rutilantes et de grappes frémissantes de longs raisins pourpres, réceptacles fragiles d'une dangereuse charge d'espoir.

Le spectacle qui m'attend au sixième étage de l'hôpital John Radcliffe est accablant. À demi allongé dans un petit lit près de la fenêtre, entouré comme la dernière fois de piles de livres, de papiers et de notes, Heathcote contemple un paysage voilé par la chaleur, comme si les mornes plaines de l'Oxfordshire s'évaporaient doucement dans le ciel. Il a terriblement vieilli en quinze jours : sa barbe a poussé, clairsemée et grise, sans couvrir entièrement ses joues creusées ; ses lèvres ont été tartinées de vaseline à la va-vite ; et, à ma grande consternation, des bouteilles d'Ensure sont alignées sur le rebord de la fenêtre. Pour moi, l'Ensure, cette espèce de milk-shake enrichi en nutriments, est un signe de mort imminente aussi certain que la tache noire. Il m'évoque des parents âgés mourant à petit feu dans un hôpital – ce qui est, force est de le reconnaître, le cas de ce vieil homme. L'Ensure est la nourriture des morts.

Le vieil homme tousse et expectore, puis il lève la tête vers moi avec un grand sourire.

– Désolé pour la dernière fois, dit-il. C'était un vrai carnage.

Il semble véritablement content de me voir, accepte avec un sourire les fruits que je lui ai apportés, sans pour autant avoir l'air, je note, d'avoir la moindre envie d'y toucher. Avec tous les fruits rouges autour de lui, Heathcote ressemble à un cadavre devant l'autel, entouré d'offrandes ; un lointain ancêtre vaguement simiesque qui revient à la vie quand la lumière l'éclaire d'une certaine manière.

Ce service de l'hôpital, bien que baigné de soleil, est un lieu de mort. Il n'y a que deux autres patients. Un des deux sort tout juste de salle d'opération, il vient de se faire amputer de la jambe au niveau du genou. Tandis que nous bavardons avec Heathcote, il gigote dans ses bandages blancs immaculés en réclamant sa femme à gros sanglots. Il interpelle toutes les infirmières qui passent en les suppliant de lui dire où elle est. L'autre patient, un homme filiforme à la peau jaunie qui pend sur son visage, regarde dans le vide, silencieux et immobile.

Heathcote n'a pas l'air d'avoir beaucoup de souvenirs de la dernière fois. Il ne se souvient pas de son extase absolue de se réveiller en vie après l'opération ; pas plus que des mises en garde du médecin sur ce qu'il peut encore attendre de la vie. Il estime manifestement qu'il n'a fait qu'effleurer la mort, et que du raisin en quantité suffisante suffira à effacer la tache. Il me raconte une histoire que j'ai déjà entendue à plusieurs reprises, concernant son appartenance à un truc appelé le Club des 120, une organisation de gens qui ont décidé de vivre jusqu'à cent vingt ans. "Ce n'est pas une règle obligatoire du club, bien sûr, m'explique-t-il. Personne ne t'en voudra si tu décides de raccrocher à cent ans." La chute est la même que la dernière fois, mais elle est aujourd'hui chargée d'une intensité nouvelle.

Je n'ai pas passé beaucoup de temps à réfléchir à ce que je pourrais lui raconter. J'aimerais parler du passé, mais je ne veux pas le forcer à s'aventurer sur un terrain où il ne veut pas aller, et je décide donc de lui laisser la main. Même dans cet état pathétique, Heathcote est une machine à anecdotes. Le souffle court, sifflant, toussant, parlant par instants comme quelqu'un qu'on étrangle, il les enchaîne l'une après l'autre. Il évoque des expériences de mort imminente, qui sont arrivées à d'autres, mais pas à lui. Il me décrit en longueur un accident mortel sur le tournage d'un film auquel il participait en Amérique du Sud, où un adolescent de seize ans s'était fait écraser la tête par une tractopelle. Heathcote prétend qu'il a essayé de lui faire du bouche-à-bouche, mais qu'il s'est retrouvé à cracher des fragments ensanglantés de dents et d'os. Il me raconte qu'il a organisé une collecte pour la famille et qu'il a réussi à convaincre le réalisateur de dédier le film à l'adolescent. Il me jette un regard en coin pour voir si je suis impressionné.

Avant que je puisse demander à Heathcote pourquoi, à ce stade terminal, il essaie de me convaincre qu'il est une bonne personne, il est passé à l'anecdote suivante, qui concerne cette fois une régression dans une vie antérieure alors qu'il subissait un traitement pour son alcoolisme. Un hypnotiseur l'a fait entrer en transe et il s'est retrouvé en pleine guerre d'Espagne, où on lui coupait la langue pour le punir d'être un espion. C'était en raison de ce traumatisme d'une vie antérieure, lui a expliqué le thérapeute sans beaucoup l'avancer, qu'il s'est tourné vers la boisson. Avant que je puisse analyser tout ça, nous avons effectué un nouveau bond dans le temps. Nous sommes maintenant dans l'Angleterre édouardienne, avec son père qui s'entraîne pour combattre lors de la Première Guerre mondiale. Un obusier s'est décroché de ses mandrins et a écrasé les jambes de son père, l'empêchant d'être envoyé au front.

– Sans ça, dit Heathcote, aucun de nous deux ne serait sans doute ici.

Le père de Heathcote n'était pas, si j'en crois les fragments que j'ai entendus çà et là, quelqu'un de sympathique. Heathcote Senior était un petit juge gallois énervé qui dirigeait sa famille à la baguette. J'ignore s'il battait régulièrement Heathcote, mais il le sevrait d'émotions, ne lui accordant un semblant d'attention que lorsqu'il parvenait à réciter à la manière d'un perroquet le “Si” de Rudyard Kipling. Il a envoyé Heathcote très jeune en pension, où il a certainement subi des brimades. Quand, plus tard, Heathcote s'est rebellé contre son père qui voulait lui imposer de devenir avocat, ils se sont disputés si violemment qu'il a eu sa première crise cardiaque ; la suivante l'a tué. À en croire ma mère,

Heathcote a toujours pensé qu'il était responsable de la mort de son père.

C'est la toute première fois que Heathcote évoque avec moi le sujet de son père. Avant qu'il puisse s'en sortir par une pirouette, je me raccroche au fil.

– Tu étais proche de ton père ? je demande.

– Pas du tout, dit-il. Il a grandi dans une famille de douze enfants – tu imagines, douze frères et sœurs ? – et je pense que ça lui a donné l'esprit de compétition. Je suis sûr qu'ils se disputaient sur le nombre de petits pois que chacun avait dans son assiette. Il n'appréciait pas du tout que ma mère soit gentille avec moi. "Tu en fais un pourri gâté", il disait toujours. C'était un vrai édouardien. Victorien, presque. Très dur.

L'infirmière arrive avec un plateau-repas : sandwich œuf-crudités, soupe de légumes, et gâteau de semoule (encore). Heathcote la remercie, inspecte rapidement le sandwich, puis il pousse le tout de côté.

– Quand je lui ai dit que je voulais devenir écrivain, tu sais ce qu'il m'a répondu ? Il m'a dit : "Comment peux-tu être écrivain ? Tu ne sais rien." À partir de là, chaque fois que je rentrais à la maison, il se servait un verre de whisky et il me tournait le dos.

Heathcote répète la phrase, émerveillé : "Comment peux-tu être écrivain alors que tu ne sais rien ?"

Le père d'Heathcote est mort l'été avant la sortie de son premier livre, *The Speakers*. Heathcote avait vingt-deux ans. Il a l'air perdu dans sa rêverie à présent. Il me raconte comment, si son père avait vécu, leur relation aurait été miraculeusement apaisée par la publication de son livre.

– S'il l'avait lu, dit Heathcote, il serait allé dans toutes les librairies en demandant pourquoi ils ne le présentaient pas en vitrine. J'en suis convaincu.

L'infirmière revient chercher le repas auquel il n'a pas touché et propose à Heathcote une boisson chaude.

– Oui, s'il vous plaît, dit-il. Et auriez-vous la gentillesse d'apporter une tasse de thé à mon, euh... mon ami ?

Le mot "ami" me fait soudain l'effet d'une provocation. Aucun document officiel ne peut effacer l'ADN. Nous avons toujours le même sang. Je regarde cet homme, cette épave, encore en train de ressasser ses conflits non résolus avec son père. Une violente impulsion gronde en moi quand je saisis l'ironie de l'entendre se plaindre auprès de moi de l'absence de son père. J'ai envie de le secouer pour le faire sortir de son monde fantasmé, de lui faire voir la réalité de la situation, le peu de temps qu'il lui reste. Un double désir m'anime : un désir de punir et un désir de transformer. Sans en avoir conscience, j'imite Heathcote. Je commence à lui raconter une histoire.

L'histoire que je lui raconte concerne le processus de crémation humaine. J'ai fait récemment des recherches très précises sur le sujet pour un article auquel je travaille. Je sais que c'est affreux, mais, une fois que j'ai commencé, je suis emporté par mon élan. Je parle à Heathcote des brûleurs à gaz à six cents degrés qui frappent le torse du défunt ; des os carbonisés qui sont balayés par un puissant aimant, pour enlever les plombages et les prothèses de hanche. Un grand silence tombe sur le sixième étage. L'homme immobile à la peau jaune pivote sa tête pour me regarder, muet d'horreur. L'homme sans jambes a cessé de réclamer sa femme. Mais je suis incapable de m'arrêter. Si je laisse Heathcote continuer de prétendre que tout va bien, comme à son habitude, alors rien ne changera. Le passé va se répéter encore et encore.

– Ensuite, je poursuis, regrettant immédiatement d'avoir prononcé ces mots, ils doivent rentrer avec un outil spécial, un peu comme un râteau de jardinier, et exploser ton crâne en minuscules fragments. Ensuite ils te mettent dans une sorte de moulin à café industriel et te réduisent en poussière. Tu savais qu'on pouvait choisir la finesse de broyage ?

– Oh, dit Heathcote.

L'infirmière arrive avec le thé et je file aussitôt aux toilettes. Je me verse de l'eau sur le visage et me regarde longuement dans le miroir. Je ne suis pas venu ici pour torturer un mourant. Je suis censé le réconforter. Pourquoi est-ce que c'est chaque fois la même chose ? Pourquoi ne puis-je jamais simplement dire ce que je ressens ? Je suppose que s'il y a bien quelqu'un qui peut comprendre cette approche consistant à jeter un écran de fumée devant ses émotions, c'est bien Heathcote.

– Désolé, dis-je à mon retour. Tu veux des cerises ?

– Oh, miam miam, dit Heathcote, qui en prend une et l'escamote dans sa manche juste avant qu'elle arrive à sa bouche. Délicieux. Merci.

32

En empruntant les portes tambour de l'hôpital pour rejoindre le parking, je décide de ne plus remettre les pieds ici. Il est trop frustrant et perturbant de regarder cet homme essayer de tromper la mort à coups de mensonges. Et j'ai honte de m'être laissé déborder par la colère. Je ne me fais pas confiance pour ne pas recommencer. Si, par miracle, Heathcote survit, peut-être pourrons-nous reconstruire notre relation bancale. Mais d'ici là, je ne crois pas avoir quoi que ce soit à lui offrir.

Mes sœurs me tiennent au courant de ses hauts et bas. J'essaie de reprendre le cours de mon existence. Yana revient de New York. Je retrouve peu à peu un rythme de travail. La pie se débarrasse de ses anciennes plumes, devenant plus chauve et plus moche chaque jour. Elle passe de nouveau la plupart de ses nuits à l'intérieur, où elle dort sur un perchoir spécial consistant en un pot de fleurs que Yana a construit et suspendu au mur de la chambre d'amis. L'idée était que ses fientes tombent dans le pot et fertilisent le lierre du diable qui y pousse – ce qui était bien vu –, sauf que les déjections de la pie semblent être un poison mortel pour toute plante d'intérieur. Ce lierre autrefois plein de santé n'est désormais qu'un tas de tiges fanées. Benzene n'a pas l'air de s'apercevoir que cela fait des mois que nous ne sommes pas allés voler à la ferme. Malgré de multiples occasions de s'échapper de la maison – grâce à notre négligence vis-à-vis des fenêtres –, elle n'est sortie dans la rue qu'une seule fois, et elle n'a fait que quelques tours de quartier avant de revenir droit dans la maison par la porte d'entrée. Son habitat idéal, je m'en aperçois de plus en plus, est simplement auprès de moi.

L'anniversaire de Yana – le jour où nous avons décidé de commencer à essayer d'avoir un enfant – approche dangereusement, mais je suis trop occupé par le père qui agonise à l'hôpital pour avoir le temps de penser à la paternité moi-même.

Le matin de la fête des pères, Lily m'appelle pour me prévenir que l'état de Heathcote s'est sérieusement dégradé. Ses poumons s'emplissent de liquide et il a de nombreuses absences. Elle et China vont aller le voir dès que possible. Elle me met à l'aise, je fais comme je veux, il n'y a aucune pression ; mais les médecins conseillent à ceux qui prévoient une visite de ne pas la reporter au lendemain. Je me mords la lèvre. J'avais prévu de rouler jusqu'à la ferme et de passer la journée avec mon père, mais me voilà tiraillé.

– Tu n'en as pas assez fait ? dit Yana. Je ne crois pas qu'il se précipiterait à ton chevet si tu étais mourant. Si vous aviez une relation, ce serait différent, mais tu n'as pas non plus des tas de souvenirs heureux pour le réconforter. À moins que tu éprouves vraiment le besoin d'être là pour voir son âme quitter son corps ?

Les mots de Yana sont durs. Elle peut se montrer impitoyable quand il s'agit de pères. Mais je dois admettre qu'elle a raison. Je ne vois pas ce que j'ai à offrir.

À la ferme, mes parents sont assis dehors à l'ombre d'un vieux chêne. Mon père a une paire de jumelles collées à ses yeux et regarde un héron se poser dans une tourbière. L'enclos devant nous est moucheté de choucas et de pies. Une buse décrit des cercles silencieux au-dessus de nous, attendant que son repas détale dans les hautes herbes.

Mon père pose les jumelles dans l'herbe et ouvre la carte que je lui ai apportée. “Papa numéro un!” crie le dessin en relief doré. Il pouffe et hausse un sourcil. Je m'inquiète toujours qu'il soit jaloux du numéro deux, surtout dans des jours comme aujourd'hui où il est si présent. Ma mère, même après tout ce qui s'est passé, se fait du souci pour Heathcote.

– Est-ce qu'ils lui donnent des anxiolytiques? demande-t-elle. Il souffre de sévères crises d'angoisse. Dis-leur de lui en donner, s'ils ne l'ont pas déjà fait.

Je regarde mon téléphone compulsivement au déjeuner, remarquant à peine le rôti du dimanche que mon père pose devant nous. Lily avait promis d'appeler s'il y avait du nouveau, mais mon téléphone demeure immobile dans ma main. Je scrolle sur Instagram, regarde d'un air absent des photos de fête des pères postées par d'autres gens en attendant l'annonce de la mort de Heathcote.

Enfin, Yana m'enlève l'appareil des mains et me conduit à la rivière, où des carpes paressent au soleil du côté des nénuphars. Elle se déshabille et saute à l'eau avec un petit cri lorsque le froid la saisit. Les carpes s'égaillent. Je la suis lentement, m'abaisse centimètre par centimètre dans l'eau mordorée jusqu'à ce que mes yeux soient juste au-dessus de la surface. Je ne pense qu'à ce qui est juste devant moi. Un gros syrphe, cette mouche déguisée en guêpe, qui se prélasse sur un roseau vacillant. Des demoiselles azurées qui tombent comme des pétales sur des tiges qui dépassent de la rivière, le bout de leurs ailes trempé dans de l'encre de Chine. Une libellule grasse comme un Chinook qui bat ses doubles ailes en chassant vers l'aval. J'ondule dans l'eau, un corps vivant libéré de toute pensée.

Heathcote ne meurt pas ce jour-là. Il reprend connaissance. Il commence même à retravailler ses poèmes. S'il réussit à manger quelque chose et à reprendre des forces, il pourra retourner chez lui. La condamnation à mort du médecin – un an à vivre – ressemble tout à coup à un objectif à viser.

Le week-end suivant, Lily me rappelle. Les médecins disent que c'est maintenant ou jamais. Le côté définitif de ce pronostic brise ma résolution, et le soir, avec Yana assise sur le siège passager, je prends la route de l'hôpital d'Oxford pour la toute dernière fois.

Heathcote est relié à un appareil respiratoire aussi bruyant qu'une hotte. L'appareil envoie de l'oxygène dans ses poumons ; la pression de l'air maintient ouvertes ses voies respiratoires défectueuses. China et ses enfants sont rassemblés d'un côté ; Lily se tient de l'autre.

– Désolé d'avoir manqué la fête des pères, dis-je au vieil homme sur le lit.

Il pousse un gloussement édenté à travers son masque transparent.

Je m'assieds et serre la main froide de Heathcote. Il lève la tête vers moi et serre la mienne en retour. China essaie de lui rappeler les moments heureux qu'ils ont passés ensemble. Elle évoque le souvenir d'un spectacle de magie qu'il avait monté pour ses huit ans. Les enfants de China se souviennent de lui transformant des plumes et de la colle en caramel. Lily ne dit pas grand-chose et moi, bien sûr, je n'ai rien à ajouter. J'ai le sentiment triste que ma réserve de souvenirs heureux est un tonneau qui sonne creux.

Bientôt, China doit emmener les enfants pour les coucher, ne laissant que Lily, Yana et moi à l'étage endormi. Heathcote fait signe qu'on lui enlève son masque.

– Je v… Je v… Je v… dit-il.

– Qu'est-ce que tu essaies de dire, papa ? demande Lily. Est-ce que tu essaies de dire "je vous aime" ?

Heathcote plisse les yeux. Avec toute la force que peuvent rassembler ses poumons à l'agonie, il propulse les mots hors de sa bouche.

– Je v… v… veux une glace, siffle-t-il.

Lily semble prise de court l'espace d'un instant, puis son visage se durcit. C'est tout ce qui l'intéresse, maintenant, me dit-elle. La glace à la mangue. Elle apostrophe une infirmière, qui va en chercher une dans le frigo du personnel. L'infirmière revient avec un Solero à moitié fondu, qu'elle tend à Yana. Heathcote la lorgne avidement et se lèche les babines.

Yana a l'air un peu mal à l'aise. Elle et Heathcote ne se sont rencontrés qu'une fois, très brièvement. Ils ne sont clairement pas assez intimes pour qu'elle lui donne la becquée. Mais les souhaits de Heathcote sont clairs. Yana tend la glace d'une main hésitante vers sa bouche édentée et il la lape à grand bruit, sans une once d'embarras. D'ailleurs, tout en léchant la glace jusqu'au bâtonnet humide, il lève les yeux vers Yana – qui est pour lui une simple inconnue ravissante – avec un degré de plaisir assez inconvenant, un oisillon impudent et tout à fait licencieux.

Après ça, Heathcote est gonflé à bloc par le sucre. Il est très drôle dans son propre délire. Il hurle des instructions pour l'achèvement d'un poème sur l'énorme érection du géant de Cerne Abbas ; réclame une nouvelle glace ; exige sa déclaration d'impôts ; demande qu'on lui apporte une photo de son père debout à côté d'une femme laide. Enfin, une infirmière exaspérée tente de le faire taire ; il y a des patients qui dorment, explique-t-elle.

– Ils ne dorment pas ! s'écrie Heathcote. Ils font juste semblant d'être morts !

Avec toutes ces glaces et cette excitation, on dirait un peu que nous organisons une fête pour un petit garçon très vilain et très mal élevé. Comme chez un petit garçon, après l'euphorie provoquée par le sucre vient la descente. Lily nous laisse seuls un moment : peut-être ai-je envie de dire quelque chose à Heathcote. Je regarde le vieil homme faible. Il y a bien des choses que j'aimerais lui dire. Qu'il m'a fait du mal. Que son absence a laissé un vide. Mais il m'a encore piégé, avec sa vulnérabilité.

Alors je ne dis pas grand-chose – quelques mensonges aimables. Le masque de Heathcote revient, ses yeux se ferment, et nous partons.

Le lendemain, j'arrive dans le service et trouve le lit de Heathcote encerclé d'infirmières.

– Il veut quelque chose, mais on n'arrive pas à savoir quoi, m'explique une d'entre elles.

– Ne vous en faites pas, dis-je. C'est sans doute juste de la glace.

Les infirmières s'éloignent et je regarde Heathcote. Après les frasques de la veille, j'ai l'impression de beaucoup mieux connaître cet homme. Je l'ai vu démasqué. Nous découvrons même que nous avons des choses en commun. Moi aussi, j'adore les glaces.

– C'est de la glace que tu veux ? dis-je d'une voix sonore. De la glace à la mangue ? Il va falloir demander au médecin si tu peux en avoir encore.

Heathcote secoue la tête, le désespoir dans les yeux, et désigne le machin bruyant qui propulse de l'air dans ses poumons. Il a l'air tellement pathétique, tellement désespéré, que je n'arrive pas à comprendre pourquoi il s'acharne encore. Dans sa situation, je ne suis pas certain que j'en ferais autant. Il me lance un regard implorant, et je suis soudain assailli par une pensée horrible. Essaie-t-il de me demander de lui enlever son masque pour qu'il puisse enfin mourir ?

Je ne sais pas trop si j'exprime cette pensée à haute voix ou si l'idée se lit sur mon visage. En tout cas, les yeux de Heathcote s'écarquillent d'horreur et il enfonce le bouton d'alarme.

Personne ne vient. C'est le week-end et l'hôpital est débordé, et grâce à moi les infirmières pensent que ce n'est qu'un junkie accro à la glace qui leur fait perdre leur temps. Je l'examine rapidement. Rien ne semble saigner ou suinter. Il fait toute une histoire pour rien, je décide. La main de Heathcote lâche le bouton d'alarme et rampe comme un crabe blessé sur son lit jusqu'à se poser sur un papier et un stylo.

– MASQUE FUIT, gribouille-t-il furieusement.

Quand un infirmier vient enfin inspecter le masque, il ne constate aucun problème. Ce sont les poumons de Heathcote qui ne fonctionnent pas.

C'est la dernière fois que je vois Heathcote en vie. Il a encore quelques hauts et bas, quelques étincelles de faux espoir. Lily me dit qu'il a enfin recommencé à manger, ou du moins qu'il a avalé une cuillérée de porridge, et je prévois de lui apporter une thermos du porridge de riz spécial de ma grand-mère. Ça marche à tous les coups quand je suis malade. Si je parviens simplement à lui apporter la bonne nourriture, peut-être pourra-t-il se remettre sur pied pendant un an, ou au moins quelques mois. Le lendemain, jour de l'anniversaire de Yana, Lily me rappelle. Heathcote est mort.

33

Devant la fenêtre de la cuisine, une petite araignée pâle danse en funambule dans un rayon de lumière matinale. Avec ses pattes délicates suspendues élégamment dans l'air, elle ressemble à un idéogramme chinois à huit pointes tournoyant sur un fil luisant. Aidée par des poulies invisibles, elle se hisse avec grâce vers une branche couverte de lichen où, hors de vue pour l'instant, la pie attend. Benzene se tient immobile comme un serpent tandis que l'araignée pirouette à sa portée puis, d'un bref clap d'applaudissement, elle met un terme à la danse, écrasant le thorax et broyant les pattes de l'araignée.

Je cligne des yeux et regarde d'un air vaguement absent l'oiseau qui célèbre son triomphe sur l'araignée avec son propre pas de danse, fendant l'air de son bec et agitant la queue en signe de victoire. Je me sens presque totalement vide. Cela fait deux semaines que Heathcote est mort et je n'arrive à éprouver que l'équivalent émotionnel du bruit blanc. Si l'on considère tout le temps que j'ai passé à redouter une catastrophe, il est étrange d'être ainsi tétanisé lorsqu'elle arrive pour de bon. Peut-être Heathcote n'était-il simplement pas une partie assez importante de mon quotidien pour qu'il me manque. Je remarquerais sûrement la disparition de cet oiseau plus que la sienne.

D'autres gens semblent s'attendre à ce que je sois totalement catatonique. Des amis m'envoient de gentils messages en me proposant de cuisiner, de s'occuper du ménage, ou d'accomplir d'autres tâches que je serais subitement incapable de prendre en charge ; c'est très tentant, mais j'aurais l'impression de les pigeonner avec un chagrin bidon si j'acceptais leurs propositions. "Merci, je réponds, mais je le connaissais à peine, donc ce n'est pas comme si je pleurais toutes les larmes de mon corps." La tristesse de cette phrase ne m'apparaît qu'en de rares instants. J'ai essayé la musique pour me forcer à faire mon deuil comme il faut. J'ai découvert que Heathcote adorait les Kinks, alors j'ai passé tout un après-midi à écouter "Death of a Clown" en boucle jusqu'à me tirer des larmes, mais là encore, ça sonnait faux. Je pourrais me faire pleurer en écoutant cette chanson si c'était un chien qui venait de mourir ; il n'y a rien dedans qui soit spécifique à Heathcote. À la limite, j'aurais des soupçons quant à sa mort. La coïncidence est troublante. Il meurt le jour même où nous avons décidé de commencer à essayer d'avoir un enfant, comme si son âme jouait une partie de marelle intergénérationnelle.

Sur sa branche, la pie se gratte furieusement et de minuscule plumes, grises et duveteuses, tombent de sa nuque et plongent lentement vers le sol. Ensuite, elle se mordille la queue, attaquant les tubes lustrés d'où des plumes violettes brillantes émergent telle de l'améthyste sur la paroi d'une grotte. Se débarrasser de l'ancien semble à la fois plus douloureux et beaucoup plus simple pour elle que pour moi. J'aimerais pouvoir chasser d'un coup de patte ce vide étouffant qui m'envahit. Je m'inquiète de ne pas avoir les sentiments appropriés, mais je ne sais même pas quels seraient les sentiments appropriés dans une telle situation. Comment se détacher de quelqu'un qui n'a jamais fait partie de sa vie ? Ce que j'ai perdu n'est pas une personne – j'ai à peine passé vingt heures avec lui au cours des vingt dernières années –, mais l'espoir de connaître une personne. Peut-être l'enterrement demain éclaircira-t-il la situation.

Plus tard dans la journée, Yana et moi faisons route pour Oxford dans une voiture chargée de bandes d'étoffe et de bouquets de fleurs. Il a été décidé que nous organiserions nous-mêmes les funérailles, et Yana s'est fait embrigader malgré elle pour que ça ait de l'allure. Ces quinze derniers jours, China et Lily se sont coupées en quatre pour m'inclure dans toutes les décisions concernant l'enterrement. À l'occasion de réunions tard le soir au studio en sous-sol d'un ami de la famille dans l'ouest de Londres, je me suis vu appelé à la rescousse pour toutes sortes de choix concernant Heathcote : dans quel type de cercueil il aimerait reposer, quelle musique il apprécierait, comment il aimerait que l'on dispose de son corps. Apparemment, la seule chose qui m'empêchait de faire partie de la vie de Heathcote était le fait qu'il soit vivant. Maintenant qu'il est mort, je suis empêtré jusqu'au cou dans ses affaires – et je suis complètement perdu. Quand China se tourne vers moi pour me demander : "Qu'est-ce que tu penses qu'il aurait voulu, toi ?", je n'arrive pas à savoir si elle se montre délibérément cruelle, si elle essaie d'être gentille ou si elle est tout simplement aussi désemparée que moi – ou même si, à un certain niveau, elle pense que je possède une espèce de savoir inné. Si ça ne tenait qu'à moi, je ferais des miches de pain de Heathcote et je le donnerais en pâture aux oiseaux du parc. Ou je brûlerais ce salopard pour se débarrasser de lui une bonne fois pour toutes.

Je vois mal pour qui sont tous ces préparatifs. Heathcote était un ermite sans amis, trop obsédé par sa poésie pour se préoccuper des gens, non ? China et Lily n'ont pas l'air de cet avis. Elles ont imprimé des faire-part par centaines et acheté l'équivalent d'un verger entier de jeunes pommiers à aligner dans la nef de l'énorme église qu'elles ont réservée pour la cérémonie, dans l'idée que les gens les emmèneront chez eux ensuite et qu'ils planteront les arbres en mémoire de Heathcote. Sur leur ordre, j'ai dans le coffre de la voiture un distributeur d'eau chaude de format industriel pour le thé gargantuesque que China et Lily vont proposer à la veillée.

Quand nous arrivons au lieu de la veillée, une salle au charme décrépit à côté de l'église, pour aider à la mise en place pour le lendemain, nous trouvons China et Lily déjà à pied d'œuvre, qui déplacent des tables et sortent des chaises. Je suis attristé de les voir ainsi affairées ; elles en font sans doute plus pour le cadavre de Heathcote qu'il n'en a jamais fait pour elles quand il était en vie. Je n'arrive pas à comprendre pourquoi elles se donnent tout ce mal. La remarque vaut pour moi aussi, d'ailleurs, mais je m'y sens obligé. Ce n'est certainement pas au nom d'une dette quelconque envers Heathcote que je commence à décharger la voiture et à me démener pour installer l'autel commémoratif ; c'est tout le contraire, en fait. C'est une dette que lui a envers moi.

En début de soirée, nous nous mettons en route vers la maison de Heathcote pour une petite réunion de veille d'enterrement. L'endroit est presque exactement comme dans mon souvenir, lors de ma dernière visite, il y a huit ans. De grandes roses trémières oscillent devant la porte d'entrée ; les peintures à l'huile de Heathcote acculent le visiteur qui emprunte le couloir. En revanche, quelqu'un a fait le ménage. Il n'y a pas de nourriture pour chat par terre cette fois, et pas non plus d'essaim de mouches, malgré le cadavre. Le cercueil-panier de pique-nique de Heathcote est posé sur une table dans le salon douillet rempli de livres, le couvercle en osier fermé avec des sangles en cuir. À côté du cercueil, un autel de fortune a été confectionné à partir d'une table basse, avec des bougies chauffe-plat illuminant des photos encadrées de Heathcote. Heathcote enfant avec sa bouille d'ange potelé. Heathcote narguant l'appareil photo. Heathcote tenant salon à une table ronde arthurienne avec un choucas à son côté.

C'est un cercle restreint : quelques locaux, quelques amis de la mère de China et Lily qui bavardent au-dessus du cercueil. L'épicier du coin fait une apparition pour présenter ses condoléances. Le facteur aussi fait un saut et évoque avec émotion les heures qu'il passait à discuter avec Heathcote. Une jeune femme qui a grandi quelques maisons plus loin me raconte à quel point Heathcote était gentil, à quel point il était généreux de son temps, à quel point il était comme un père pour elle. J'entends pour la première fois parler de la politique de la porte ouverte de Heathcote : sa porte n'était jamais fermée à clé, elle était littéralement ouverte à quiconque voulait passer le saluer, ce qui explique pourquoi, quand je suis venu lui rendre visite il y a huit ans, elle n'a pas opposé de résistance. J'ai la gorge nouée. Dans le jardin, je fume de l'herbe avec quelqu'un dont j'oublie immédiatement le prénom et j'écluse quelques verres de vin.

Quand personne ne regarde, je retourne dans le salon et je soulève le couvercle du cercueil. Heathcote ressemble à une poupée de cire restée trop longtemps au soleil. Je tends mon index et touche doucement son front. La peau froide glisse sur son crâne comme celle d'une pieuvre. Je n'éprouve que de la déception face à mon absence de sentiments.

J'avais prévu d'emporter un doigt de Heathcote ; ou peut-être n'était-ce pas un plan, juste un fantasme tordu, mais alors particulièrement détaillé. Le sécateur attend dans mon sac. Un psychanalyste pourrait relever les évidentes connotations œdipiennes de la chose, et il aurait sans doute raison. Je voulais son doigt comme un objet de pouvoir, une sorte de relique, une petite partie de Heathcote qui serait à moi et à moi seul. China a déjà coupé une mèche de cheveux pour, j'imagine, des raisons similaires. Mais à présent, seul face au cadavre, je découvre que cette impulsion m'a quitté. Pas à cause d'une sensiblerie quelconque de ma part. C'est juste que le pouvoir que ce corps contenait autrefois semble l'avoir déserté. La mère de China et Lily, Diana, entre dans la pièce, et, pris sur le fait, je referme aussitôt le couvercle du cercueil. J'étais inquiet de faire sa connaissance après nos échanges glaciaux au téléphone des années auparavant, mais elle a depuis été emportée par la sénilité. Elle m'adresse un sourire enfantin et me dit que tout est ravissant, puis elle s'éclipse dans la cuisine.

La photo encadrée du choucas éclairée par une bougie vacillante attire mon regard. L'oiseau n'est plus autant un mystère qu'avant – ou plutôt, il s'inscrit désormais dans un mystère plus vaste. Il apparaît que Heathcote était parfaitement capable de s'occuper de beaucoup de choses et de beaucoup de gens : les éléphants, les dauphins, le facteur, la petite fille du quartier, les enfants des amis, les poules qu'il gardait dans son jardin et autorisait à se percher sur sa tête, le chat de gouttière miteux qui profitait à fond de sa politique de la porte ouverte. Il n'y avait qu'avec ses enfants – ou du moins son propre fils – que sa capacité à se montrer prévenant s'enrayait. Il pouvait être *comme* un père – mais il avait du mal dès qu'il s'agissait d'être un *vrai* père.

Le choucas m'adresse un nouveau clin d'œil. La mise au point a été mal faite, il est flou et nébuleux sur la photo. Perché dans son cadre à côté du cercueil, il me rappelle l'étrange spectacle des funérailles de corvidés. Les pies et les choucas font manifestement exactement la même chose que je suis en train de faire en me tenant devant le corps de Heathcote. On les a vus organiser des enterrements pour leurs morts, ou du moins accomplir des espèces de rituel : des rassemblements tapageurs dont l'exacte raison d'être – une expression de deuil ou de colère, une volonté d'apprendre de l'infortune d'autrui ? – demeure incertaine. Ils se regroupent devant leurs morts et les examinent attentivement, battant bruyamment le rappel pour que d'autres se joignent à eux. Des observateurs plus sentimentaux affirment que les oiseaux font leur deuil et que leurs cris suggèrent une douleur émotionnelle. La fréquentation d'une pie m'a enseigné que ces oiseaux sont capables d'une grande complexité émotionnelle. Mais ce sont aussi des créatures pragmatiques. L'interprétation la plus pertinente à mon sens est qu'ils interrogent leurs morts, qu'ils effectuent une sorte d'autopsie de groupe pour déterminer ce qui a tué leurs camarades, dans l'espoir que cette information leur permettra d'éviter un sort comparable.

Quand je soulève de nouveau le couvercle du cercueil, j'examine le cadavre de Heathcote pour une raison similaire. Qu'est-ce qui est allé de travers dans la vie de cet homme ? Et comment puis-je m'empêcher de répéter ses erreurs ? La seule leçon que je peux lire sur son corps en ruine est qu'il vaut mieux éviter de devenir un alcoolique et un gros fumeur qui refuse de faire le moindre exercice. Il y a des affiches au cabinet de mon médecin qui me disent déjà tout ça. Quoi que je cherche, ce corps ne peut me le fournir.

Je referme le couvercle, je grimpe l'étroite volée de marches, et j'ouvre la première porte que je trouve, qui, coup de chance, est le bureau de Heathcote. Devant moi se dresse un bureau en bois sombre avec un revêtement de cuir vert. Un lit simple est calé contre le mur, et des pots de chambre jetables empilés partout dans des endroits stratégiques. J'ai l'impression que c'est une pièce dont Heathcote sortait rarement. Je repense à l'image de lui à Port Eliot, emplissant des vases et des casseroles de pisse, et me demande comment une personne peut être aussi incapable de changer. Je me tourne vers une immense armoire métallique avec des centaines de petits tiroirs, et je commence à les ouvrir au hasard. L'un d'entre eux contient une douzaine de faux pouces, aussi factices que le doigt que je voulais voler. Un autre est plein de pièces magiques. Un autre abrite une liasse de portraits de Heathcote, et un autre encore une boîte en carton, que j'ouvre pour tomber sur une modeste collection de préservatifs usagés. J'hésite un moment, puis j'en sors un pour l'examiner, essayant de déterminer s'il a été récemment occupé, sans trop savoir ce que peut être l'équivalent prophylactique d'une cigarette encore allumée dans un cendrier ou d'une braise ardente dans une cheminée. J'étire le vieux latex et le contenu s'effrite. J'ignore quelle conclusion en tirer. Je pense à sa fidèle compagne au rez-de-chaussée : présente sans vraiment l'être. Mon esprit part dans d'autres directions. Je retourne par la pensée à ses dernières apparitions publiques. Il y avait une femme, d'à peine quelques années de plus que moi, qui semblait souvent être à ses côtés et qui brille aujourd'hui par son absence. Peut-être Heathcote a-t-il vraiment été un salopard jusqu'au bout. Ou peut-être aimait-il simplement se masturber dans un Durex. Plus j'avance dans mes découvertes, plus il me fait l'effet d'un étranger.

Je repose le préservatif avec ses petits copains et me tourne vers le bureau de Heathcote. Son ordinateur portable est là, mais je n'y touche pas. Ça serait trop flagrant, cela révélerait la vraie raison de ma présence si je l'ouvrais pour chercher mon propre nom. Au lieu de quoi, je porte mon attention sur une caisse en plastique contenant ses effets personnels de l'hôpital. Quelques carnets, des feuillets épars avec des messages griffonnés d'une main de plus en plus illisible. Rien ne me frappe, si ce n'est une phrase qui revient plusieurs fois en anglais et en gallois : *Y Gwir Yn Erbyn Y Byd* – la vérité contre le monde. La devise des druides. Heathcote disait que c'était son père qui la lui avait apprise, ce qui me paraît douteux. J'ai du mal à imaginer ce juge médiocre ayant la moindre connexion druidique ou tendance magique. Je retrace la calligraphie de Heathcote avec mon doigt et me demande ce que cela signifiait pour lui, regrettant à présent de ne pas avoir songé à lui poser la question. Comment la vérité peut-elle être en opposition avec le monde ? Je pense au refus borné de Heathcote d'admettre qu'il était mourant, à sa surdité au pronostic du médecin, à sa certitude exaspérante qu'il vivrait jusqu'à cent vingt ans, contre toute évidence. Clairement, la vérité avait un sens différent pour lui. La vérité contre le monde. Le pouvoir du verbe, le pouvoir de la croyance, le pouvoir de l'aveuglement, comme arme contre le réel. *Y Gwir Yn Erbyn Y Byd.*

Je ne rôde pas autour du bureau de Heathcote depuis très longtemps quand quelqu'un apparaît à la porte. C'est l'homme avec qui j'ai fumé de l'herbe dans le jardin dont je n'arrive toujours pas à me souvenir du prénom. Je le fusille du regard, essayant de lui faire comprendre que ce n'est pas le moment et que je veux rester seul, mais il entre et s'assied quand même. Encore un qui vient s'ajouter à la liste de ceux pour qui Heathcote était comme un père, un grand frère, un vieil homme sage à la patience infinie. Il me dit à quel point il admirait l'œuvre de Heathcote, me raconte comment il a entendu parler de sa porte toujours ouverte et qu'il s'est présenté chez lui un jour, honoré – et quelque peu surpris – d'être amené à devenir une figure récurrente dans la vie de Heathcote.

Je ne peux m'empêcher d'en vouloir à cet homme, ce qui est injuste de ma part, parce qu'il n'y peut pas grand-chose. De fait, grâce à lui, je comprends un peu mieux la situation. Heathcote était heureux d'accueillir cet homme, cet admirateur inconditionnel, parce qu'il se contentait de ce qu'on lui donnait, ne risquait pas de le contredire ou de le mettre au pied du mur. Comme un bête chien, me dis-je, avant de me reprendre. Il y a un peu de vrai dans cette pensée haineuse, cela dit. Comme un animal – comme le choucas –, cet homme ne risquait pas de poser de questions embarrassantes. Je me lève et le laisse seul avec sa peine. J'ai l'impression que le monde ne tourne pas rond.

L'enterrement le lendemain passe dans une sorte de brouillard. Nous sortons le cercueil par la fenêtre du salon et défilons dans la rue sur le kilomètre qui nous sépare de l'église. Les gens se relaient quand ils sont fatigués de porter le poids de Heathcote, mais je refuse de quitter mon poste, laissant le cercueil s'enfoncer pesamment dans mon épaule. Devant nous, quelqu'un frappe un énorme tambour. Yana et ma mère suivent de près. Je m'inquiète pour ma mère. Cela fait vingt-sept ans qu'elle n'a pas vu Heathcote, et la plupart des gens qui essaiment autour du cercueil ne sont pas nos amis. Au cours de ces années, certaines des horreurs que racontait Heathcote sur elle sont même parvenues jusqu'à mes oreilles, ce qui montre qu'il n'y allait pas de main morte. Tout en gardant un œil sur elle, je vois la foule enfler peu à peu. Je jette des regards incessants par-dessus mon épaule, incapable de croire que Heathcote avait autant de gens dans sa vie.

Quand nous arrivons à l'église, la taille de l'assemblée réunie me fait l'effet d'une gifle. Les bancs sont pleins à craquer. Cet homme n'était pas un ermite. Nous déposons le cercueil devant l'autel tandis qu'un morceau de musique classique passe sur les enceintes, puis la voix sonore de Heathcote retentit d'en haut, emplissant l'église. Heathcote décrit la planète vue d'en haut, une perspective céleste, olympienne. “*Vue de l'espace, la planète est bleue…*” C'est un enregistrement que j'ai déjà entendu ; les premières strophes de *Whale Nation*, le poème qu'il venait de terminer lorsqu'il a rencontré ma mère. Sa voix est familière, séduisante, hypnotique, et je sens une nostalgie familière monter en moi tandis que le prêtre s'approche de la chaire.

À la fin de la cérémonie, je prends automatiquement la suite du cercueil quand il est soulevé et emporté hors de l'église, laissant tout le monde encore debout à sa place. Un corbillard attend dehors pour ramener son corps à la morgue. Il n'y a pas de projet immédiat pour le cadavre. Mes sœurs semblent faire un blocage à ce sujet, alors il repart pour son lit de glace. Je suis planté sur le gravier rugueux avec mes chaussures en cuir qui me mordent les orteils, sans trop savoir quoi faire. J'ignore comment me comporter dans une telle situation. D'autres émergent de l'église et quand ils s'arrêtent pour me parler, je me surprends à essayer de prétendre que je connaissais vraiment Heathcote, racontant en boucle une blague que j'ai trouvée dans un de ses carnets sur la différence entre un chat et une virgule. (Quelle est la différence entre un chat et une virgule ? Au chat on donne sa langue, la virgule ordonne la langue.) "N'est-ce pas du Heathcote tout craché ?" n'ai-je de cesse de répéter, jusqu'à ce que ma mère me tape sur l'épaule en me suppliant d'arrêter.

À la veillée, je ne sais pas quoi dire aux gens, et les gens n'ont pas l'air de savoir quoi me dire. J'essaie d'encourager ceux qui le connaissaient à écrire plus que des banalités dans le livre d'or. Je veux des dissertations. Des souvenirs clairs, détaillés, intenses. J'essaie encore de trouver un moyen de m'accaparer un bout de cet homme, de le comprendre. Les gens ont l'air déroutés. Ça me rappelle quand j'étais enfant et que je rencontrais des gens qui disaient connaître mon père. "Ah vraiment, répondais-je avec désinvolture. Il est comment ?" Ils rétropédalaient illico, se trouvant dans une situation plus intense que prévu. Je sais d'expérience que c'est un exercice futile. Tout ça est très familier. Traquer Heathcote dans des lieux où il n'est pas. Je quitte Oxford en me sentant encore plus vide qu'à mon arrivée.

34

Après l'enterrement, je me mets à retracer obsessivement toutes mes rencontres avec Heathcote. Je vois les douzaines d'occasions manquées, les chances que je n'ai pas su saisir, les ouvertures qu'il a faites et que j'ai délibérément ignorées. Je me reproche de ne pas avoir fait plus d'efforts. J'aurais dû essayer d'appeler plus souvent. J'aurais dû aller chez lui. Sa porte était toujours ouverte, après tout. Une porte ouverte dont tout le monde avait connaissance – sauf moi. J'étais celui avec qui il ne pouvait pas être. Si, après la mort de Heathcote, les sentiments se refusaient à moi, ils viennent maintenant frapper à ma porte. Son ultime tour d'escamotage m'a renvoyé en arrière. Je n'arrête pas de penser à son air impuissant lorsque je lui ai parlé de la crémation, à son explosion sanglante quand je suis venu à son chevet, à la lettre que je lui ai écrite avec du sang, et la fois, confinant à la psychose, où j'ai souhaité sa mort, et que j'ai cru que mon souhait avait le pouvoir de se réaliser. Un terrible sentiment de responsabilité me consume. *C'est à cause de moi. C'est ma faute.*

Je ne pensais pas que le deuil ressemblerait à ça : un procès sans fin, où j'endosse à la fois le rôle de procureur, de juge et de malheureux accusé. Mais c'est bel et bien ce qui se passe. Je pars en quête de preuves pour expliquer les absences de Heathcote, et elles sont faciles à trouver. Toutes les choses horribles que j'ai faites dans ma vie, réelles et imaginées, me reviennent en mémoire, de ma plus tendre enfance à aujourd'hui. C'est comme si une nuée de corneilles réprobatrices battaient des ailes dans ma tête. Elles frappent quand l'envie leur prend, peu importe le temps et le lieu. La nuit, quand j'essaie de dormir, je me recroqueville soudain, perclus de douleur, comme si on m'avait empoisonné ; à l'étage du bus à impériale, je me cogne la tête ; voûté à une table au café du coin, je me mets à me griffer le visage et à me balancer sur ma chaise ; en faisant la vaisselle, je me couvre d'injures, oubliant qu'il y a d'autres gens dans la maison. "Espèce de sale merde", je lance à l'adresse d'une casserole sale tandis que le souvenir où je me fais pipi dessus à l'école maternelle se répand comme une tache à l'intérieur de mon crâne. Je me sens comme une fourmi sous une loupe – mais en même temps que je suis la fourmi, je suis le garçon qui la brûle avec la loupe. Je tape des poings dans des objets inanimés jusqu'à me râper la peau et faire perler du sang. Parfois j'ai l'impression d'être à un cheveu de me faire sérieusement du mal, ou, pire, de faire du mal à quelqu'un d'autre.

Parfois, la conscience que Heathcote était au moins partiellement responsable parvient à percer. Au supermarché, au rayon fruits, j'aperçois une barquette de raisin noir et éprouve un élan de colère au souvenir de sa conviction tragique que le raisin pourrait guérir sa maladie incurable. "Vieil imbécile", je crie à l'intention des raisins, décochant un coup de pied vers le stand de fruits. Un monsieur d'aspect fragile qui traîne des pieds vers moi s'arrête net et s'éloigne d'un pas nerveux. J'ajoute "effrayer un retraité vulnérable" à la liste de mes crimes.

Ces sentiments, bien qu'inhabituels dans leur sévérité, me sont aussi très familiers, et je me tourne vers des solutions familières. Je bois trop, fume trop d'herbe, abuse de la codéine et des somnifères, et tout ça crée son propre écosystème de regret. Ma paranoïa – qui n'a rien d'une bête placide dans des circonstances normales – se sent pousser des ailes.

Yana essaie de m'aider, ou du moins elle essaie de me faire parler de ce qui m'arrive, mais je me ferme à elle, physiquement et émotionnellement. Et si évoquer la parentalité était difficile auparavant, c'est devenu complètement impossible. Je passe plus de temps que jamais enfermé avec l'oiseau. Avec Benzene sur mon poignet, les pensées me fuient. Je perds mon sentiment de perdition dans la noirceur de ses yeux. La voix revancharde dans ma tête est réduite au silence par le battement de ses ailes, au moins pour un temps. La pie attaque les plaies ouvertes de mes phalanges avec son bec et goûte le résidu avec sa mince langue noire. Manger, pense-t-elle. Peut-être y a-t-il quelque chose à apprendre de son attitude prosaïque. Après tout, qu'est-ce que la mort – ou un corps mort – pour une pie, sinon une occasion de grandir ?

Plus je passe de temps avec elle, plus je commence à me demander si elle n'aurait pas le pouvoir de m'extraire définitivement du piège où je me suis jeté. Je me souviens du livre d'une femme qui, à la suite de la mort brutale de son père, a entraîné un faucon pèlerin à voler depuis son poignet. Il me semble que le poids létal de l'oiseau sur son bras l'aidait, d'une manière ou d'une autre ; il la sortait d'elle-même. Je repense aux jours de la pie à la ferme, au frisson de la voir s'éloigner et celui, encore plus grand, de la voir revenir vers moi. Un oiseau qui revient toujours pourrait être un antidote au deuil. C'est tout à fait sensé, dans une sorte de logique de rêve.

Une pie n'est pas un faucon, bien sûr. Mais un dresseur professionnel avec qui je me suis lié – un homme assez étrange qui vit avec un couple de corneilles – m'a dit qu'il était possible de dresser une pie à répondre à l'appel à tous les coups en utilisant des techniques de fauconnier. Il l'a fait il y a des années pour la pub d'un bijoutier, et j'ai vu d'autres exemples en ligne. Il y a quelque temps, il m'a envoyé des instructions et des liens vers tous les équipements dont j'aurais besoin. L'heure est venue, je décide, de tenter le coup. Les nouvelles plumes de vol de Benzene ne demandent qu'à jouer dans le ciel ; et j'ai un besoin urgent d'échapper à moi-même. J'imagine mon fantasme devenu enfin réalité – pouvoir tendre mon bras dans le parc et voir un oiseau apparaître au bout comme par enchantement ; l'envoyer voler par-dessus les arbres en même temps qu'une part de moi s'envole avec lui. À la ferme, la pie est toujours revenue – bien que toujours à son rythme. La faire voler en ville comporterait quelques risques supplémentaires – huit millions, et le nombre augmente chaque jour –, mais la récompense, j'en suis sûr, n'en sera que plus grande.

Quand Benzene voit l'équipement de fauconnerie – les bracelets de cuir, la longue bobine de fil en nylon, la pince en métal et la petite longe de cuir –, elle s'envole immédiatement pour la plus haute branche. Il fallait s'y attendre. Elle a peur de la nouveauté, et tout nouvel objet, comme un jouet ou un perchoir, est d'abord traité avec suspicion. Pas de problème. J'ai de la patience et des asticots. Tous les jours pendant une semaine, je passe un peu de temps à la familiariser avec les bracelets de cuir, la laisse les mordiller et jouer avec. Je crée des associations positives avec ces objets, en lui offrant plein de friandises vivantes. La première étape est de lui passer le bracelet. Puis je la ferai voler au bout d'un fil, comme un cerf-volant ; et une fois qu'elle aura prouvé qu'elle revient toujours, je me débarrasserai du fil et la ferai voler librement. Avec un peu d'entraînement, un peu d'amour, elle reviendra quand je l'appellerai. Alors elle pourra m'accompagner partout où je vais, un compagnon permanent. Un oiseau sur la tête pour tenir les pensées à distance.

Benzene est contente du rab d'asticots et d'attention ; et elle apprécie toujours de mâchouiller un bout de cuir. Mais si j'esquisse le geste de lui passer les bracelets, elle s'écarte d'un bond. Si je persiste, elle se met à faire des allers-retours d'un bout à l'autre de la volière, ricochant sur la clôture avec une telle frénésie que je commence à avoir l'impression qu'elle bondit à l'intérieur de mon crâne.

Je finis par craquer. Un matin à l'aube, je l'attrape dans ma main et, ignorant ses cris de colère et ses coups de bec, je fixe les bracelets. Le dresseur m'a dit que je risquais de devoir en arriver là. "Elle te remerciera quand elle aura compris à quoi ils servent", m'a-t-il rassuré. Mais Benzene ne me donne pas l'occasion de lui montrer à quoi ils servent. Elle me boude, ne s'approche plus de moi, malgré tous les asticots que j'agite devant elle sous sa branche. C'est comme si, avec ce seul acte de trahison, j'avais brisé le lien qui nous unit.

Elle passe la journée à tirer obsessivement sur les lanières de cuir autour de ses pattes en allumettes, puis elle reste juste perchée, éreintée et déprimée, sur sa branche. Après une semaine de ce petit jeu, elle vient me trouver à mon bureau et se pose sur mon poignet. Elle lève la tête vers moi en silence et se contente de me fixer du regard. Comme si je jouais à qui cillera le premier avec ma propre conscience coupable. Je suis dévasté ; encore une mauvaise action à ajouter à la liste. Je prends délicatement la pie dans mes mains. Cette fois, pas de pépiement irrité quand, à l'aide d'une paire de ciseaux à ongles, je la libère soigneusement. L'oiseau se mordille la patte, cancane et s'éloigne d'un battement d'ailes, me laissant encore plus malheureux qu'avant. Je ne peux pas m'envoler pour laisser tout ça derrière moi, ni m'en sortir par la force brute. Je suis pris dans un piège que j'ai moi-même créé.

Nid

35

Je tends mon bras dans le parc et un oiseau apparaît sur mon poignet, une perruche vert acide aux serres affûtées et aux yeux kaléidoscopiques. Dans les châtaigniers autour de moi, des douzaines de ces drôles d'oiseaux incongrus observent la scène, claquant la langue dans leur bec églantine. Deux autres fondent en piqué sur mon avant-bras, jouent des coudes pour se faire une place et criblent ma peau de minuscules cratères en se chamaillant pour le tas de cacahouètes dans ma main. À côté de moi, China et ses enfants sont debout, les bras tendus. Bientôt, eux aussi sont couverts de perruches. Les garçons poussent des cris de stupeur et d'extase tandis que ces oiseaux exotiques poinçonnent la peau laiteuse de leurs bras.

Tout autour de nous, des inconnus font pareil. Un vieil homme au teint olivâtre avec un sac à dos rempli à ras bord de graines de tournesol attrape des perruches en l'air, tel un magicien qui fait apparaître des foulards de soie, et les distribue comme de la barbe à papa ; une femme seule pousse des cris stridents sans se soucier du regard des autres, perdue dans sa propre joie tandis que pas moins de six oiseaux se prennent le bec sur ses épaules ; les yeux d'une femme voilée s'illuminent quand une perruche vient se pavaner sur le bras de son fauteuil roulant.

Il y a cent ans, les ancêtres de ces perruches à collier se sont échappés de leurs cages et ont étonnamment prospéré dans le microclimat londonien, bien qu'à un demi-monde de distance de leur habitat naturel.

À présent, elles survolent la capitale par centaines, apportant ravissement, confusion, inquiétude et beaucoup de bruit partout où elles se posent. Pour une raison mystérieuse, ici – et, pour autant que je sache, ici seulement –, autour de cette rangée particulière de châtaigniers de Hyde Park, ces oiseaux sauvages ne connaissent pas la peur. C'est comme un petit coin d'Éden, mais avec plus de perches à selfie. Les oiseaux ont appris à accepter les humains, et les humains ont appris à accepter les oiseaux : un apprivoisement à double sens. Si seulement on pouvait faire pareil avec la pie : c'est le monde qui a besoin d'être préparé si elle doit y voler librement.

Je transvase mes perruches sur China, ajoutant des cacahouètes et des graines de tournesol sur ses épaules et ses cheveux pour encourager de nouvelles perruches à descendre des arbres. Bientôt, elle est perdue sous un grossier manteau d'oiseaux hurleurs.

– Argh, dit-elle, mi-sourire, mi-grimace, tandis qu'une perruche lâche une fiente longue et mince sur sa main. Horrible vermine.

Sa réaction me fait sourire, même si, l'espace d'un instant, je ne sais pas trop pourquoi. Puis je prends conscience qu'en faisant ça – en lui infligeant ces perruches dégoûtantes –, je me sens vraiment investir le rôle de petit frère pour la première fois. Après la mort de Heathcote, je me suis demandé ce qu'il adviendrait de notre relation, je me suis demandé si elle allait se distendre une fois que l'urgence qui nous liait serait passée. Manifestement, mes craintes étaient infondées. Trois mois ont passé depuis la mort de Heathcote ; nous sommes maintenant en automne. Les garçons ont rempli leurs poches de châtaignes, ils ont aussi rempli les nôtres, et la lame des saisons fauche méthodiquement les feuilles des arbres autour de nous. Le corps de Heathcote a été sorti de son congélateur pour être brûlé : le sang bouilli, l'ADN désentortillé, les fragments calcinés pulvérisés dans un moulin à café géant. Et nous voilà tous réunis. Cette continuation a comme un air de rébellion ; signe que la poigne squelettique du père tout-puissant s'effrite.

Bien sûr, notre unité prolongée pourrait être le signe que l'urgence n'est pas encore passée. China, malgré son sourire hésitant, semble hantée par le spectre du regret. Parfois, elle semble convaincue que tout est sa faute, une impression ô combien familière. Le théâtre d'ombres qui vacille sur les parois de mon crâne n'est pas moins effrayant. Je passe plus de temps que jamais perdu dans un univers alternatif où la police m'attend toujours devant ma porte ; où le moindre coup de fil menace de m'informer que j'ai perdu la raison et que j'ai fait une chose horrible ; où chaque coup frappé à la porte indique que quelqu'un est venu me tuer. Ce psychodrame incessant, fastidieux, répétitif, affecte aussi la vie de Yana. Essayer d'avoir un enfant est censé être un moment joyeux, et elle veut parler de l'avenir. Mais tout ce dont je suis capable, c'est de ressasser le passé en silence et d'y voir les germes de l'enfer à venir – la laissant ainsi totalement seule dans son optimisme et son enthousiasme.

Regardant autour de nous les inconnus avec leurs sacs de graines, je me demande ce qu'il manque à leur vie. J'ai parfois l'impression qu'on peut deviner le poids des soucis d'une personne à la taille du sac de pain qu'elle apporte pour les oiseaux. Nourrir les oiseaux est un plaisir à la fois simple et complexe. C'est un moyen pour les gens qui se sentent mal de faire une bonne action univoque ; un moyen pour les gens qui ont l'impression de manquer de pouvoir ou de contrôle d'exercer une petite influence sur le monde ; un moyen de combler un vide. Interagir avec les animaux est bon pour nous : les études montrent que cela ralentit le rythme cardiaque, réduit le niveau de stress et stimule l'ocytocine, l'hormone de l'amour. Il y a un vers dans le poème de Heathcote sur le choucas où il cite Emily Dickinson au sujet des oiseaux : "J'espère que vous aimez aussi les oiseaux. C'est économique. Cela évite d'aller au ciel." Les oiseaux sont un remède.

Nos perruches écossent avec dextérité les graines de tournesol que nous leur proposons et écrasent les cacahouètes dans leurs becs tranchants comme des tenailles. Un des garçons essaie d'en caresser une et il est récompensé par un méchant coup de bec. Les oiseaux ne restent avec nous que tant que nous en valons la peine. Dès que les réserves de nourriture se tarissent, ils s'en vont, repartent dans les arbres, et nous laissent avec nos poignées de coquilles vides.

À mi-hauteur du tronc sillonné d'un chêne, je repère un choucas qui nous épie à travers un unique œil de gemme. Je le montre à China et elle fait une drôle de tête. Je plonge ma main dans mon sac à dos, sors mes dernières cacahouètes et m'avance lentement vers l'arbre. Je suis convaincu de pouvoir attirer cet oiseau-là aussi. Je peux faire manger un oiseau sauvage dans ma main, dompter l'indomptable. Le choucas qui se poserait sur moi serait comme une bénédiction, une absolution. Un tonifiant pour l'âme. Il pourrait me libérer du poids de la responsabilité. Le choucas, niché presque invisible dans l'ombre d'une branche, s'aperçoit qu'il a été vu et se tend. Il ne veut pas être mêlé à tout ça. Je baisse les yeux et ralentis le pas, brandissant mes cacahouètes offertes à l'aveugle vers le chêne. Quand je lève la tête, les ailes noires de l'oiseau fendent l'air et disparaissent dans le vide.

Je reviens inexplicablement dépité et nous nous dirigeons ensemble vers la sortie du parc. China et moi marchons côte à côte un moment, sans prononcer un mot. Elle fronce les sourcils en regardant par terre, pétrissant une pensée avec son front. Enfin, elle m'annonce qu'elle envisage de retourner à Port Eliot, le domaine des Cornouailles où Heathcote a vécu dix ans. Là où il avait le choucas. Là où il a vécu avec ma mère et moi. Apparemment, il n'a jamais pris la peine de déménager ses affaires après son départ, de sorte qu'il reste des pièces entières remplies de ses cartons. Peut-être des lettres. Peut-être des carnets. Peut-être davantage d'informations sur le choucas que n'en contient le poème ; peut-être plus d'éléments sur son monde intérieur que ce qu'il m'a jamais dévoilé.

– Si j'y vais, demande China, ça te dirait de m'accompagner ?

36

Les arbres ont perdu leurs feuilles et de nouvelles pousses ont germé, les choucas et les pies ont enfoui puis déterré leurs réserves pour l'hiver, et les premières fleurs du printemps ont éclos au moment où China et moi nous décidons à embarquer dans un train pour le sud, direction les Cornouailles. Je ne suis pas retourné à Port Eliot depuis ma petite enfance et, bien que je n'aie aucun réel souvenir de cette période, pas de souvenir conscient en tout cas, j'ai néanmoins l'impression de me diriger vers un territoire familier, un monde bâti à partir d'histoires. Le paysage défile dans un flou humide et vert, et j'ai la très étrange sensation que le temps s'ouvre comme une fermeture éclair à mesure que nous fusons sur les rails, et que je vais bientôt pouvoir passer de l'autre côté et voir enfin les choses telles qu'elles étaient. Le cottage dans les bois avec ses noyers et son puits ; le maître des lieux avec un visage comme un rôti de bœuf grossièrement découpé ; les faisans pleuvant du ciel pour finir écrasés en purée pour bébé ; la nuit de printemps où Heathcote a disparu.

En face de moi, China touche du bout du doigt un sandwich œuf-cresson anémique. Ses lèvres sont pincées, les coins vers le bas. Pour elle, le passé n'est pas un fantasme. Du peu qu'elle a laissé entendre, j'ai cru comprendre que Port Eliot n'a pas été un endroit particulièrement heureux pour elle. Heathcote les a plus ou moins abandonnées avec Lily et leur mère pour aller vivre là-bas ; soi-disant pour pouvoir se concentrer sur l'écriture. En ayant ça à l'esprit, le fait qu'il fonde soudain une nouvelle famille avec ma mère à Port Eliot a dû être à la fois un choc et une insulte.

– Même s'il avait survécu, il n'aurait pas changé pour autant, tu sais, me dit China, reprenant une conversation que nous avons entamée quelques kilomètres plus tôt.

Nous avons tous deux gratté le passé comme des enfants grattent une croûte, remuant inlassablement la plaie pour ne lui laisser aucune chance de cicatriser. Ces derniers temps, j'ai beaucoup repensé à mes rencontres avec Heathcote à l'hôpital, qui, bien qu'imparfaites, représentaient une sorte de réconciliation. S'il avait survécu, peut-être lui aurais-je demandé des réponses aux questions qui me tournent dans la tête, au lieu de devoir traquer des choucas et des reliques poussiéreuses. Ou peut-être pas. Je soupçonne China d'avoir raison. Les cerises et la bonne volonté ne suffisent pas à briser les habitudes de toute une vie.

Quand notre train arrive à destination, le soleil a fait une percée et, tandis que nous rejoignons Port Eliot à pied, les primevères et les jonquilles nous sourient depuis les bordures herbeuses du chemin du village. China ouvre la marche sur un sentier sinueux qui nous conduit à l'ombre glaciale d'une antique et imposante chapelle à deux tours dont la porte renfoncée est entourée de chevrons enchâssés, comme des rangées de dents dans une énorme bouche. China la contourne pour se diriger vers un trou dans l'épaisse haie d'ifs qui entoure le cimetière. Elle bondit lestement par-dessus un portail en fer forgé cadenassé et je l'imite, atterrissant dans la lumière.

La demeure majestueuse de Port Eliot est tapie sur le paysage comme un énorme crapaud paresseux ; un long crapaud trapu couleur sable avec un dos strié de créneaux et une tour arrondie en guise de tête. Dans la vallée en contrebas, les eaux de Tamar forment des vasières, et le célèbre pont ferroviaire titube dans l'air sur ses jambes filiformes.

Un berger allemand au garde-à-vous devant la loge nous surveille en silence tandis que nous descendons la pente vers la maison. Je ne sais pas du tout à quel genre d'accueil nous pouvons nous attendre. Peregrine, l'ami de Heathcote, le précédent Lord Eliot, est mort, et son successeur est un adolescent. Il y a des rumeurs de dissensions familiales et, à en croire China, il est possible que nous soyons accompagnés par un gardien qui veillera à ce que nous ne prenions rien qui ne nous appartienne pas.

Nous passons devant le chien d'un pas circonspect, franchissons une double porte et pénétrons dans une cour fermée. Un des gardiens vient à notre rencontre, un ancien soldat dégingandé qui, peut-être par déformation professionnelle, nous dresse un bref rapport sur la situation. Une grande partie de la maison, nous dit-il, est condamnée en raison de l'amiante et de la moisissure – et parce qu'il y a tout le temps des choses qui disparaissent.

– C'est *Game of Thrones* ici, marmonne-t-il. Poison et politique.

Toutes les affaires de Heathcote sont entreposées dans un endroit qui s'appelle la Salle du Couteau, nous explique-t-il, dans les bas-fonds de la maison. Nous le suivons dehors où, derrière une tente de désamiantage, une porte en bois vermoulue est située au pied de la maison. Il la pousse brutalement, sans se soucier d'une clé, et la porte s'ouvre dans un craquement, relâchant une bouffée d'air rance et froid.

Derrière la porte, un tunnel semble courir sur toute la longueur de la maison. Des puits de lumière glauques l'éclairent tant bien que mal, avant qu'il soit englouti dans l'obscurité. Quelque part dans les sombres entrailles de la maison, une cloche tintinnabule, et un chat noir et blanc sort des abîmes d'un pas nonchalant pour se frotter contre mes chevilles.

Éclairant le chemin avec nos téléphones, nous avançons le long d'un tapis de plastique blanc disposé au milieu du tunnel par les agents de décontamination. Là où l'eau et la lumière du soleil se sont déversées d'en haut, des algues humides fleurissent sur la surface des murs de pierre autour de nous. Divers objets abandonnés jonchent notre parcours. Une roue dentelée en fer rouillé. Un vélo d'enfant. Un chauffe-eau renversé comme une bombe non explosée. Nous faisons une embardée sur la gauche et je trébuche sur un tuyau. Je me souviens d'avoir entendu dire que Peregrine détestait tellement la vue des enfants qu'il insistait pour qu'ils empruntent les tunnels sous la maison plutôt que de partager les couloirs avec lui. Je me demande si c'est vrai et, le cas échéant, je me demande pourquoi Heathcote – un homme qui avait trois enfants – a choisi de vivre ici aussi longtemps. Je me cogne les tibias contre un nouvel objet indistinct et espère qu'au moins les tunnels étaient mieux éclairés à l'époque.

Au bout d'un moment, nous nous arrêtons. Le gardien cherche un interrupteur à tâtons et une ampoule pâle dévoile la Salle du Couteau, une pièce froide et humide de la taille d'un conteneur. À côté de moi, une hache rouillée est plantée dans une bûche et le sol est recouvert de copeaux de bois humides. Trois murs sont presque entièrement occupés par des piles de cartons, qui appartenaient tous à Heathcote. L'eau a goutté du plafond le long d'un mur, et une tache de moisissure violette et jaune s'est répandue, effritant tout sur son passage. China soulève avec précaution le rabat d'un des cartons affectés et en retire une liasse de lettres. Elles se transforment en bouillie dans ses mains.

– S'il y avait des chefs-d'œuvre perdus là-dedans, dit-elle, ils sont perdus pour toujours.

Elle semble soulagée qu'un tiers de notre fardeau ait été dévoré. Nous regardons les cartons survivants empilés contre les deux autres murs. Leurs étiquettes, rédigées par un gardien mort depuis belle lurette, donnent une idée de la pagaille que Heathcote a laissée ici quand il a fini par déserter ses appartements pour de bon. Un carton marqué "chambre ronde, haut de la penderie" contient des centaines de pages de notes manuscrites, des coupures de journaux jaunies et des liasses de courriers d'admirateurs. "Rebord de fenêtre gauche" est plein de livres moisis, de cassettes et de bouts de papier. Un autre carton, marqué "sol", est rempli de pantalons. C'est comme s'il avait abandonné son ami Peregrine aussi soudainement qu'il nous a abandonnés, ma mère et moi. Je ne sais pas combien de temps il est resté ici après avoir fait sa crise et s'être coupé de nous ; peut-être tout ce désordre évoque-t-il un esprit encore en ruine. Ou peut-être que c'était juste un bon à rien.

Je commence à sortir des choses au hasard : une pièce de théâtre envoyée à Heathcote par Harold Pinter ; des courriers administratifs relatifs au non-paiement de la pension alimentaire due à ma mère ; des monceaux et des monceaux de correspondance avec une société d'amoureux des baleines ; un pouce en plastique cassé qu'il devait utiliser pour escamoter des foulards de soie et des cigarettes allumées sous les yeux des gens ; et une diapositive à peine plus large qu'un timbre-poste qui, quand je la porte à la lumière, montre ma mère en miniature qui jongle dans un champ, des balles argentées suspendues en vol et un sourire figé sur son visage. Plus loin dans le carton, je trouve ce qui doit être l'enveloppe de ces mêmes balles de jonglage, le cuir sec et craquelé, vide de son rembourrage. Je regarde de nouveau la photo de ma mère. Tout son monde est en passe de s'effondrer.

– On reviendra voir tout ça plus tard, dit China. Je vais te faire visiter.

Dehors, nous faisons le tour du propriétaire : elle me montre le labyrinthe, le bassin d'ornement et les jardins botaniques. Nous nous arrêtons sur un banc à l'ombre d'un rhododendron et admirons la vue. La vallée verdoyante est constellée de points noirs, des choucas et des freux éparpillés comme des perles d'obsidienne. Entre eux, la rivière serpente vers l'horizon comme un basilic mordoré.

Il reste des traces de Heathcote à découvrir dans l'étoffe de ces lieux. China désigne du menton un ensemble de fenêtres courbées au deuxième étage d'une tour ronde.

– C'est là qu'était papa, dit-elle.

À mes yeux, c'est le meilleur endroit de la maison, avec des vues quasi panoramiques sur le domaine et au-delà. Comme s'il avait vécu dans un nid-de-pie incroyablement spacieux. Pas mal non plus pour élever un choucas. Je l'imagine contempler le paysage depuis la tour avec son oiseau sur l'épaule, des traînées de blanc sur la veste, puis ouvrir la fenêtre et regarder son follet s'envoler, voyant le monde à travers les yeux bleus de l'oiseau.

Au pied de la tour, on trouve une des sculptures de Heathcote, une créature à l'aspect démoniaque en habit de moine dont les traits ont été taillés, grandeur nature, dans le tronc pourri d'un arbre. Je me tiens devant la sculpture, qui est à peine plus petite que moi, et passe mon doigt le long des profonds sillons qui forment les plis de sa tunique. Il s'agit de Dando, m'explique China, un moine débauché des environs qui fut, selon la légende, attiré en enfer par le diable en personne après avoir imprudemment accepté un verre le jour du Seigneur. Du lichen recouvre le visage buriné, légèrement féminin, comme une maladie de peau. On ne sait pas trop s'il est censé rire ou hurler.

Bien sûr, Heathcote n'a pas vécu dans la tour pendant tout son séjour ici. Peut-être était-ce en raison de la supposée aversion de Peregrine pour les enfants que Heathcote s'est vu octroyer l'usage du vieux cottage d'éleveur de cochons lorsque les siens sont venus lui rendre visite et, quand il est devenu clair qu'il allait avoir une famille à plein temps, il s'y est définitivement installé. Ou du moins était-ce l'idée.

C'est à ce cottage que China propose de m'emmener. Je ne l'ai jamais vu en photo, mais je l'ai souvent imaginé : une sorte de maison de pain d'épices dans une clairière au milieu des bois, avec un toit de chaume, des fenêtres baignées de lumière et une cheminée qui fume.

– Ce n'est pas un endroit très sympa, dit China tandis que nous nous éloignons de la grande maison. Il faisait toujours super froid et sombre quand j'étais là-bas.

Nous passons devant un étang où deux gros pêcheurs lancent leurs lignes au soleil, puis nous pénétrons dans un bosquet plein de chênes couverts de mousse et de dompte-venin. Le sol est un océan d'ail sauvage : d'épais buissons de feuilles vertes tremblantes qui entourent des pousses comme des fers de lance, avec des bourgeons pointus sur le point d'éclater en fleurs blanches délicates. China et moi nous penchons pour cueillir quelques fragments et nous les mettre dans la bouche. Les jacinthes sauvages n'ont pas encore éclos, mais elles ne sauraient tarder. C'est à peu près à ce moment de l'année que Heathcote a eu sa crise.

China avait raison. Plus nous nous approchons du cottage, plus il fait sombre et froid tandis que la forêt se referme sur nous. Le sentier n'est plus du gravier mais du simple paillis, et l'ail sauvage disparaît. Le cottage lui-même est décevant : une petite bâtisse trapue construite en blocs de pierre grise sur les ruines d'un élevage de cochons. À proximité, une canalisation d'eau a cédé et les granges croulantes devant le cottage chancèlent au-dessus d'une mare d'eau stagnante. On est loin du nid douillet que j'imaginais.

Je frappe à la porte et un quinquagénaire bedonnant au teint pâle et aux cheveux en brosse gris acier vient ouvrir. Je lui explique que j'ai habité ici autrefois et, même s'il n'a pas l'air particulièrement ravi à l'idée de me laisser jeter un œil, il est trop poli pour refuser, donc je rentre.

Le seuil franchi, l'ambiance est plus réjouissante. Je traverse une salle à manger avec une table en bois rustique, un poêle en fer forgé et un buffet en bois encombré de bibelots. Le cottage est bâti sur une pente, de sorte qu'au niveau de la cuisine il s'enfonce sous le niveau du sol. À travers la fenêtre, le tapis forestier est dans l'alignement de mon regard, un entrelacs de lierre et de branches mortes. Deux merles fusent devant moi, qui se disputent bruyamment le territoire. Je me sens comme un lapin passant la tête par l'entrée de son terrier.

J'ai maintenant une image plus réaliste de la manière dont nous avons vécu, mais je peine à trouver le moindre indice dans le cottage qui pourrait expliquer pourquoi tout s'est disloqué. Je suppose qu'avoir un nourrisson à charge tout l'hiver dans cet environnement isolé a dû être difficile. Mais, le cas échéant, le printemps aurait dû être synonyme d'espoir. J'imagine Heathcote mettre un pied dehors chaque jour et se retrouver au milieu de cette forêt, avec des pousses vertes dans les sous-bois, une brume remontant de la vallée, le chant des oiseaux sonnant l'aurore. Pour une personne heureuse, ç'aurait été le paradis. Mais pas pour Heathcote. Les nouvelles feuilles de l'année se sont déployées et sa tête a déraillé.

Alors que nous repartons sur le sentier forestier, je pense au récit que m'a fait ma mère des jours qui ont suivi la disparition de Heathcote, quand elle parcourait le kilomètre qui la séparait de la demeure principale avec moi dans les bras pour essuyer les rebuffades hostiles de Lord Eliot. À mesure que nous nous approchons, les créneaux s'élèvent de la pelouse, puis les murs austères et les grosses portes en bois – une défense obscène contre une mère avec son bébé dans les bras.

Quand nous arrivons à la maison, le fils benjamin de Peregrine, Louis, un quadragénaire aux cheveux bruns hirsutes et aux yeux doux, propose de nous faire visiter l'ancienne aile de Heathcote. Il semble légèrement déconfit quand nous acceptons son offre, nerveux même d'entrer dans sa propre maison d'enfance, et je me demande quel drame se joue dans cette famille.

Louis nous conduit en haut d'un escalier, puis nous franchissons une porte verte capitonnée, un couloir étroit, puis une porte dérobée vers le grand vestibule, où des portraits poussiéreux de gens qui doivent être les Eliot à travers les âges nous lancent des regards mauvais depuis les murs. Au-dessus de nos têtes, un lustre noir est suspendu à une épaisse chaîne et, à côté des lourdes doubles portes, des sabres et des fusils à silex reposent sur leurs socles. Tout semble fatigué et cassé, comme si le cœur de la maison l'avait désertée et qu'il essayait discrètement de s'infiltrer dans le sol. Le tapis rouge autrefois somptueux qui orne le majestueux escalier est en lambeaux. La riche tapisserie en soie est déchirée, révélant des efflorescences de moisissure noire en dessous. Par endroits, de vrais champignons poussent sur les murs. Avec Louis pour guide, nous avançons dans les couloirs sombres et renfermés vers les anciens quartiers de Heathcote.

Après plusieurs tentatives infructueuses, ma mère a réussi à s'introduire en douce dans ces couloirs elle aussi, pénétrant dans la maison par les appartements des domestiques. Je ne doute pas un instant qu'elle devait être furieuse contre Heathcote pour l'avoir laissée seule avec leur bébé dans les bois, sans même un mot d'explication. Elle devait aussi être terrifiée et prête à tout pour aider l'homme qu'elle aimait et qui, croyait-elle, l'aimait aussi. Au fil des années, je l'ai assaillie de questions afin de comprendre ce qui avait mal tourné dans la tête de Heathcote. Il devait bien y avoir eu des signes avant-coureurs. On ne sombre tout de même pas dans la folie du jour au lendemain. Il faut pourtant croire que c'est précisément ce qui s'est passé. Un jour, tout n'était que jacinthes et félicité ; le lendemain, Heathcote se volatilisait.

Au premier étage, nous empruntons un couloir irrégulier décoré de boiseries vers la tour ronde au bout, vers la chambre où ma mère a fini par trouver Heathcote, les yeux hagards et perdu dans ses divagations.

Au contraire d'à peu près tout le reste de cette chasse aux fantômes, la chambre principale de Heathcote est similaire à ce que j'ai toujours imaginé : un espace rond, baigné de lumière, luxueux, avec une cheminée en marbre et d'immenses fenêtres aux cadres en bois, comme la suite du capitaine dans un galion espagnol. Le tapis persan est élimé et la peinture vert olive pâle s'écaille, mais la pièce semble avoir réussi à échapper à la moisissure qui a investi le reste de la maison.

Après que nous avons été écartés avec ma mère, Heathcote est retombé sur l'oreiller de son privilège social, une version moelleuse de l'entraide dans la communauté des anciens d'Eton. La gouvernante de Lord Eliot lui apportait ses repas et il était enfin libéré de ses obligations. C'est là qu'il semble avoir décidé qu'en fait il ne faisait pas une dépression ; qu'il avait mis un terme à cette histoire à cause de divergences créatives, à cause de cet obscur ennemi de l'art, "le landau dans le vestibule".

À part constater à quel point il a été facile pour Heathcote de se débarrasser de ma mère et moi, je ne sais pas ce que je m'attendais à trouver dans cette pièce. Heathcote a vécu ici près de dix ans ; il a écrit ici, mangé ici, pissé ici, élevé un choucas, et s'est dérobé au reste de ses responsabilités ici. Mais le seul signe de lui que je trouve est un exemplaire d'un de ses livres – *Éléphant sacré* – posé sur un buffet près d'une fenêtre. Pensais-je vraiment que le papier peint allait murmurer à mon oreille? Les réponses que j'attends ne vont pas jaillir du parquet. Heathcote, si tant est qu'on puisse le trouver à Port Eliot, est au sous-sol, entassé dans ces cartons humides à la cave.

China et moi passons le reste de la journée à transporter des brouettes d'affaires de Heathcote dans le couloir sombre sous la maison et à le charger à l'arrière d'un petit camion. Tout est destiné à un studio de l'ouest de Londres pour être trié et, avec un peu de chance, vendu. China grommelle que c'est encore à elle de nettoyer le bordel de son père. Nous nous immergeons dans la poussière de décennies intactes; papier moisi, pourriture et crottes de souris nous griment comme des fantômes. Quand le travail est terminé, nous nous disons au revoir avec China et je la regarde épousseter ses vêtements, puis se hisser dans l'habitacle avec le chauffeur. Alors que le camion s'ébranle, je me tourne et me dirige vers l'église en haut de la colline.

Seul sur le quai à la gare du village, je me surprends à penser, non pas à Heathcote et à ce qui aurait pu le faire craquer, mais à ma mère, en me demandant comment elle a trouvé la force de continuer après ça. Abandonnée par le père de son enfant, envoyée promener par le maître des lieux, sans nulle part où aller – il y avait de quoi être abattue. Mais tant bien que mal, malgré l'excédent de gravité, elle a réussi à maintenir toutes les balles en l'air. Je repense à la photo que j'ai trouvée dans la cave où elle jongle sur la pelouse devant la grande maison. Heathcote lui a appris à faire ça pendant leur parade nuptiale. Il venait la trouver chez elle et ils jonglaient ensemble pendant des heures, d'abord avec un ensemble de balles argentées, puis des massues, et enfin des torches en flammes. Il lui a même fabriqué une sculpture de boules de jonglage à partir d'un bout de bois noueux, qu'elle m'a ensuite donné, et qui est maintenant sur une étagère au-dessus de mon bureau. Après son départ, quand il a aussi mal tourné, certains auraient pu ne plus jamais vouloir jongler, ne plus jamais vouloir prendre de risques. Mais face à la catastrophe, ma mère a trouvé un moyen de récupérer les trésors dans les cendres. Encore aujourd'hui, il lui arrive de jongler avec le feu ; des torches enduites de paraffine qu'elle fait tournoyer dans le ciel nocturne dans un rugissement de flammes, réussissant l'exploit de ne jamais se brûler.

Un couple de choucas atterrit sur un lampadaire de l'autre côté des rails, interrompant le fil de mes pensées. Ils m'examinent soigneusement un moment, puis ils descendent l'un après l'autre au sol pour récupérer des miettes de nourriture dans les interstices entre les dalles. Ensemble ils nettoient le quai, puis ils bondissent sur les rails, ne semblant jamais s'éloigner l'un de l'autre de plus de quelques mètres : clairement un couple reproducteur. Si le choucas de Heathcote a survécu, je suppose qu'un de ces deux-là pourrait bien être de la famille. Une sorte de frère ou de sœur choucas.

Aucun des deux ne laisse à penser qu'il m'a reconnu tandis qu'ils plastronnent d'un air important sur la voie, inspectant des paquets de chips vides, des capsules de bouteilles, des fragments de Benson & Hedge. Côte à côte au soleil, ils semblent plus métalliques que les rails marron rouille sous leurs pieds. Acier noir et gris de plomb. Leur langue aussi est métallique : le *tchak tchak* distinctif, d'où viendrait le mot *jackdaw*, est perçant, dur et vaguement irréel, comme le chant d'un lac gelé quand la glace se craquelle au printemps. Leur galimatias est porteur de sens. Sortons. Rentrons chez nous. Danger. Nourriture par ici. Je les observe encore un peu, puis ils s'envolent ensemble en silence, sans échanger un mot, comme le font parfois les oiseaux, communiquant leur intention par un clignement d'œil, un geste ou une pensée. Je laisse mon esprit s'envoler avec eux un moment, puis revenir sur terre. Il y a un travail de corbeau à faire ici ; un homme mort à disséquer.

37

Je m'allonge dans le bain et passe mes doigts dans mes cheveux. Ils butent sur des mèches emmêlées, où des bouts de viande et des fientes d'oiseau ont formé de petits paquets rétifs. Je détache ces offrandes de la pie, arrachant une bonne partie des cheveux souillés au passage, puis je plonge sous la surface de l'eau. J'écoute les bruits de la maison, la tuyauterie, un vrombissement sourd, mon sang qui tambourine dans ma tête, puis un bruit sec, *clic clac clic clac*, qui estompe les autres sons. Je refais surface et me trouve nez à bec avec la pie. Sans attendre ma permission, Benzene bondit du bord de la baignoire sur mon genou, se faufile le long de ma cuisse et me rejoint dans le bain. Elle m'éclabousse la poitrine, immergée jusqu'à la taille et me jette joyeusement de l'eau au visage et dans les narines, me recouvrant d'une fine pellicule huileuse. Quand je sors, elle se frotte sur ma serviette pour s'essuyer.

Tandis que je m'habille, Benzene bondit sur le pommeau de douche et se secoue, du corps à la queue. Dans un froissement de plumes, elle triple de volume, comme un poisson-globe explosant sous l'effet de la peur. Utilisant son bec en guise de peigne, elle se brosse les plumes une à une, les remet en ordre. Une fois que j'ai enfilé ma chemise, elle saute sur mon bras et s'essuie délicatement les joues sur ma manche.

J'enfourne deux ou trois bricoles dans un sac à dos. Aujourd'hui commence le détricotage. Les papiers de Heathcote ont été empilés et nous attendent à l'autre bout de la ville. Je m'inquiète de ce que je risque d'y trouver, et je m'inquiète de ce que je ne vais pas trouver. Est-il seulement possible de connaître quelqu'un après sa mort ? Je pense à l'image faussée qu'on pourrait avoir de moi si la seule chose dont on disposait était la traînée de papiers que je laisse derrière moi : des documents judiciaires, quelques gros titres accablants, des pages et des pages de notes sur les oiseaux. Reste à espérer que Heathcote soit moins réservé sur le papier qu'il ne l'était dans la vraie vie.

Benzene siffle. Elle parade devant le miroir sur le palier devant notre chambre, contemplant amoureusement son reflet. De temps à autre, elle émet un cri perçant et un caquètement quand elle exécute des bonds, des pirouettes et autres prouesses acrobatiques, admirant sa propre agilité et l'éclair délicat des plumes de ses ailes avec une fierté non dissimulée. Je tends la main et elle saute dessus. J'essaie de lire dans ses pensées, mais elles sont aussi insaisissables que les miennes doivent être pour elle. Elle mordille mes phalanges, cancane à la manière d'un canard, puis, d'un délicat mouvement de poignet, je l'envoie dans les airs.

Benzene est un astre brillant dans les jours qui suivent. Un esprit aérien qui me maintient à flot tandis que je m'immerge dans les épanchements de la tête de Heathcote. Un déluge de pensées, d'images, de rêves et de souvenirs déferle des cartons humides et moisis que nous avons rapportés des Cornouailles. Le corpus est plus profond, plus révélateur, et par moments bien plus sombre que ce que j'imaginais – parfois trop sombre pour être vu sans gêne. Il y a des carnets. Des lettres. Des dessins obscènes. Des plans pour des machines volantes. Des descriptions de tentatives de suicide. Des récits extatiques de rapports homosexuels. De nouveaux préservatifs usagés. Des divagations issues d'un séjour à l'hôpital psychiatrique qui sont plus déplaisantes que quoi que ce soit que j'aie pu lire. Des bribes de désespoir et de colère au cœur de la dépression qu'il a eue après ma naissance. Et il y a des photos aussi : Heathcote petit garçon dans un jardin ensoleillé, agrippant une pomme ; Heathcote à vingt ans, superbement nu, à quatre pattes, son pénis pendant comme une longue mamelle effilée ; Heathcote, bien plus vieux, fourrant des billets de banque dans son anus. Tu me voulais, semblent dire les cartons. Eh bien, me voici. Tu es content ?

L'Archive, comme ont commencé à l'appeler mes sœurs, a été amassée dans un vaste studio de l'ouest de Londres pour être triée et préparée à être vendue. Je n'ai aucun intérêt financier dans la vente – je n'étais pas mentionné dans le court testament de Heathcote, et ne m'attendais pas à l'être –, mais je suis d'avis de mettre le tout aux enchères, pour le bien de mes sœurs. Pourquoi est-ce qu'elles n'obtiendraient pas enfin quelque chose du vieux ? Une petite compensation, au moins. Elles sont sur une ligne différente. Elles ne veulent pas que Heathcote finisse à l'Université du Texas, quelle que soit la somme mise sur la table. Elles veulent qu'il soit à proximité, idéalement dans une institution britannique – afin de pouvoir lui rendre visite.

Si l'on peut dire que Heathcote existe encore quelque part, maintenant que son corps a été brûlé, c'est sûrement ici, dans cette énorme réserve de mots. Ils débordent des cartons, s'échappent des sacs-poubelles ; pas seulement la cargaison rapportée de Port Eliot, mais le contenu de son bureau, et de sa cave, et d'un débarras aussi. Une empreinte de sa vie, tachée de café et de moisissure, aussi détaillée et délicate que les structures parcheminées laissées par les guêpes à la fin de l'été.

Dans l'Archive, l'odeur âcre de la moisissure est encore plus entêtante qu'à Port Eliot, comme si le matériau se rebellait contre la lumière. À la fin de chaque journée, je ressors sali, enrhumé, déprimé – mais je reviens sans cesse à la charge. J'en ai besoin. Mon approche est loin d'être méthodique. J'attaque le corpus de mots et d'images comme un oiseau charognard, cherchant la plaie qui cédera à mon bec inquisiteur, la blessure originelle qui percera l'homme à jour. Je détache des couches de peau, je picore les os, j'approche du cœur du problème à petits coups de bec. Une biographie en patchwork semble émerger ; une ébauche d'histoire racontée par fragments excavés des poubelles. J'ai presque l'impression d'être un voleur, un pilleur de tombe, sauf que ce ne sont pas les trésors qui m'intéressent. Les gloires de Heathcote suscitent à peine un regard. Ce sont les traumatismes que je recherche. Les réponses aux mêmes vieilles questions. Pourquoi une personne disparaît-elle ? Qu'est-ce qui pousse un homme à fuir son enfant ? Pourquoi Heathcote avait-il si peur de la famille ? Quelles sont les forces qui ont guidé cette fuite nocturne il y a tant d'années ?

Ce que je trouve de plus proche du commencement est la photo du petit garçon debout sur une pelouse desséchée, tenant ce qui ressemble à une pomme entre ses deux mains. Heathcote doit avoir autour de cinq ans, la photo doit donc remonter à un an ou deux après la fin de la Seconde Guerre mondiale. Il est tout apprêté. Sandales de cuir bouclées sur des chaussettes blanches tirées au-dessus des chevilles. Genoux cagneux. Short bouffant taille haute. Chemisette blanche boutonnée jusqu'au cou. Ce n'est pas une photo officielle, cependant. Elle est tendre et intime : le portrait d'un garçon qui joue au cœur de l'été. C'est sûrement sa mère – ma grand-mère – qui l'a prise. Heathcote évoque quelque part dans ses notes le petit Box Brownie de sa mère, qui lui demandait de danser et de sourire pour le petit lutin triste qui, affirmait-elle, vivait dans l'appareil. Un instantané de Heathcote avant la catastrophe. Ou pas ? Il est important de résister à la tentation de lire trop de choses dans une photo, mais il est difficile de ne pas penser qu'il tient cette pomme un peu nerveusement, que son sourire est un peu incertain. Le père de Heathcote apparaît dans des portraits, lui aussi. Un homme austère, aux yeux de cochon, avec une perruque de juge, qui fixe l'appareil du regard. Infligeait-il des châtiments corporels à ce petit enfant ? Sinon à cet âge tendre, sûrement plus tard. Prue, la plus jeune sœur de Heathcote, passe plusieurs après-midi avec moi à l'Archive, esquivant les souvenirs du règne de terreur de leur père.

– Au moins, il ne battait jamais notre mère, dit-elle. Bon, il y a bien eu la fois où il lui a jeté à la tête un gigot de mouton.

Ce doit être peu de temps après cette photo dans le jardin que Heathcote a été envoyé en pension sur ordre de son père. Envoyer un enfant aussi jeune dans une pension anglaise me fait l'effet de maltraitance indirecte. Quel âge avait-il lorsque la discipline a remplacé l'affection ? Cinq ans ? Six ? Le gamin arraché aux jupes de sa mère pour devenir un homme. Châtiments corporels. Bizutage institutionnalisé. Et peut-être pire. Heathcote était petit, sans défense. Il semble s'en être sorti en rêvant d'évasion, en rêvant de prendre son envol. Son poème sur le choucas, quoiqu'écrit bien plus tard, commence par rappeler le rêve qu'il avait à cet âge-là d'avoir un choucas comme ami, une créature magique qui lui parlerait et le protégerait. Le fantasme d'un enfant solitaire et vulnérable. Depuis Eton, il écrit à l'entreprise Dunlop Rubber pour demander qu'on lui envoie un ballon assez grand pour l'emporter. La réponse de Dunlop Rubber est datée de juin, ce qui me fait me demander d'où exactement Heathcote prévoyait de s'échapper : de l'école, ou de la maison ?

Je le trouve ensuite à Oxford, étudiant le droit exactement comme le voulait son père. Là peut-être, pour la première fois de sa vie, il a de l'espace pour respirer et pour voir ce qui l'attend au bout du chemin tracé pour lui : une vision cauchemardesque de son visage emprisonné dans la perruque en crin de cheval de son père. Il finit par trouver le courage de gonfler son ballon pour s'enfuir. Il écrit une missive polie, circonspecte, voire nerveuse à son père, annonçant qu'il abandonne ses études, qu'il va devenir artiste et écrivain. Les disputes qui s'ensuivent résonnent aux oreilles de Heathcote jusqu'à son lit de mort. "Comment peux-tu être écrivain alors que tu ne sais rien ?"

Je ne trouve pas la moindre trace de tout ça dans l'Archive, mais Prue me montre la longue règle en bois avec laquelle son père a cogné la tête de Heathcote quand il est descendu d'Oxford après cette lettre. Je touche son bord ébréché et pense à quel point il est étrange que Prue l'ait gardée pendant toutes ces années. Une pièce à conviction, je suppose. Une preuve que ces choses se sont réellement produites. Je repense à l'histoire que Heathcote a racontée à ma mère, sur la fois où son père est venu dans sa chambre pour le battre jusqu'à lui faire perdre connaissance, quand il a rendu les coups pour la première fois de sa vie et que son père a fait une petite crise cardiaque. Il est possible qu'à cet instant il ait souhaité la mort de son père. Peut-être même a-t-il formulé cette pensée à haute voix en envoyant son père au sol. Puis, peu après, la crise fatale est arrivée. Le père de Heathcote est mort à l'été 1964, et c'est possiblement là qu'est née la croyance de Heathcote dans son propre pouvoir terrifiant.

Après ça, ses rêves d'évasion et d'envol semblent prendre une teinte plus sombre. De nouveaux fragments émergent. Il essaie de se pendre, mais on le retrouve à temps. Sur une feuille non datée, il raconte une autre tentative avec force détails. Il grimpe sur le garde-fou du pont de Charing Cross, fait la paix avec Dieu et s'avance vers le bord. Sur la route derrière lui, un homme arrête sa voiture et en descend. "Où est Charing Cross ?" demande-t-il. "Nous sommes sur le pont de

Charing Cross", rétorque Heathcote avec impatience, sans détourner son regard du fleuve qui pulse sous ses pieds. L'homme continue de parler. Il s'appelle Barnes, lui dit-il. Il vit à Camberwell. Il raconte à Heathcote qu'il envisage de rentrer chez lui pour se préparer des œufs au bacon et il l'invite à se joindre à lui. Il faut à Heathcote un effort monumental pour détourner la tête du vide, comme une montagne qui pivote sur son axe. Quand ses yeux croisent ceux de l'inconnu, sa volonté de mourir s'étiole. Il s'éloigne du bord.

Heathcote apparaît ensuite dans la maison familiale. Je le suis au long des lignes serrées des pages A5 d'un journal tapé à la machine qui retrace ses vingt ans, je le regarde traquer le spectre de son père d'une pièce à l'autre. Dans la chambre de ses parents, il voit son père s'habiller et se déshabiller, se remémore ses jambes de moustique, les vaisseaux éclatés éparpillés sur la peau blanche derrière les genoux, son cou rouge et irrité étranglé par son col amidonné, les pans de sa chemise toujours maculés d'un liseré marron à force de se coincer dans ses fesses pâles. Ce n'est pas un portrait affectueux. Dans la salle de bains, le sang du vieil homme est toujours là, sur un vieux crayon hémostatique. Il se coupait la verrue de sa joue gauche chaque fois qu'il se rasait. Heathcote trouve une zone légèrement proéminente sur sa propre joue gauche et commence à arracher les poils tous les jours afin de la rendre plus prononcée. Il regarde le miroir de la salle de bains et découvre qu'il renvoie toujours l'image de son père. L'étoffe de cette maison se souvient du vieil homme, Heathcote en est convaincu. C'est particulièrement vrai pour le bureau de son père. Il s'y installe et tambourine ses ongles sur la surface, exactement comme le faisait son père. Comme s'il essayait de le ramener à la vie. Il voit des traces fantômes de ses mouvements dans la pièce, essaie d'absorber les habitudes du vieil homme, essaie de s'imaginer dans sa tête, mais n'y parvient pas. Je pense à moi en train de faire la même chose. Assis au bureau de Heathcote la veille de l'enterrement, traquant son fantôme dans les couloirs de Port Eliot et dans ses vieux appartements, essayant de détecter ses habitudes, essayant de m'imaginer dans sa tête, sans succès – peut-être jusqu'à maintenant.

Le journal le suit en France, où il est envoyé à l'âge de vingt-trois ans dans un centre de thérapie – soi-disant pour traiter son alcoolisme. Heathcote ne reçoit pas l'aide dont il a besoin. C'est l'époque du Far West de la psychiatrie, et il a l'infortune de tomber entre les griffes d'un thérapeute du nom de Dr Denys Kelsey et de sa femme, Joan Grant, célèbre occultiste qui prétendait être la réincarnation d'une pharaonne jusque-là inconnue du nom de Sekeeta. Ils hypnotisent Heathcote et l'envoient dégringoler en arrière dans le temps à travers ses incarnations passées, en quête du moment où son âme torturée a été blessée. "J'avais été une série d'hommes à tout faire, écrit-il. Joan Grant était dans la pièce pour s'assurer que je n'avais été personne de plus célèbre qu'elle."

Après plusieurs séances de cet acabit, il en a ras-le-bol et se réfugie dans un bar en ville. On le retrouve en train de comater dans un fossé et on le ramène au centre de traitement, où on le remet dans un état de transe. Cette fois, l'hypnotiste n'y va pas de main morte. Heathcote a une syncope. Quelqu'un lui tranche la langue. Quand il revient à lui, il s'aperçoit qu'il ne peut pas parler. Vous étiez un espion pendant la guerre d'Espagne, lui disent-ils. On vous a coupé la langue parce que vous avez refusé de communiquer des informations. Cet acte a laissé une marque sur votre corps éthérique, sur votre être supraphysique, que jusqu'ici vous n'êtes parvenu à apaiser que par un excès de boisson. "Comme vous l'imaginez, écrit Heathcote dans son journal, j'étais extrêmement flatté d'avoir été un prisonnier pendant la guerre d'Espagne." Il part pour Paris le lendemain.

Là, il s'installe dans une chambre au sixième étage de l'hôtel d'Alsace – celui-là même, note-t-il dans son journal, où est mort Oscar Wilde. Il le trouve oppressant, avec son design panoptique ; les voix des inconnus dans les couloirs se resserrent sur lui. Il regarde par-dessus le bord de l'escalier vers l'atrium au sol dur en bas, songeant peut-être encore à voler. Un paon apparaît, s'active bruyamment sur les carreaux, puis un autre. Le gardien leur emboîte le pas, aspergeant soigneusement leurs queues lustrées avec une sorte de liquide. Heathcote suppose que ce doit être de la laque hautement inflammable. Dès que le gardien laisse les oiseaux sans surveillance, il commence à leur jeter des cigarettes allumées, essayant de les transformer en phénix.

De retour chez lui, la voix de son père explose dans sa tête, l'appelle par son nom. Peu après, il devient père lui-même pour la première fois, bien que ses notes n'en disent quasiment rien. Ma sœur China est née à l'été 1969 mais, pour autant que je puisse voir, Heathcote ne consacre presque aucune phrase à cet événement. Ailleurs, ses écrits sur l'amour et le sexe sont percutants et volumineux. Mais quand il s'agit du produit de ces activités, sa plume semble à sec. Pour moi, ce silence exprime des pensées et des sentiments trop insupportables pour être examinés. Il me fait penser à mes propres silences, et à la boule de terreur incandescente qui les projette. Une boule que j'ai du mal à regarder. Peut-être, dans le cas de Heathcote, la paternité convoque-t-elle le spectre accusateur de son père, l'enfant le spectre de sa propre enfance malheureuse. Les choses pourraient être aussi simples que ça – et aussi compliquées.

China n'est encore qu'un bébé lorsque Heathcote les abandonne, elle et sa mère, pour commencer une liaison avec Jean Shrimpton, la première top-model. Une relation à la *Belle et le Clochard*. De son propre aveu, Heathcote traverse des mois entiers sans voir son enfant, alors qu'ils habitent tous dans la même ville. Jean semble devenir une sorte de mère de substitution pour Heathcote : elle lui signe des chèques, finance ses projets, lui donne un toit. La réaction de Heathcote quand Jean l'abandonne pour un autre homme est aussi excessive que celle d'un enfant. Il y a une anecdote récurrente où il s'immole par le feu devant la porte de Jean, sans qu'on sache très bien si c'est un tour de magie qui a mal tourné ou une performance théâtrale pour se faire du mal.

La trace de papier se tarit sur quelques pas. Quand je la reprends, nous sommes au début des années 1970 et Heathcote, qui a fêté ses trente ans, est à l'hôpital psychiatrique de Springfield, dans le sud de Londres. Je ne trouve qu'une image fragmentée de son séjour à Springfield. Des indices griffonnés sur des bouts de papier, des ébauches de lettres, des récits étrangement vantards de rapports sexuels avec d'autres patients, une allusion à un possible traitement par électrochocs. Parfois, il n'a pas l'air de savoir où il se trouve, ni quand. Il écrit des lettres implorantes à maman et papa pour les supplier de venir le chercher, comme s'il était de nouveau en pension. Il glisse ces lettres dans des enveloppes adressées à Jean et à son nouveau compagnon. Une patiente qu'il appelle Bridget the Midget accepte de coucher avec lui dans un bâtiment annexe. Il en est fier et écrit plusieurs moutures du récit de cette expérience. Parfois, il n'a pas l'air de prendre sa situation très au sérieux. Il subtilise le carnet d'un psychiatre et procède à son propre diagnostic. Conclusion : mojo en panne. À d'autres moments, il a l'air d'être douloureusement conscient de la situation. "On m'a envoyé ici, gribouille-t-il sur une feuille de papier, parce que j'ai tué mon père."

Jean – ou "maman" – lui rend visite à l'hôpital, mais elle ne peut rien contre le mal qui lui a été fait ; je comprends désormais que ce mal date de bien avant leur rencontre. Après cette visite, l'abjection de Heathcote se mue en fureur. Il cesse de l'appeler maman, et commence à l'appeler par d'autres noms. Il lui met sur le dos toute sa colère, sa peur et sa haine, comme si elle était une poupée vaudou représentant tous ceux qui ont pu lui faire du mal. Ses lettres deviennent très difficiles à lire. Il menace de scalper Jean et d'envoyer sa peau à quelqu'un en Amazonie qu'il appelle Cocaïne Doris. Il lui dit qu'il projette sur elle un rayon de mort psychique visible pour les psychotiques du monde, qui seront attirés vers elle avec des intentions meurtrières. Il affirme qu'un gitan lui a transmis le pouvoir de maudire et de bénir, et il condamne Jean à sept ans d'infortune et d'infertilité. Il semble la tenir responsable, elle et elle seule, de ses malheurs. Il est Peter Pan, écrit-il, et elle lui a arraché ses ailes. Il publie un distillat de ces lettres, ainsi qu'une photo de Jean nue, dans *Suck*, la revue pornographique radicale que Jean a contribué à fonder et financer.

Après tout ça, la mère de China, Diana, trouve en elle la force de donner une deuxième chance à Heathcote. Ils ont un autre enfant ensemble en 1979, ma sœur Lily. Fouillant dans les sacs-poubelles à côté de moi, China trouve une photo de Heathcote qui porte Lily bébé et elle la met bien au chaud de côté. Il y a, me dit-elle, très peu de photos de Heathcote avec la petite Lily, parce que, de nouveau, il disparaît; pas dans les bras d'une autre femme ou dans une institution cette fois, mais à Port Eliot, qui met quelques centaines de kilomètres entre lui et sa famille.

Là, Heathcote semble vivre une vie monacale légèrement dissolue. Il ne lave jamais ses vêtements, son corps, ou ses draps. Sa puanteur remplit l'aile de la maison qu'il occupe et se répand dans les escaliers comme un gaz toxique, remontant jusqu'aux narines de Lord Eliot. "Il est temps de prendre un grand bain chaud et de jeter quelques vêtements", écrit Peregrine dans une lettre qu'il fait porter aux appartements de Heathcote. “La maison tout entière est emplie d’une abomination à l’Éternel.” Ce n’est sans doute pas si surprenant, mais Heathcote est capable de se vanter de ses années de célibat.

Son rôle à Port Eliot n’est pas tout à fait celui d’un moine, cependant. Dans des lettres, il raconte aux gens qu’il est un squatteur, ou un ermite, mais la réalité semble un peu moins digne que ça. Heathcote doit noircir des pages pour gagner son pain. Il y a des poèmes en demi-teinte célébrant la beauté de la chapelle seigneuriale, et les balbutiements d’une histoire hagiographique du clan Eliot et de ses terres. Avec ses grands airs d’anarchiste, Heathcote semble occuper une position presque féodale ; quelque part entre le bouffon du roi et le scribe.

Diana, la mère de ses deux enfants, lui écrit souvent. Ses lettres sont bouleversantes : elles sont pleines de détails tragiques sur les anniversaires manqués, sur les vacances d’été où les filles vont rendre visite à leur père et sont ignorées, sur la tâche épuisante d’élever deux enfants toute seule à Londres puis à Oxford, tandis que Heathcote reste terré dans son derrick littéraire. Elle raconte qu’elle lésine sur tout pour que Heathcote n’ait pas à se soucier de l’argent, qu’elle s’occupe des enfants seule pour qu’il soit libre de toute responsabilité et qu’il ait de l’espace pour créer. Heathcote semble la récompenser en la coupant discrètement de sa vie. À en croire les longues lettres peinées de Diana, on dirait qu’il ne lui donne jamais vraiment d’explication, mais elle finit bien vite par en trouver une de son côté.

C’est dans une de ces lettres de Diana que ma mère fait sa première apparition. Diana l’examine attentivement lors d’une soirée de promotion du nouveau long poème de Heathcote, *Whale Nation*. Cette jeune femme superbe qui vient d’intégrer la maison d’édition de Heathcote est-elle la raison pour laquelle il n’a plus de temps pour elle et pour les enfants ? Heathcote et ma mère n'étaient même pas ensemble à ce stade, mais peut-être Diana a-t-elle repéré une lueur dangereuse dans les yeux de Heathcote. Ses lettres prennent un tour encore plus sinistre : si Heathcote a de nouveau des relations avec des êtres humains, elle le supplie qu'elle et les enfants disposent d'un droit de préférence.

Comme Heathcote ne tient pas de journal pendant cette période, les seuls instantanés de lui et ma mère que je trouve sont dans ces missives tristes, puis furieuses, de Diana. Ces mots-là aussi sont difficiles à lire. Elle semble incapable de tout mettre sur le dos de Heathcote, donc c'est ma mère qui s'en prend plein les dents.

J'entre en scène pour la première fois dans une lettre de la mère de Heathcote. Elle lui écrit à l'été 1989 pour lui dire à quel point elle est horrifiée d'apprendre que Polly est enceinte. "Je t'aime et je veux comprendre. Je n'arrive pas à croire que tu sois prêt à plaquer ta famille", écrit-elle. "S'il te plaît, écris-moi, parle-moi. Je suis terriblement inquiète."

Quand les lettres affluent à l'hiver pour féliciter Heathcote et ma mère pour la naissance de leur fils, les événements qui suivent me paraissent à présent inévitables. Un bon magicien ne fait jamais deux fois le même tour, mais nous voilà partis pour une troisième fois. Heathcote semble condamné à se répéter encore et encore : un enfant par décennie ; une fuite par décennie. Un fou qui répète la même action en espérant un résultat différent. Mis en contexte, ça n'a plus rien de personnel : rien de tout ça ne l'est.

Voici l'endroit que j'ai cherché à atteindre. Le cœur de la crise. Des feuilles de papier incrustées de marques de désespoir sont propulsées à travers les décennies pour atterrir entre mes mains. Heathcote en veut à ma mère, il s'en veut à lui-même, il en veut au fantôme de son père. Je le vois dans sa chambre de Port Eliot, dans son nid-de-pie en haut de la tour ronde, attaquant un bloc de papier à lettres aux armes de la famille Eliot, brandissant son stylo-plume comme s'il cherchait à prélever du sang. Il tente d'écrire une lettre à Ted Hughes, le poète lauréat. Ils ont déjà correspondu, mais au sujet de leurs travaux respectifs ; jamais vraiment de cette manière. Les mots tourbillonnent autour des coins de la page, se chassent les uns les autres. La calligraphie d'ordinaire soigneuse de Heathcote s'effondre sur elle-même et j'ai le plus grand mal à distinguer les lettres de chaque mot quand ses notes outrepassent les marges de la lisibilité et du sens.

"Je crois que cela fait un an que je suis malade, gribouille Heathcote. C'est la famille. J'en ai deux maintenant. Je trouve ça impossible à gérer. J'ai craqué. Je n'ai jamais vraiment voulu de famille ! J'avais la puissante vocation de devenir franciscain. Mon père y a mis un terme avec une brutalité certaine. J'étais très jeune, et convaincu que je pouvais léviter ! (Il y a toujours quelqu'un pour chercher à vous empêcher de voler.) Je reste persuadé, quand les choses tournent mal, qu'il me faut rester campé sur mes positions. Que la prière est la seule solution. Cerveau brouillé et en surchauffe. Pensées suicidaires. Prières incessantes. Très dur."

Malgré toute l'absurdité de voir quelqu'un avouer ses pensées suicidaires à Ted Hughes, un homme accusé par certaines voix d'avoir poussé les deux femmes de sa vie au suicide, la lettre me fascine. De tous les éléments de l'Archive, c'est vers celui-ci que je n'aurai de cesse de revenir. Notamment parce qu'un drôle de synchronisme semble à l'œuvre. Ted Hughes partageait lui aussi un lien intime avec la famille des corvidés, même si son *Corbeau* était une création purement littéraire. Un exemplaire de son recueil de poèmes a atterri entre mes mains quand j'étais en prison, et son oiseau mythique, mange-mort, défiant Dieu, m'a tenu compagnie en captivité pendant un moment. À présent, incidemment, il apporte les balbutiements d'une sorte de libération. Pour une raison ou une autre, que ce soit par une quête d'empathie ou une tentative de resserrer les liens avec cet homme, Heathcote offre à Hughes quelque chose qu'il n'est jamais parvenu à me donner : un semblant d'honnêteté, et l'esquisse d'une explication. Il se sentait incapable de s'occuper d'une famille. Il a craqué. Ce n'était pas ma faute ni celle de ma mère. Ce n'était même pas vraiment sa faute à lui. La brutalité de son père a fait que la famille lui apparaissait comme un piège, auquel il cherchait à échapper. Lévitation, prière, fuite, suicide. La folie peut être une sorte de refuge, aussi, j'imagine, même si c'est un refuge qui ne vous laissera jamais vraiment repartir.

Qu'est-ce que Ted Hughes a bien pu penser de ces lettres, si tant est que Heathcote les ait envoyées ? Quand je rentre chez moi, je cherche les archives de Ted Hughes sur Internet. La plupart de ses documents semblent être entreposés de l'autre côté de l'Atlantique, à l'Université d'Emory. J'envoie un e-mail à la bibliothécaire de l'université et elle me répond gentiment avec des photocopies de l'intégralité de la correspondance de Heathcote et Ted. Je parcours rapidement ce que j'ai déjà vu, les billets polis sur leurs poèmes respectifs, cherchant la version finale de l'ébauche de confession que j'ai lue. Elle n'y figure pas. Apparemment, il n'a jamais envoyé cette lettre, mais j'en découvre une autre qui date de la période suivant sa dépression, quand il a disparu et qu'il débite des horreurs sur ma mère.

Heathcote a envoyé à Hughes une lettre contenant une photo de moi tout petit bébé, dans le bain, entre les chevilles de ma mère. Je regarde le photographe, Heathcote, à travers des yeux d'un noir de jais, sur un visage tout rond ; ma tête, la moitié de la taille du pied de ma mère, est amortie sur la peau douce entre sa cheville et son talon. Nous sommes nus tous les deux, mais la façon dont ma mère est penchée sur moi protège son intimité. La mienne, un peu moins. Le flash de l'appareil fragmente l'eau autour de nous en éclats brillants, comme un miroir fracassé. L'épaisse écriture de Heathcote entoure l'image, expliquant à Ted que tout son temps est consumé par les soins qu'il me prodigue – par sa fonction de père. J'ai l'impression d'y voir la version de la réalité dont il aurait aimé qu'elle soit vraie ; peut-être pensait-il qu'en l'écrivant, qu'en y croyant, il pouvait faire en sorte qu'elle le soit ; sa vérité contre le monde. *Y Gwir Yn Erbyn Y Byd.*

38

J'aiguise mon bec sanglant et prends le temps de digérer. Il faut un long moment pour que cette histoire, écrite à coups de blessures, prenne une forme qui tienne la route pour moi. Il y a certaines choses auxquelles je dois revenir inlassablement. Je dois m'y reprendre à plusieurs fois pour m'attaquer de front à ses notes de l'asile. Il n'est plus d'usage de caractériser la folie comme une maladie contagieuse, mais c'est l'impression que j'ai. Je plane par effet placebo – ou placé-moche, c'est selon. J'ai la tête brûlante et les pensées qui grésillent. Je suis ivre comme un abstinent dans une soirée de débauche. *Le pouvoir de maudire et le pouvoir de bénir.* J'ouvre la paume de ma main et essaie de convoquer des oiseaux sauvages, j'essaie de faire apparaître des flammes vivantes à partir de rien, et je suis à la fois déçu et soulagé de constater que j'en suis incapable. Le réel refuse de se plier à ma volonté ; le monde de ployer sous mon ordre. C'est une manière de me canaliser ; de me rappeler que les pensées n'ont pas de pouvoir extérieur. La chose que je trouve la plus dure, dans cette confrontation avec la folie de Heathcote, est la haine viscérale qui se dégageait de lui : la haine qu'il a dirigée d'abord contre Jean, ensuite contre ma mère, et, peut-être de manière moins directe, contre Diana. Je dois lutter pour m'empêcher de le rejeter définitivement dans le camp du mal. Le mal est inexplicable, et le comportement de Heathcote est une chose que j'ai désespérément besoin de comprendre.

Je commence à coucher son histoire, et notre histoire – les débuts de ce livre, en fait – sur le papier.

Certaines similarités entre nous me donnent des frissons : les angoisses, la paranoïa, les illusions de pouvoir psychotiques, la démangeaison infernale de cette grande question irrésolue : qui est ton papa ? Et pourquoi ? Je repense à nos étranges conversations à l'hôpital et le vois sur son lit de mort, encore en train de traquer le fantôme de son père dans les recoins de son esprit, poursuivant une dispute qui aurait dû cesser des dizaines d'années auparavant. *Comment peux-tu être écrivain alors que tu ne sais rien ?* Je pense à ses poèmes, si minutieusement documentés, au fait qu'il avait besoin de tout savoir sur un sujet avant d'écrire dessus ; certains ne sont même pas vraiment des poèmes, juste de longues listes de toutes les choses qu'il savait. Je ne veux pas passer mon temps à me disputer ainsi avec les morts, à essayer de donner tort à un fantôme.

Je reviens aux carnets que le vieil homme gardait sous la main à l'hôpital. À côté des phrases en gallois que son père lui avait inculquées quand il était enfant, je découvre plusieurs allusions au *Peter Pan* de J.M. Barrie : l'histoire d'un petit garçon qui sait voler et qui n'a jamais grandi, qui se sent trahi par sa mère mais cherche malgré tout inlassablement à transformer sa petite amie en mère, qui a poussé à la mort la tyrannique figure paternelle, Capitaine Crochet, qui refuse de revenir au foyer familial de peur d'être découvert, privé du pouvoir de voler, et forcé de devenir un homme. Un éternel enfant, libre comme un oiseau mais coincé dans son être inchangé. Peut-être Heathcote se connaissait-il mieux que ce que je voulais bien admettre. Pour la première fois, l'incroyable tristesse de toute cette histoire me submerge : la tragédie d'une vie entravée, une vie émotionnelle atrophiée, les moments où il aurait pu recevoir de l'aide mais où on lui a tourné le dos, les ondes de choc qui ont déstabilisé tant de gens de son entourage, qui avaient besoin de lui : ses compagnes, ses filles, et moi.

Je sirote un allongé à une table du café au bout de notre rue, essayant de défaire le nœud au cœur de cette histoire, quand je me retrouve soudain complètement submergé, une fois de plus. L'acte d'écriture semble en quelque sorte rendre tout cela réel, ou du moins me donner à voir la situation dans une perspective radicalement nouvelle. Des émotions enfouies de longue date refont désagréablement surface ; une grosse déferlante de passé. Une unique pensée s'empare de moi. Si je veux éviter de répéter le passé – le mien et celui de Heathcote –, alors j'ai besoin d'aide. Je ne peux pas affronter ça tout seul. Heathcote a été aidé, beaucoup, mais jamais comme il fallait. Soit cette aide lui faisait du tort, comme le délire sur l'hypnose ou les électrochocs auxquels il a apparemment été soumis à l'asile, soit elle lui permettait de demeurer tel qu'il était, de recommencer en boucle les mêmes erreurs. Je dois trouver le genre d'aide dont il n'a jamais bénéficié : une aide à me refondre entièrement.

Une fois que j'ai eu cette pensée, que j'aurais dû avoir depuis des années, je comprends que je ne peux plus l'ignorer. Depuis longtemps maintenant, ma mère m'a donné, discrètement et sans jugement aucun, les coordonnées de thérapeutes. J'ai généralement récompensé ses gentilles attentions en niant que j'avais le moindre problème et en laissant sombrer ses numéros et ses adresses mail dans les recoins poussiéreux de mon téléphone. Maintenant, avec un sentiment proche du désespoir, je fouille dans nos anciens messages. Je fais défiler l'amour, les inquiétudes, les blagues, les émojis et les photos amusantes – l'étoffe banale et miraculeuse d'une relation normale et fonctionnelle –, et, sans savoir exactement pourquoi, je suis de nouveau au bord des larmes. Je trouve le numéro, prends rendez-vous, et éprouve un soulagement immédiat. Soulagement de ne plus avoir à faire semblant d'être fort ; soulagement d'avouer enfin que je ne vais pas forcément bien ;

soulagement que nos chemins avec Heathcote semblent avoir enfin, et résolument, divergé. Je pense à lui, et à son père, et peut-être au père de son père, transmettant tous inconsciemment leurs blessures d'une génération à l'autre, comme une malédiction familiale. Je mesure ma chance d'être en position de m'en extraire, d'avoir l'occasion de ne pas maudire la génération à venir. Je pense au nombre d'années qu'il m'a fallu pour en arriver là, et me demande comment ceux dont les barrières à la thérapie sont bien plus hautes que celles que j'ai dû franchir trouvent la force en eux de s'y résoudre.

En rentrant chez moi dans le froid soleil printanier, je remarque que je me sens plus léger. Une nouvelle fissure s'est ouverte et un air frais s'y engouffre. Mon acte n'a rien de révolutionnaire : je suis juste une personne avec un passif de psychose narcotique qui va chez le psy. Mais peut-être les actes révolutionnaires sont-ils parfois une partie du problème. Fantasmes de puissance ; manipulation des symboles ; le bon mot prononcé au bon moment qui peut ébranler le monde. Là, c'est le contraire : l'acceptation que le monde a un pouvoir sur moi. Je repense à ma sortie de prison, quand, contre toute évidence, j'ai réussi à me persuader que j'avais gagné. Même quand je plongeais derrière des poubelles, que je me tapissais sous des tables ou que je m'oubliais dans des rages aveugles, je refusais d'admettre que j'avais été affecté. *J'ai plongé mon regard dans l'abîme, et l'abîme a flanché le premier*. Pour moi, dès lors, c'est une étape radicale ; une reconnaissance radicale de l'humanité, de la faiblesse, de cette chose haïssable entre toutes : la vulnérabilité. Un pas radical vers la normalité. Prospero brisant sa baguette magique. Peter Pan faisant la seule chose qu'il ne pouvait pas faire : renoncer à l'immortalité et au vol et embrasser la vie.

Quand je franchis le seuil de la porte, j'entends un fracas suspect dans la cuisine. La pie n'a pas chômé pendant mon absence. Elle a plaqué le balai au sol et en arrache méticuleusement les longs et minces fils de paille. Elle pousse un piaillement coupable quand j'arrive et détale en rassemblant dans son bec des fragments du balai assassiné. J'ouvre la fenêtre et elle prend son envol, monte dans le coin de la volière où, à la même époque l'an dernier, elle a commencé à bâtir son premier nid. Je la regarde tisser les fils de paille : elle pose la première pierre. Elle aussi semble penser à la prochaine génération, à sa manière bien à elle. L'histoire qui se répète n'est pas toujours une mauvaise chose, me dis-je, en repensant à la coïncidence de corvidés d'une génération à l'autre. Le choucas de Heathcote, ma pie. Deux oiseaux de malheur, annonciateurs de mort, des messagers divins, selon la légende. Mais quel était le message ? Peut-être que parfois, les malédictions peuvent être des bénédictions déguisées.

Œuf

39

Yana, la pie et moi sommes figés devant le miroir de la salle de bains. Je ne sais pas exactement depuis combien de temps nous sommes coincés là, bêtement pétrifiés par la vue de notre propre reflet. Yana est serrée tout contre moi, ses yeux verts comme de la mousse fraîche. La pie est accrochée à mon poignet, aussi immobile qu'un oiseau empaillé. Mes yeux à moi sont noirs comme des puits de mine. La pie rompt le charme. Elle ouvre son bec, prend une profonde inspiration et, d'une voix tonitruante, crie BÉBÉ ! Là-dessus, toute la vision éclate en fragments de verre brisé.

C'est un rêve puissant. Au départ, il ressemble à une simple prémonition. La pie jouant une fois encore le rôle de messager divin : une annonciatrice de vie. C'est autour de cette période que Yana remarque que son corps commence à changer. Après huit mois à essayer de concevoir un enfant, au cœur du printemps, alors que dans les arbres et les fourrés les oiseaux veillent sur leurs couvées mouchetées, ses seins grossissent et son ventre gonfle doucement autour d'un œuf, un seul œuf précieux. Je réagis comme si quelqu'un m'avait lancé cet œuf et m'avait forcé à courir sur une corde raide en le tenant en équilibre sur mon nez. J'essaie de trouver ma place dans une sorte de panique angoissée et joyeuse. Je sais que c'est censé être un moment heureux, mais le prix à payer si je venais à perdre l'équilibre me paraît soudain d'autant plus sévère. Je ne suis toujours pas sûr d'être prêt. Et puis il y a la terrifiante vulnérabilité de la chose en elle-même. Le fait qu'aucun de nous deux n'ait le moindre contrôle sur le fait qu'elle vive ou qu'elle meure. Elle peut disparaître aussi mystérieusement qu'elle est arrivée. L'idée est presque insupportable. Fidèle à moi-même, je compense avec une diversion : je rapporte autant de têtards que je peux attraper dans l'étang et je les nourris de légumes et de viande jusqu'à ce que notre cuisine pullule de grenouillettes bondissantes. "Oui, c'est très joli, dit Yana quand je lui montre le résultat, tout content. Tu ne crois pas qu'il est temps de les remettre dehors, maintenant ?"

Yana décide de ne pas attendre les douze semaines recommandées, quand les risques de fausse couche déclinent fortement, pour commencer à annoncer la nouvelle. Je trouve que ça ressemble dangereusement à tenter le diable, mais elle rétorque par l'argument bien plus prosaïque que, si elle fait une fausse couche, elle veut que ses amis et sa famille soient au courant. Alors quand on lui demande pourquoi elle ne boit pas, elle répond sans ambages. Quand les gens apprennent la nouvelle, ils témoignent une joie sans réserve pour nous deux. Ils disent des choses comme : "Quel bébé chanceux" et "Tu vas faire un super papa". Au début je trouve leur confiance déroutante, et puis, lentement, quand je m'aperçois qu'ils ne mentent pas, qu'ils sont sincèrement convaincus, elle commence à me paraître presque rassurante.

La pie du monde réel, elle, pour ne pas être en reste, apporte la dernière touche à son nid et pond aussitôt une demi-douzaine d'œufs. Elle annonce fièrement l'apparition de chacun d'entre eux, claironnant leur arrivée depuis le parapet de son château de brindilles comme si leurs dignitaires à tête mouchetée entraient dans la cour d'une puissante reine. Elle semble vouloir partager sa gloire avec moi, si bien qu'un matin, très lentement, je tends la main vers la cuvette de mousse au cœur de son nid. Je sens les œufs sous le bout de mes doigts. Chauds et curieusement visqueux. La pie se perche sur mon épaule et jacasse d'un air insouciant. Très délicatement, je soulève un œuf du nid et le porte au niveau de mes yeux. C'est un objet parfait, une sphère vert-de-gris pâle à peine plus large que ma plus grosse phalange. Je l'appuie doucement contre le bout de mon nez avant de le remettre dans son nid.

Yana et la pie sont toutes deux des créatures changées. Benzene refuse de quitter son nid et Yana – qui n'a jamais été du genre à traînasser – commence à passer un temps inhabituellement long dans le lit, comme si elle était lestée par la graine de vie en elle. J'essaie d'être le meilleur mari possible pour toutes les deux. Le matin, pendant que je prépare le thé pour Yana, la pie braille à la fenêtre, exigeant que je la nourrisse là où elle est. La dure vérité est que je ne suis pas encore assez oiseau pour l'une, et pas encore assez humain pour l'autre. Yana commence discrètement à préparer une de ses sœurs pour l'assister lors de la naissance, juste au cas où.

Oiseaux et bébés deviennent de plus en plus entremêlés dans ma tête. La plupart des nuits, je rêve de petits oiseaux noirs. Ils ne s'envolent pas dans le ciel en m'emmenant sur leur dos, comme souvent par le passé ; ces créatures oniriques sont des oisillons incapables de voler qui reposent sans défense dans la paume de ma main. Je les protège et les élève. Parfois, ce ne sont encore que des œufs ; dans ce cas, je dois les tenir au chaud sous mon aisselle, ou les poser dans des nids de fortune ménagés dans mes cheveux.

Benzene aura beau les couver, ses œufs n'écloront jamais. J'en prends un et l'éclaire à la lampe torche pour vérifier qu'elle ne s'est pas accouplée à la faveur d'un trou dans sa volière. À travers le vert moucheté de la coquille, je distingue l'ombre du jaune et, à mon grand soulagement, rien de plus. Je remets l'œuf dans son nid et regarde la pie le remettre délicatement en place à côté des autres avant de s'asseoir sur la couvée, tel un vieil homme s'installant dans un fauteuil moelleux. Un jour, nous essaierons de lui trouver un compagnon ; une autre pie similairement excentrique doit bien exister quelque part. Mais, pour l'instant, le bébé humain imminent suffit à m'occuper.

En mai revient l'anniversaire du jour où la pie est arrivée dans nos vies. Sa deuxième année avec nous. Deux ans de plus que ce qu'elle aurait vécu si la sœur de Yana ne l'avait pas recueillie dans le caniveau pour la ramener à la maison. Dans ce laps de temps, elle a été beaucoup de choses : compagne, muse, accompagnatrice de deuil, chasseuse de mouches et attrapeuse de souris. Elle a vu la peine, et elle a vu la joie. Elle a vu ma vie à travers ses yeux d'oiseau, mais je n'ai toujours pas la moindre idée de ce qu'elle pense vraiment de moi. Perchoir mobile. Distributeur de nourriture. Dompteur de chats importuns. Vu la détermination avec laquelle elle s'accroche à ma tête, j'ai envie de penser qu'elle a de l'affection pour moi ; mais elle pourrait tout aussi bien attendre avec impatience de me voir tomber raide mort. Son esprit est tellement autre que je ne peux qu'essayer de deviner ses pensées quand ma mère, mon père, ma grand-mère, mes frères et sœurs et mes amis débarquent pour un repas de fête composé de plats chinois maison et d'asticots. Si nous lui paraissons étranges – sa famille de bipèdes déplumés géants –, elle n'en laisse rien paraître. Benzene se montre un hôte aussi parfait que peut l'être une pie. Elle quitte son nid pour la première fois depuis des semaines et parade sur la table, pioche dans les raviolis et se retrouve avec des grains de riz collés au bec.

– Tu crois qu'elle sait ? dit ma grand-mère. Les chiens et les chats ont toujours l'air de savoir.

– Je n'ai pas remarqué qu'elle soit plus affectueuse que d'habitude, rétorque Yana sèchement, tandis que Benzene achève un de ses asticots d'anniversaire d'un rapide coup de bec.

– Et comment vont s'entendre l'oiseau et le bébé ? demande ma grand-mère.

Benzene semble attendre cette question depuis un moment. Son timing est trop parfait. Avant que Yana ou moi puissions répondre, elle bondit sur la tête de mon père, ouvre son bec et émet un rire parfaitement humain. Nous sommes tous bouche bée. L'oiseau rit encore deux fois avant de fermer son bec. Malgré tous nos efforts, elle refuse de rire de nouveau.

Son gloussement forcené n'est pas une réponse entièrement rassurante à la question de ma grand-mère, une question qui me taraude, moi aussi. Benzene peut être imprudente avec son bec, et les bébés sont tellement fragiles. Peut-être le rêve de la pie dans le miroir contenait-il une autre prophétie : l'arrivée du bébé va faire voler en éclats notre famille interespèces. Mon père propose de dégoter pour le bébé une petite tenue d'apiculteur ; ma mère mime le geste de tordre un minuscule cou de pie.

– Ça va aller, dit Yana en balayant leurs inquiétudes. Quand l'enfant dormira, l'oiseau pourra rentrer ; quand l'enfant sera réveillé, l'oiseau retournera dehors. Il faudra juste être bons à jongler.

Les pies, les corneilles et les choucas commencent à dégringoler des arbres ; des petits tombent du nid, comme cela arrive chaque printemps. Des gens me contactent – des amis et des inconnus – pour me dire qu'ils ont trouvé un oisillon et me demander de l'aide. Si les petits ont l'air en bon état et que les parents sont encore là, je les remets dans leurs arbres. Sinon, je fais ce que j'aurais sans doute dû faire avec Benzene : j'appelle les experts – des secouristes de la faune sauvage qui consacrent leur vie à aider les animaux de la bonne manière, même quand ils sont aussi honnis que les corneilles, les pies et les choucas.

Les corneilles noires du jardin n'échappent pas à mon complexe oiseau-bébé. Elles ont encore construit leur nid en haut de l'érable du voisin, un amas hasardeux de bouts de bois en équilibre sur une branche juste derrière la vrille la plus lointaine du lierre qui grimpe sur l'arbre. L'an dernier, leur nid a été un échec, mais cette année il semble abriter des œufs. La femelle s'étale sur eux d'un geste protecteur, telle une épaisse couverture noire, tandis que le mâle va chercher à manger. Les œufs éclosent et les oisillons se font connaître de moi par leurs cris affamés. Je les observe obsessivement, comme si en veillant sur eux je pouvais être l'artisan de ma propre fortune. Je laisse des assiettes d'œufs brouillés et des tas chatoyants de foies de poulet crus, puis je regarde la mère remplir son jabot et revenir au nid. Elle plonge tendrement son bec graisseux dans les ombres. Bientôt, trois têtes d'un noir poussiéreux apparaissent par-dessus le bord du nid. Des bébés corneilles aux yeux bleus, dont la vie ne tient qu'à un fil.

Quelques semaines plus tard, notre bébé devient visible pour la première fois. À l'hôpital local, une échographiste éclaire l'intérieur de Yana. Yana est allongée sur un lit et remonte son haut pour permettre à un assistant d'étaler du gel conducteur sur son ventre. Sur l'écran devant nous, des formes indistinctes glissent les unes sur les autres avant de prendre la forme d'une minuscule silhouette humaine difforme. La créature gigote et donne des coups comme une crevette. Yana rit de bonheur. "Bébé est très actif", annonce joyeusement l'échographiste, avant de nous emmener dans un tour de montagnes russes à travers le corps de notre enfant à naître. Elle inventorie les organes et les membres au fur et à mesure. Cœur – c'est bon. Rein numéro un, rein numéro deux. Estomac, tout est en place. Une main. Deux mains. Je regarde bouche bée, effaré, attendant que quelque chose manque à l'appel. Yana se contente de sourire et de rire.

– Votre bébé a une colonne vertébrale magnifique, dit l'échographiste, curieusement.

Le bébé mesure sept centimètres de la tête aux orteils, la taille d'une sardine. Je tends la main pour visualiser et vois qu'il pourrait se lover facilement dans ma main en coupe. Sur l'écran, un visage apparaît, un profil fluctuant, qui passe de la surface au crâne, puis au cerveau. L'échographiste le mesure : la tête du bébé fait juste deux centimètres, elle est aussi petite et fragile que l'œuf d'un oiseau chanteur.

Quand nous rentrons à la maison, je m'écroule dans le canapé. On croirait que c'est moi qui suis enceint. Dans mon sommeil, je prends un œuf dans le nid de Benzene et le tiens dans ma paume. Quand je le touche, son éclat magnifique s'estompe. L'œuf pourrit, puis se craquelle, et son contenu se répand comme les intestins d'un ventre incisé. Je me réveille terrifié. Depuis que j'ai commencé la thérapie, des rêves comme celui-ci s'enchaînent sans relâche, presque sur mesure pour un divan d'analyste, même si je crois que je n'ai pas besoin d'un spécialiste pour deviner ce que signifie celui-ci. Je m'emmène faire un tour dans le jardin. Les deux corneilles adultes croassent une salutation. Leurs trois bébés ont survécu, ont quitté le nid et sont désormais juchés sur les branches des érables comme de grosses bougies noires. Ils ont toujours leurs yeux bleus incroyables et ils réclament toujours bruyamment à manger. Je dépose une assiette de vieilles saucisses pour eux et m'assieds pour les observer, parfaitement immobile.

Les corneilles voient ce que j'ai fait et commencent à s'agiter sur leurs branches. Même si c'est une routine bien rodée, elles s'approchent toujours par petits pas prudents. Aujourd'hui, elles sont trop lentes. Une pie sauvage surgit hardiment de derrière un buisson de sureau et commence à attaquer les saucisses. J'ai déjà vu cet oiseau ; je le reconnais à son bec inhabituellement prononcé et à son comportement atypique. Il aime à se suspendre tête en bas à la mangeoire du voisin ; parfois il vient me dévisager par la fenêtre, et parfois, j'en suis quasiment sûr, il vient dans la cuisine et jette des choses par terre. Les corneilles réagissent par des cris de colère et la mère charge comme un boulet de canon sur la pie au gros bec. À ma grande stupeur, la pie sauvage fonce vers moi. Je baisse doucement la tête et la vois chercher refuge entre mes pieds.

40

Aucun doute, c'est le mois d'août à la ferme : les lits de lavande vrombissent doucement dans leur coin, le gazon meurt de soif et le vieux prunier reine-claude maigrichon s'est de nouveau couronné d'émeraude. Mais de quel mois d'août s'agit-il, exactement ? J'ai l'impression de m'être tenu à cet endroit précis, à cet instant précis, chaque été depuis cent ans. Le paysage a des airs de décor fluctuant : il change sans cesse, se répète toujours ; une boucle éternelle. Je dois me rappeler que ce n'est qu'une illusion. La nature ne se répète jamais vraiment. Je tire les fils des singularités. Le trou gros comme le poing dans le tronc du prunier, carte de visite des pics locaux ; la plainte haut perchée d'un milan qui retentit quelque part derrière l'enclos des chevaux – mon père affirme que c'est le premier qu'il voit ici depuis vingt ans ; la société fluctuante des corneilles, freux, pies et choucas, autant d'individus uniques qui mènent leurs existences complexes en parallèle des nôtres.

Mon écologie intérieure a changé, elle aussi. La mort de Heathcote a, étrangement, dégagé le paysage. Trifouiller dans ses entrailles m'a rendu malade au départ, et puis je les ai réagencées pour leur donner une forme de cohérence à mes yeux, et j'ai commencé à me sentir beaucoup mieux. La folie n'est pas héréditaire, elle ne frappe pas comme la foudre. Elle aussi a des fils, de profondes racines dans le singulier. Clairement, j'ai eu mes propres moments de volatilité, et peut-être les aurai-je toujours. Une fissure, une fois qu'elle s'est formée, est difficile à refermer définitivement. Mais ce n'est pas à cause du sang qui coule dans mes veines. Nous avons tous de profondes racines ancrées dans le passé, qui guident obscurément notre présent. On ne peut se couper de son passé, mais peut-être que si l'on creuse un peu, on peut excaver un peu de son pouvoir. Exposer ces racines à la chaleur du soleil. Les laisser se flétrir.

Cette prise de conscience très simple et très évidente m'a permis de me sentir plus léger, comme si un poids au sommet de mon crâne dont j'ignorais l'existence avait disparu. Le spectre de Heathcote commence enfin à s'évaporer – le fantôme que j'ai essayé de saisir pendant tant d'années commence à relâcher son emprise sur moi. La première fois que j'ai cherché à mieux le connaître, quand j'étais petit, c'était en partie parce que je voulais me connaître moi-même. Je pensais voir en lui mon propre avenir, ma propre nature. Maintenant que j'ai eu l'occasion de le connaître, cela m'a aidé à me connaître, mais pas comme je l'imaginais. On ne devient pas forcément celui qu'était son géniteur. L'acquis l'emporte sur l'inné. Il le faut.

Je regarde la maison derrière moi. La pie m'observe à travers une des fenêtres du rez-de-chaussée, une ombre sentiente. Son nid et ses œufs ont été relégués aux oubliettes. C'est arrivé d'un coup. Un jour, c'était une mère protectrice qui surveillait sa couvée. Le lendemain, elle me sautait sur la tête au réveil en réclamant que je joue avec elle. Le surlendemain, sa mue commençait. Les plumes noires usées tombent et sont remplacées. Elle se débarrasse de son passé, devenu obsolète, et elle se régénère. Demain, elle volera librement. À part quelques excursions accidentelles dans la rue, elle n'a pas volé librement depuis l'avant-dernier Noël, quand les experts du forum des corvidés nous ont prévenus que, pour un oiseau aussi apprivoisé, la liberté pouvait être synonyme de mort. J'ai été le complice consentant de son confinement, trop heureux de convenir que le monde est un endroit dangereux. Plus d'un an en intérieur. Ce n'est pas juste. Cela fait assez longtemps qu'elle est prisonnière de mes angoisses. Il est temps de lâcher prise et d'avoir foi dans le fait qu'elle reviendra, si c'est ce qu'elle souhaite. Il n'y aura pas de harnais, de longe ou de techniques de fauconnerie. Bonheur, liberté, ces choses-là ne vont pas sans risque. Parfois, la sécurité est une cellule capitonnée. J'ai pris les mesures que je pouvais. Ce n'est peut-être pas entièrement scientifique, mais j'utilise les corneilles et les pies sauvages comme baromètre : récemment, elles ont cessé de s'attaquer à vue, signe que la mentalité belliqueuse qui accompagne la saison des amours a commencé à s'amenuiser, ce qui, je l'espère, signifie que c'est le bon moment pour faire voler librement un oiseau célibataire. Ce sera un exercice de confiance – mais je ne sais pas exactement si c'est dans son intérêt ou dans le mien.

Yana émerge et me rejoint devant le portail du jardin. Elle aussi est en plein changement. Elle devient peu à peu aussi ronde que les poires qui commencent tout juste à mûrir sur les arbres du verger. De petites choses lui tirent des larmes : un bébé qui pleure, la vidéo d'un singe orphelin que quelqu'un a postée sur Facebook, des gens qui lui laissent leur place dans le bus. Nous prenons le chemin de terre qui conduit à la rivière. Il est censé suivre une ancienne route romaine et, chaque fois que je l'emprunte, je garde les yeux rivés au sol au moins sur une partie du trajet, espérant trouver une épingle à cheveux, une bague, une pièce ou un fer à cheval. Une année, nous l'avons même passé au détecteur de métaux, mais les seuls trésors qu'il semble receler sont de vieilles capsules de bouteilles et des bouts de fil ou de tuyau. Des trésors de pie.

Au niveau du coude, nous rencontrons une famille de chevreuils : une chevrette dans son pelage roux estival et deux faons moitié plus petits qu'elle, qui se cachent comme ils peuvent derrière elle pour filer à l'abri d'un îlot de jeunes chênes et de ronces. Tous les trois nous observent, tapis dans les ombres. Quelque part à notre droite, une jeune buse pousse un cri. Quand je reporte mes yeux sur les chevreuils, ils sont à mi-chemin d'une haie au loin, leurs trois queues blanches s'agitant en l'air comme des colombes en vol.

Devant nous, la prairie inondable a été prise d'assaut par une foule de freux, de corneilles et de choucas. En anglais, chacun de ces groupes d'oiseaux porte un nom particulier : un "meurtre" de corneilles, un "parlement" de freux, un "fracas" de choucas. Mais comment décrire un rassemblement de corvidés comme celui-ci ? À notre approche, ils prennent leur envol l'un après l'autre, aussi soudainement que si nous avions couru vers eux en criant et en tapant des mains au lieu de marcher posément dans leur direction comme nous sommes en train de le faire. Une poignée de plumes demeurent là où ils étaient rassemblés, comme s'ils avaient été si pressés de s'en aller qu'ils avaient oublié de s'habiller entièrement. La fin d'été est aux corvidés ce que l'automne est aux arbres. Je ramasse les plumes à mesure que je les trouve et les porte à mon nez. Les plumes de corvidés puent, du moins ces longues rémiges robustes : une odeur de cheveux sales et de gras de mouton. Les plus petites que je trouve, celles des choucas, ont un parfum très différent : chauffées par le soleil, elles dégagent un arôme sucré, un peu capiteux, qui est étrangement familier. Les plumes de choucas sentent l'encens d'église, comme s'ils étaient tous perchés sur des autels. Au centre de leur terrain de manœuvre, un petit objet triste est recroquevillé dans l'herbe : la tête et le tronc d'un faon. Ses membres – les parties rentables – ont été découpés et emportés par les braconniers qui l'ont abattu. Les charognards ne font qu'une bouchée du reste. Les yeux ont disparu, la cage thoracique a été éventrée, les lèvres arrachées pour ne laisser qu'un mince rictus. Je me souviens d'un autre nom collectif pour les oiseaux charognards, qui semble adapté à ce festin de coroner que nous avons manifestement interrompu : une "veillée" de corvidés. C'est un présage ambigu.

L'herbe de la berge en pente douce semble perturbée par sa proximité avec l'eau, roussie par endroits, d'un vert luxuriant ailleurs, comme si elle était cousue à partir d'une énorme bande de tissu camouflage. Yana s'allonge à l'ombre d'un saule et s'endort rapidement. Elle dort beaucoup ces derniers temps, et je me demande si ses siestes correspondent à celles du bébé – si l'autre personne qui vit en elle est aussi en train de dormir, ou si elle aspire juste son énergie, la détourne comme un voleur d'électricité pour la brancher sur une sorte de projet secret, comme la construction d'un cerveau.

J'enlève mes vêtements et m'approche de l'eau. Les orties surplombent la berge, tissées ensemble par du liseron des haies, une plante qui ne mérite pas son statut de mauvaise herbe. Elle fleurit çà et là, des trompettes blanches délicates qui hypnotisent les abeilles avec leur mélodie sucrée et silencieuse. Des demoiselles papillonnent entre des épis rose vif de salicaire commune, claquant leurs mandibules pour attraper les moustiques et les moucherons qui volètent au-dessus de la rivière indolente.

Je prends cinq brèves inspirations pour me préparer au froid et me glisse dans l'eau. Ma chair bondit comme une grenouille ébouillantée tandis que je pars vers la rive opposée dans une série de brasses disgracieuses et viens me reposer près d'un banc de nénuphars. Sur la pointe des pieds, je peux presque toucher le fond. Je m'ancre là et regarde autour de moi les yeux juste au-dessus de la surface de l'eau, amphibie. Des nénuphars gros comme des assiettes accueillent les demoiselles qui viennent se reposer, leurs ailes nervurées sagement repliées, ainsi que de grosses syrphes paresseuses. Le soleil se déverse dans la rivière à l'oblique, éclairant les longues tiges visqueuses des nénuphars, qui n'en disparaissent pas moins dans l'obscurité, aussi effrayantes que des chaînes d'ancre ou des pipelines sous-marins.

Je repars vers le milieu de la rivière et fais du surplace. Ici, le lit de la rivière est hors de portée. Je chasse l'air de mes poumons et me laisse couler. Cette rivière sale a lavé tant de moments. Je descends lentement, mais la lumière décline vite, passant du brun doré au vert trouble puis au noir d'encre quand mes pieds touchent le fond et que mon corps bascule lentement en arrière. Je touche le fond moelleux avec mes paumes, l'arrière de mes bras, mes jambes ; il amortit ma colonne vertébrale, c'est une membrane soyeuse de sédiment. Le soleil est caché derrière l'épaisse couverture d'eau qui me borde, perçant à peine. Je suis emmitouflé. Dans mes oreilles, le double rythme de mon pouls bat faiblement et le courant semble murmurer sur son passage. Quelque part, j'entends – ou j'imagine entendre – la voix d'une femme. Les mots, si ce sont des mots, sont vagues et indistincts. Voilà, me dis-je confusément, à quoi ça doit ressembler d'être dans l'utérus. Et puis : plus aucune pensée. Le silence afflue ; le silence que j'appelle de mes vœux, aussi addictif que n'importe quelle drogue. Je ne sais pas combien de temps je reste ainsi : peut-être des secondes, peut-être des minutes. Mon esprit est un bateau ivre. J'ai l'impression que je pourrais rester ici des heures sans problème. Et puis, soudain, quelque chose bascule. L'obscurité qui était si réconfortante est à présent terrifiante. Le fond de la rivière est le dernier endroit sur terre où j'ai envie d'être. Je me redresse et frappe des pieds pour me propulser vers la lumière, aspirant l'air dans mes poumons aussi avidement qu'un ressuscité.

Sur la berge, Yana dort toujours, ronflant doucement tandis que la bande-son éternelle joue en arrière-plan :

un pigeon ramier trille et roucoule, une buse souffle les deux mêmes notes en boucle, âpre comme une flûte à bec, et les corneilles et les freux éraillent les notes basses. Le ventre arrondi de Yana est nu au soleil, terriblement exposé, comme un œuf sans coquille. Sa peau ondule quand, sous la surface, quelque chose s'agite et donne des coups de vie.

Ce soir-là, nous faisons un feu devant la maison et attendons que la chouette effraie commence sa ronde de nuit. Mon père est affairé à graisser une poêle et à entretenir le feu, ma grand-mère est assise au milieu d'un banc en bois, écoutant à fond du rock islandais dans des écouteurs blancs qui laissent fuiter le son, et ma mère est devant le portail du jardin, en train de fumer. Derrière elle, caché dans l'épaisse glycine qui enlace la maison, un pigeon ramier froufroute.

– Ils construisent leur nid là-bas chaque année, dit ma mère, et chaque année ce gros chat passe sa patte par la fenêtre et fauche leurs petits.

Yana est assise devant le feu avec un fagot de bâtons sur les genoux, des morceaux de frêne que nous avons ramassés dans les bois plus tôt dans la journée. À l'aide d'un petit couteau aiguisé, elle détache l'écorce, exposant le bois blanc net en dessous : ce seront les barreaux du berceau que nous construisons. Je me joins à elle, et mon père, incapable de résister à une occasion de frimer avec ses outils, va chercher un vieux rabot en fer forgé dans sa remise et s'y met lui aussi. Çà et là, de petits trous apparaissent dans le bois – qui a déjà abrité de nombreuses larves de scarabées dans les premières phases de leur vie – et bientôt l'herbe sous nos pieds est recouverte de longues bandes d'écorce. Yana rassemble les bâtons épluchés et montre comment ils s'imbriqueront ensemble ; c'est plus net et précis que le nid des pigeons mais – dans mon esprit – pas si différent sur le principe.

Je ne sais pas trop comment, la conversation dérive du berceau à la tombe. Mes parents semblent entrevoir leur propre fin dans ce nouveau commencement. Ma mère se met à donner des instructions pour son enterrement, montrant où exactement elle voudrait qu'on l'enterre à la ferme – idéalement, juste à côté des chiens – et quels poèmes chacun de ses enfants devra lire. Mon père décrète qu'il veut être jeté dans le tas de compost et abandonné aux vers, et ma grand-mère enlève ses écouteurs pour demander s'il y a aussi une place pour elle dans le compost. Telle l'horloge qui fait *tic-tac* à l'intérieur du crocodile, ce bébé à venir semble avoir réglé les pensées des anciennes générations sur la mort, comme si la planète exigeait systématiquement qu'une personne sorte pour qu'une autre puisse entrer. Il faut se dépouiller de l'ancien – ou le jeter au compost – pour que le nouveau puisse pousser. Ils ont l'air heureux, cela dit : plus heureux peut-être que je ne les ai jamais vus.

Le pigeon ramier froufroute de nouveau dans la glycine avant de décoller de son nid. Même les yeux fermés, je pourrais dire de quel oiseau il s'agit. Ses plumes de vol toute raides chantent dans les airs. Il siffle et bourdonne au-dessus de nos têtes, sa poitrine est une tartine de rose pastel, il s'en va trouver des graines pour ses deux petits. Ils n'ont pas été dévorés par le chat cette année – du moins pas encore.

Le lendemain matin, je cherche Benzene. Je la trouve dans le séjour, qui contemple la vallée depuis le sommet d'une pile de livres. Dehors, le ciel est couvert ; un crachin saupoudre les fenêtres. Peut-être que les conditions ne sont pas optimales, me dis-je, plein d'espoir. La pie vole depuis ma main jusqu'au rebord de la fenêtre et revient, piaille. Malgré le gouffre infranchissable des langues et des espèces, ce qu'elle dit est évident.

Je traverse la maison avec la pie sur le poignet. Elle dodeline, essayant de voir les choses sous tous les angles,

les serres plantées dans ma peau. Chaque fois que nous prenons un virage, je sens son étreinte se resserrer. Elle se prépare à l'inconnu, puis, à mesure que les formes et les ombres prennent l'apparence d'objets inoffensifs, elle lâche prise peu à peu. Dans la cuisine, ses yeux absorbent les visages familiers de Yana, de ma mère et de mon père. Ils me suivent tandis que je traverse la bibliothèque vers les doubles portes à l'arrière de la maison. L'oiseau devient une pointe effilée, telle une lance qui menace le ciel. Je pense à tout ce qu'elle m'a donné, prie pour qu'elle s'en souvienne elle aussi à l'avenir, puis j'ouvre les portes en grand. Peut-être reviendra-t-elle. Peut-être pas. C'est son choix. Je lâche prise.

La pie s'élance en avant, puis vers le ciel. Le contact d'un vent d'est nouveau pour elle la fait chanceler dans les airs, mais elle corrige bientôt sa trajectoire. Elle a ça dans le sang. Les mots me manquent pour dire tout ce que j'ai appris de cette pie. Elle m'a enseigné de nouvelles manières de voir, de nouvelles manières de m'occuper des autres – et les limites qu'il peut y avoir à le faire. Il y a des erreurs que j'ai commises avec elle que je dois veiller à ne pas répéter à l'avenir. Prendre soin des autres peut aller trop loin, devenir une captivité. À présent, tandis qu'elle s'élance au-dessus de nos têtes, elle est l'incarnation de la joie simple d'être au monde. Voler, c'est ça, pour moi du moins. Voler, c'est n'exister dans rien d'autre que l'instant ; être présent sans une pensée pour le passé, l'avenir à un battement d'ailes. Je m'élance à sa poursuite, en bas, je vole avec la pie qui dépasse la cime du prunier, décris une boucle autour du pommier sauvage, survole le fossé, et gagne le champ au-delà. Je piétine les parterres de fleurs, franchis la clôture d'un bond et m'enfonce jusqu'à la taille dans la végétation, souriant dans son sillon. La pie triomphe dans les airs. Elle est dans son élément.

41

Deux jours après Noël, Yana s'éveille d'un rêve. Une âme frappe à la porte, demandant à entrer; derrière, le fantôme d'un landau victorien s'estompe. Nous sommes juste avant l'aube et, à la tache humide qui se répand sous elle, elle devine qu'elle a perdu les eaux. Elle reste immobile un moment et sent les pulsations électriques de ses premières contractions traverser son corps. Une âme frappe à la porte.

Tandis que le soleil se lève, Yana me secoue pour me réveiller. Je prépare du thé, vais chercher des serviettes et commence à remplir tranquillement la baignoire d'accouchement tandis que Yana respire bruyamment à chaque contraction. Nous pensons être prêts : nous avons suivi les cours, appris les techniques d'autohypnose et travaillé les mantras apaisants. Yana a passé d'innombrables soirées à se visualiser comme un bouton de rose qui s'ouvre doucement, comme une ride qui se répand à la surface d'un étang, comme une montgolfière qui dérive au loin sans effort. Je lui tiens la main et essaie quelques-unes de ces techniques. Yana pète, puis une autre contraction arrive, et elle fait un bruit avec sa bouche, comme un cheval qui s'ébroue. Avec la sueur, la chaleur et les drôles de relents douceâtres – et bien sûr les bruits –, notre chambre commence à ressembler à une étable. À chaque contraction, Yana semble se dérober à moi, et peut-être aussi à elle-même ; elle devient cette chose animale qui est en train de lui arriver, qu'elle est en train de faire.

Quand les contractions atteignent une certaine fréquence, j'envoie un message au numéro que nous a donné le service local d'accouchement à domicile. Une heure plus tard, deux sages-femmes arrivent : l'une grande, mince, aux cheveux gris ; l'autre petite, grosse, qui sent la cigarette. La plus âgée, Sadie, sort un chronomètre élégant à poignée en cuir et calcule la durée et la fréquence des contractions de Yana, avant d'effectuer un rapide examen.

– Magnifique, dit-elle. Magnifique. C'est super, ce que vous faites. Le bébé est à un doigt de sortir. Il va arriver très bientôt.

Yana entre dans la baignoire, en ressort, monte et descend les escaliers, se glisse dans le bain et s'en extrait aussitôt, s'accroupit, se propulse en avant, essaie désespérément de faire pipi, gémit, jure, grogne. Toujours pas de bébé. Le soleil passe par-dessus le toit de la maison et se déverse par les fenêtres de la chambre, éclairant les volutes de vapeur qui s'élèvent de la surface de la baignoire. Un des membres du bébé se presse contre le nombril de Yana et ne semble pas vouloir descendre plus loin. Tout le corps de Yana tremble sous la force des contractions. Le soleil disparaît par-dessus les toits et le rythme cardiaque du bébé retombe d'un coup.

– Bébé est très fatigué, dit Sadie. Je crois que c'est le moment d'aller à l'hôpital.

Des lumières bleues illuminent la rue. J'accompagne Yana à l'ambulance et l'aide à se sangler à la civière, m'assieds à côté d'elle, avec Sadie et un ambulancier jovial. Alors que nous fonçons dans les rues de traverse jusqu'à l'hôpital le plus proche, je sens que je cède à la panique. Je commence à penser à ce que sera ma vie sans Yana, à toutes ces belles choses qu'elle a créées qui tomberont en ruine entre mes mains, au fait que le bébé n'aura rien pour se souvenir de sa mère. Des larmes commencent à perler dans mes yeux. J'essaie de les refouler, pour le bien de Yana, mais il faut croire que ce n'est pas une réussite, parce que Sadie prend un moment pour me serrer le bras.

– Tout va bien se passer, dit-elle. Il n'y a aucune raison de vous inquiéter.

Quand nous arrivons à l'hôpital, Yana repousse d'un geste le fauteuil roulant qui l'attend et insiste pour chanceler à moitié jusqu'à l'ascenseur, en se tenant à moi, jusqu'à ce que l'aide-soignant soit tellement frustré par son allure qu'il la saisit, la dépose dans le fauteuil et la pousse prestement vers une salle d'examen. Yana est allongée, haletante, sur un lit d'hôpital tandis que des infirmières s'affairent autour d'elle, vérifient ses constantes et la relient à un ensemble de machines clignotantes. Une gynécologue qui a l'air exténuée effectue une échographie. Le bébé s'est retourné du mauvais côté, nous explique-t-elle. Elle recommande d'aller immédiatement en salle d'opération : d'abord les forceps, et une césarienne si ça ne fonctionne pas. Elle ne donne pas l'impression de vouloir traîner trop longtemps à peser les pour et les contre.

– Que souhaitez-vous faire ? demande-t-elle à Yana.

Yana ferme les yeux et tout son corps se fige tandis qu'une nouvelle contraction l'assaille.

– Je ne sais pas, lâche-t-elle dans un souffle.

Je prends la gynéco à part. Tout ceci est à des lieues de l'accouchement à domicile que nous avions prévu.

– Est-ce qu'il y a un moyen… Qu'est-ce qui se passe si on laisse les choses se faire ? je demande. Vous pensez qu'il est possible de lui laisser un peu de temps et de voir ce qui se passe ?

– C'est mon métier, dit la médecin, un peu sèchement. Elle doit aller en salle d'opération.

Elle se retourne vers Yana.

– Il va falloir une demi-heure pour préparer la salle, donc j'ai besoin d'une réponse maintenant.

Yana donne son assentiment et la gynéco quitte vivement la pièce. Après ça, la situation évolue très vite. Les infirmières retirent les colliers de Yana et scotchent ses bagues ; l'anesthésiste vient nous expliquer exactement ce qu'est un rachis ; une autre infirmière lui demande de signer des formulaires de consentement pour les diverses procédures qu'elles peuvent être amenées à effectuer : accouchement par forceps, épisiotomie, césarienne. On me donne une blouse bleue élimée à passer par-dessus mes vêtements, puis nous partons en salle d'opération. Sadie reste avec nous pendant tout ce temps.

Dans la salle d'opération, la gynéco attend. Pendant la dernière demi-heure, elle s'est transformée ; l'individu dangereusement épuisé a laissé place à une personne animée d'une énergie électrique. Ses yeux brillent de quelque chose qui confine à la ferveur tandis qu'on pousse Yana au milieu de la scène sous les lumières crues qui surplombent le lit.

Je m'assieds sur une chaise en plastique à côté de la tête de Yana et lui tiens la main, attentif à ne pas déranger le cathéter qui injecte une espèce de solution transparente dans son bras. La main de Yana agrippe fermement la mienne tandis qu'une nouvelle contraction arrive, qui paraît plus forte que toutes celles qui l'ont précédée. Elle s'agrippe avec une telle force que du sang remonte de son bras dans le cathéter, entre dans le tube en plastique puis dans le sac de liquide transparent, qui devient rose. Une des infirmières siffle et admire sa force. Entre deux contractions, l'anesthésiste tente de procéder à une injection rachidienne avec une longue aiguille fine. Il galère pendant un moment. Les muscles de Yana sont, dit-il, durs comme le roc. Il finit par trouver une brèche et enfonce l'aiguille.

– Et voilà, dit-il avec satisfaction, c'est la dernière contraction que vous sentirez.

Alors que les jambes de Yana sont attachées dans des étriers, une infirmière asperge différentes parties de son corps avec un spray froid et lui demande si elle sent quelque chose, en expliquant que le froid et la douleur fonctionnent sur les mêmes récepteurs.

J'essaie de garder un visage composé, mais je suis horrifié par tout ça. L'aiguille dans la colonne. Les instruments chirurgicaux brillants. Tout cet environnement aux accents si puissants de tragédie et de mort. Heureusement, les yeux de Yana sont fermés, parce que je sens à quel point mon visage est exsangue. Sadie revient vers moi et me touche l'épaule.

– Regardez ces gens souriants qui bavardent dans la pièce, dit-elle, cette fois avec un peu d'impatience. Vous croyez qu'on sourirait comme ça s'il y allait avoir le moindre souci ?

Je me reprends, souris et presse doucement la main de Yana. Elle presse la mienne en retour tandis que la gynéco et son assistante avancent vers elle avec une sorte de cric chirurgical, qu'ils insèrent en elle pour l'ouvrir : voilà le forceps.

Yana, heureusement, ne peut rien voir, mais moi si. Je n'étais pas préparé à la brutalité d'un accouchement au forceps. La gynéco n'est pas en train de remuer délicatement, comme quelqu'un qui décrocherait une dent branlante. Quand les contractions de Yana arrivent, elle se penche en arrière – apparemment de toutes ses forces – et ressemble davantage à un marin qui tend un hauban qu'à un chirurgien qui tente de guider un bébé vers la lumière. Et ce n'est pas une ou deux tractions. Ça n'arrête pas. Chaque fois que la machine bipe pour indiquer qu'une contraction arrive, la gynéco croise les mains, forme un X avec ses poignets et s'enfonce profondément, si loin et si fort que je m'inquiète qu'elle arrache la tête du bébé, ou qu'elle l'écrase comme une noix fraîche.

– La prochaine, dit Sadie. Le bébé sera là à la prochaine.

Une nouvelle poussée, une traction, une giclée de sang, et entre les jambes de Yana arrive quelque chose de violet, boursouflé, qui semble dépourvu de vie ; une tête à l'apparence à peine humaine, et un buste minuscule. Ils l'emmènent aussitôt et appellent en urgence le pédiatre néonatal. Pourquoi, je me demande confusément, le pédiatre n'était-il pas déjà dans la pièce ? Je ne l'avais pas remarqué jusqu'alors, mais dans un coin de la salle se trouve une réplique du dispositif qui entoure Yana, mais en miniature : un minuscule lit d'hôpital, avec des câbles et des tubes qui conduisent à un petit ensemble d'équipements de monitoring. Le bébé, toujours violet et toujours immobile, est allongé là, entouré de personnel médical en blouse bleue et calottes vertes, qui le nettoient et le massent. Un d'entre eux place un minuscule masque à oxygène de la taille d'une tasse à expresso sur sa bouche.

– Ils essaient juste de la faire respirer, dit quelqu'un. Elle avait le cordon enroulé autour du cou.

Elle, je pense. Pas respirer. Yana et moi attendons sous les lumières au centre de la pièce ; combien de temps, je l'ignore. Le temps perd son sens. Puis une voix faible, râpeuse, tremblante fend l'air. Mes yeux s'emplissent de larmes à ce bruit ; ceux de Yana aussi. Des larmes de joie et de soulagement.

– Venez, dit une des infirmières. Venez dire bonjour à votre fille.

J'y vais et la regarde réellement pour la première fois. Elle bouge vigoureusement, agite les bras et bat des pieds au milieu d'un cercle de médecins et de doigts qui la tripotent. Son visage est contusionné là où les forceps se sont refermés sur ses yeux et ses joues, mais même ainsi elle a déjà un air très familier, une parfaite inconnue que je reconnais aussitôt. Cheveux noirs, petit nez rond, menton pointu. Un seul de ses yeux est ouvert, l'autre est gonflé et fermé. Je regarde son œil – le bleu minéral intense d'une mine d'ardoise inondée – et commence à lui parler. Elle suit le son de ma voix, concentre son attention sur moi. Je tends mon index et elle l'agrippe dans sa main. Une infirmière me tend une paire de ciseaux stériles et je coupe la trentaine de centimètres de cordon ombilical restant, puis je pose ma fille sur la balance pour la peser, puis enfin sur la poitrine de Yana ; un long voyage stressant pour une destination si proche de son point de départ. Yana l'embrasse pour la toute première fois et met son doigt dans la main du bébé pour qu'elle l'agrippe aussi.

– Il lui faut un nom fort, puissant, dit une des infirmières. Parce qu'il a fallu beaucoup de force pour en arriver là.

Un brancardier emmène Yana et le bébé vers le service néonatal. Là, dans le coin opposé près de la fenêtre, je regarde le bébé prendre sa première gorgée de lait du sein de Yana. Yana étouffe un cri sous l'intensité de la succion. Nous nous passons et repassons le bébé, émerveillés. Quand elle pleure, elle le fait si discrètement et sa lèvre inférieure tremble d'une manière qui me fait l'aimer encore plus que je réalise que je l'aime déjà. Yana dort avec le bébé endormi recroquevillé sur sa poitrine. Je les regarde toutes les deux depuis la chaise à côté du lit, voyant le bébé sursauter de temps à autre quand un rêve ou un bruit ou un influx nerveux la secoue, et puis je m'écroule à mon tour.

Je me réveille aux aurores au son des pleurs du bébé. Je vérifie sa couche et découvre qu'elle est pleine d'une matière noire gluante. Je la change, puis je me rassieds dans la chaise et la berce dans mes mains pendant que Yana se rendort. Sa tête tient parfaitement dans ma paume.

La nuit autour de nous est pleine de bruits étranges. D'autres bébés qui crient et qui grognent. Le *tac-tac-tac-tac* des rideaux de lit qu'on tire, comme des souris qui détalent le long du plafond. Le fracas des échafaudages qu'on érige dehors. Le grondement sourd des bus qui défilent. Dans la lumière jaune tamisée, je contemple le bébé niché silencieusement dans mes bras et tout le reste s'estompe. À travers son unique œil bleu mystérieux, elle me rend mon regard. Nos visages sont à quelques centimètres l'un de l'autre. Je peux entendre sa respiration irrégulière et haletante tandis qu'elle s'habitue à ses poumons et à son diaphragme, et elle sent ma respiration chaude sur son visage, sent le rythme rassurant de mon cœur qui tambourine en dessous d'elle. Je n'arrive pas à penser à autre chose qu'à l'amour que j'ai pour cette personne, à ma volonté absolue de la protéger, d'être toujours là pour elle du mieux que je pourrai. Un lien invisible s'est formé, un lien qui ne pourra jamais être brisé.

Un jour au début du printemps, la pie disparaît. Ça se passe sous mes yeux, même si je le sens plus que je ne le vois : un courant froid dans ma nuque, un frôlement d'aile contre ma joue tandis qu'elle se précipite devant moi vers la porte légèrement entrebâillée. Un instant plus tôt, elle était là, perchée sur un coin ensoleillé de sa volière à la ferme, ses plumes brûlant de bleu et d'or comme un feu d'alchimiste, et puis elle a disparu, ne laissant que du vide derrière elle. Je pivote juste à temps pour la voir s'élancer vers le ciel, au-dessus du poulailler. Je devrais avoir l'habitude de ses lubies. L'oiseau s'envole, l'oiseau revient. Mais cette escapade-là est clairement différente des précédentes. Benzene est déterminée. Je tends mon bras, siffle et attends que la longe invisible se tende. Benzene continue de voler. Il me faut encore une seconde pour comprendre qu'elle n'a aucune intention de redescendre. Elle est plus haut que les chênes, plus haut que la cime aérienne d'un peuplier en forme de nuage. Je regarde, horrifié, d'autres pies émerger des fourrés et des arbres pour la houspiller et défendre âprement leur territoire. Elle tournoie avec un autre oiseau dans une double hélice, ils se disputent à coups de becs et d'invectives jusqu'au point de rupture, avant de se séparer.

Je trébuche dans des fossés et plonge dans de minuscules ouvertures dans les haies, essayant de garder les yeux rivés sur ce point qui rétrécit dans le ciel. Je déboule dans un taillis et surprends une buse. Des lapins s'égaillent. Les pies sauvages ne m'aident pas avec leurs va-et-vient, chacune entravant ma certitude que je poursuis le bon oiseau. Des points différents partent dans différentes directions, et bientôt je ne sais plus lequel suivre. La pie se kaléidoscope en une douzaine d'oiseaux.

En haut d'une crête qui surplombe la ferme, je me rends compte que je l'ai perdue, cette fois peut-être pour de bon. Alors que je retourne vers la volière, en nage et à bout de souffle, je demande à tous ceux que je croise s'ils ont vu une pie. La ferme se voit offrir un coup de jeune pour le printemps et elle grouille d'activité. Les charpentiers qui réparent un portail vermoulu ont la gentillesse de prendre ma question au sérieux, alors que moi-même je la trouve complètement dingue. Bien sûr qu'ils ont vu une pie. Tout le monde a vu une pie. J'enlève des brindilles de mes cheveux et lèche les égratignures sur mes avant-bras.

De retour au poulailler, j'entends un pépiement familier. Je souris. Encore cette vieille ruse. Benzene est sur les branches basses d'un chêne et mordille la mousse. Je siffle. Elle bondit plus haut dans l'arbre, se fond dans le feuillage avec l'agilité d'un singe et disparaît de ma vue. Je cours sur un tapis de jacinthes sauvages et arrive au milieu d'un champ verdoyant pour avoir une meilleure vue. La pie est perchée au plus haut point du chêne, dégoulinant d'or au soleil. Les feuilles récemment écloses du chêne semblent presque liquides dans cette lumière ; fraîches et humides comme les ailes d'une émergente de papillon lune. Benzene caquète gaiement tandis que les feuilles virevoltent autour d'elle. Je me tiens debout, les deux bras tendus, et j'essaie de la faire descendre vers moi, comme une sorte d'épouvantail inversé. Elle pépie et se tourne vers l'horizon.

– Qu'est-ce que je fais ? je demande à Yana qui m'appelle de la maison pour savoir où je suis passé.

– Ma foi, dit-elle. Qu'est-ce que tu peux faire ?

Force est d'admettre qu'elle n'a pas tort. Je crois qu'en réalité, la question que j'essaie de poser est plutôt :

que dois-je éprouver ? On nous a répété à l'envi qu'une pie apprivoisée a peu de chances de survivre dans la nature, mais j'ai vu celle-ci tuer assez d'insectes et de souris, parfois même quelques grenouilles infortunées, pour savoir qu'elle est largement capable de se procurer sa propre nourriture. Elle semble être en train de grignoter quelque chose : un cloporte ou un scarabée qu'elle a dû dénicher dans un sillon d'écorce. Elle claque son bec et s'agite sur sa branche dans la brise. Là-haut dans son arbre, elle semble plus calme et plus satisfaite qu'elle ne l'a été depuis des mois, depuis que le bébé est arrivé et l'a fait descendre d'un cran dans la hiérarchie. Elle a l'air heureuse.

– Peut-être que c'est ta réponse, dit Yana. Tu dois éprouver de la joie.

La pie me conduit d'arbre en arbre dans la vallée, à travers les haies et les fourrés, jusqu'à une tourbière. Là, tandis que j'ai les pieds à moitié enfoncés dans le sol, elle finit par fondre en piqué pour se poser sur mon bras. J'envisage de l'attraper dans ma main et de la ramener à la maison, mais je ne peux m'y résoudre. Au lieu de quoi, j'essaie d'absorber les moindres détails d'elle. Le doux contact de ses serres. La chaleur inattendue de ses pattes. Ses yeux : autrefois bleu caverne, désormais brun rivière au soleil. L'impossible chatoiement pétrochimique de ses plumes : les bandes fluctuantes de vert, de doré, de violet et de bleu qui en font un oiseau différent selon les angles. Elle affûte son bec contre mon poignet une dernière fois, puis, d'un haussement d'ailes elle prend son envol. Il serait vain de lui courir après, cette fois. Je la suis du regard dans le ciel, étoile noire qui décrit un arc par-dessus le lac et la rivière, pour gagner le violet fumé des bois. Elle fend l'air vers l'horizon lointain et là, telle une comète qui s'éteint dans un clignotement, elle disparaît.

Sous le pommier devant la maison, Yana est assise sur une couverture avec le bébé allongé à côté d'elle.

Elle a suspendu un mobile à une branche basse et de minuscules voiliers tournoient dans la brise au-dessus de la tête du bébé. Les marques de sa naissance mouvementée se sont depuis longtemps estompées, et ses deux yeux sont grand ouverts. Leur couleur semble varier selon l'angle depuis lequel on la regarde. Parfois, ils sont d'un bleu minéral, parfois verts, parfois noisette, comme s'ils étaient encore indécis. À mon approche, ses yeux se détournent des voiliers pour se braquer sur moi : là, à cet instant particulier, ils sont bleu profond avec des éclats d'or. Reconnaissant mon visage familier, elle se fend d'un sourire édenté. Elle sort sa langue comme un chat qui bâille et je frotte mon nez contre son petit menton pointu. Les visages de ses ancêtres semblent défiler sur le sien comme une roue de la fortune : parfois, je suis surpris de voir le visage de feu mon grand-père bien-aimé se lever vers moi depuis la couverture, parfois c'est ma grand-mère, parfois des versions potelées de Yana ou moi. Impossible de nier que Heathcote est là, lui aussi. Dans ses moments les plus solennels, elle ressemble à ce petit garçon sur la photo qui agrippe nerveusement sa pomme, mais je ne vois plus ça comme la malédiction que j'imaginais à une époque. À quatre mois, la petite fille contient des empreintes fantômes de tous ces gens, mais elle est, avant tout, exactement elle-même.

Une paire d'ailes siffle au-dessus de ma tête. Un pigeon ramier. Bien que Yana m'ait donné la permission de me réjouir du départ de Benzene, je sais déjà que je vais passer les prochains jours à poursuivre des pies en pure perte à travers la ferme. Et donc je vois Benzene partout : le moindre merle, choucas, freux, ramier, la moindre pie qui vole en rase-motte est, l'espace d'un instant, elle. Je l'entends dans les cancans outrés des canards dont on arrache les plumes les plus brillantes, dans le glapissement lointain d'un chien qui se fait tirer la queue, ou, peut-être, picorer l'anus, dans les réprimandes des mésanges bleues dont la voix stridente semble modulée à l'hélium. Peut-être que c'est toute l'idée, dit Yana. Désormais, Benzene est juste un oiseau comme les autres, et aucun oiseau ne sera plus jamais juste un oiseau.

Enfin, après une semaine à fouiller le ciel, il faut rentrer chez nous. À notre arrivée, j'ouvre en grand les portes de la volière et range les trésors de l'oiseau dans un coin. Les jours de la pie sont terminés, me dis-je. Le temps des plumes s'achève ; commence celui de la paternité – c'est ce que je crois, à tort.

Le lendemain aux aurores, alors que Yana et le bébé dorment encore toutes les deux, je me glisse en silence hors du lit et descends les escaliers, je dépasse le landau dans le vestibule et rejoins la cuisine, où je m'assieds pour écrire. Heathcote avait au moins partiellement raison sur une chose. L'écriture exige de savoir s'escamoter. Je dois trouver des moments pour disparaître, et des moyens de me couper du monde. Mais jamais complètement. Je reviens toujours. Yana et le bébé m'empêchent de m'envoler, et c'est une très bonne chose. Je lève les yeux de mon clavier pour voir le soleil filtrer entre les arbres. La volière, qui hier encore paraissait si vide, est mouchetée d'une lumière vert doré et emplie de chants d'oiseaux. Des rouges-gorges, des troglodytes, des mésanges et des moineaux se sont engouffrés par la porte ouverte et chantent sur les branches où un autre oiseau se tenait autrefois.

Pendant ce temps, dans une casse à quelques kilomètres à l'ouest de la ferme, une pie atterrit dans un battement d'ailes. Tout autour, des voitures en ruine sont alignées dans des rangées approximatives, les moteurs et les pots d'échappement sont empilés, et des flaques de substances pétrochimiques dardent la lumière matinale de chatoiements violets. L'oiseau semble étrangement à l'aise dans cet environnement trop humain. Au départ, les deux mécanos ne remarquent pas la créature qui se tient à leurs pieds sans montrer aucun signe de peur. Ils continuent à détacher les pièces récupérables d'une vieille Mini Cooper, en fredonnant l'air qui passe à la radio. L'oiseau unit ses caquètements faux à leur chant tout en se pavanant dans la casse, jetant des clés et des boulons à droite et à gauche. Les mécanos interrompent leur travail et ouvrent grand les yeux. C'est une pie, mais une pie différente de celles qu'ils ont pu voir jusque-là. Un des deux sort son téléphone et se met à filmer. La pie arrête de se pavaner et leur rend leur regard. Elle ouvre son bec.

– Allez ! dit-elle. Allez !

Remerciements

Il y a beaucoup de gens sans qui ce livre n'aurait pas été possible.

Merci d'abord à ma formidable agente, Natasha Fairweather, pour avoir cru en moi dès le départ et pour son expertise, et à toute l'équipe de RCW qui a œuvré à la publication de ce livre. Merci aussi à mon éditrice, Lettice Franklin, pour sa vision et son amitié. J'aimerais aussi remercier toute l'équipe d'Orion, qui a travaillé très dur dans des circonstances inhabituelles pour faire éclore ce livre au monde. Merci en particulier à Valerie Steiker et à toute l'équipe de Scribner pour leur travail sur l'édition américaine.

Tout mon amour et ma gratitude à Janina Pedan, pour son amour, son soutien et sa volonté de fer.

Merci aussi à Ksenia Pedan, qui est tombée sur un bébé pie un matin de printemps et qui a décidé de le recueillir ; à China et Lily Williams, pour m'avoir accepté dans leur vie et pour m'avoir donné l'espace pour écrire ce livre ; à Esther Samson, grand-mère championne de tuage de mouches ; à Romany Gilmour, dresseuse de chats corpulents ; à Joe Gilmour, pour tous ses excellents conseils sur les maladies aviaires ; à Gabriel Gilmour, pour ses talents de constructeur de volière ; à Jaz Rowland, pour ses murmures à l'oreille des oiseaux ; à John Sutherland, pour "maggot pie" ; à Sarah Lee, pour ses yeux ; à Rhik Samadder, dieu parmi les pigeons ; et à Jim, œuf sage.

Amour et gratitude à mes parents, Polly et David, qui ont tous les deux jonglé avec le feu.

Merci à Louis Eliot pour m'avoir fait visiter la demeure familiale, et à tous les administrateurs de la succession Eliot pour m'avoir permis de reproduire les mots de Peregrine Eliot ; aux membres de l'équipe des salles de lecture de la British Library et à Kathleen Shoemaker, de la Stuart A. Rose Manuscript and Rare Books Library de l'Université d'Emory.

Il y a de nombreux écrivains dont l'œuvre m'a inspiré. Merci à Boria Sax, pour ses écrits sur les corneilles et la culture ; à John Marzluff pour ses recherches sur l'existence d'une culture chez les corneilles et les corbeaux ; à Lyanda Lynn Haupt pour *Crow Planet* (Planète corbeaux) ; à Tim Birkhead pour ses observations détaillées sur la vie sociale des pies ; à Esther Woolfson, pour son émouvant récit personnel de cohabitation avec les corvidés ; à Max Porter, pour le corbeau du frisson de la mort dans *Grief is the Thing with Feathers* (La Douleur porte un costume de plumes) ; à Robert Macfarlane, pour m'avoir montré les voies cachées ; et à Helen Macdonald, dans le sillage de qui je ne peux qu'espérer voler.

Merci aux membres de la communauté des amateurs de corvidés pour leurs généreux conseils et encouragements. Et merci à la pie connue sous le nom de Benzene, qui m'a appris plus qu'elle ne le saura jamais, et qui est morte de causes naturelles juste avant la pleine floraison de son quatrième printemps.

Amour au-delà du ciel à Olga Samson Pedan Gilmour, qui dévoile chaque jour des trésors cachés.

Informations utiles

Avant de chercher à secourir un animal, il est important de s'assurer qu'il a vraiment besoin d'aide. De nombreux oiseaux quittent leur nid plusieurs jours avant de savoir voler. Ils peuvent avoir l'air sans défense ou abandonnés, mais ils sont souvent encore sous la charge de leurs parents. À moins que l'animal soit malade, blessé, ou en danger immédiat évident, la non-intervention est souvent la meilleure approche.

Les associations de protection animale déconseillent d'essayer de s'occuper d'animaux jeunes ou blessés soi-même, car ils ont besoin des soins d'un expert pour avoir les meilleures chances de survie.

En cas de doute, contactez l'organisation de protection animale la plus proche pour demander conseil.

TABLE

Cet ouvrage a été composé par
Atlant'Communication
au Bernard (Vendée)

ACHEVÉ D'IMPRIMER SUR ROTO-PAGE
PAR L'IMPRIMERIE FLOCH À MAYENNE
EN OCTOBRE 2023

N° d'édition : 2131001 – N° d'impression : 103420
Dépôt légal : janvier 2024

Imprimé en France